想象另一种可能

理想国
imaginist

一个小姑娘到海边去

汪家明 著

山东画报出版社
济南

久违的情感

题 记

青岛洋房很多。说洋房,其实不一定都是洋人造的。20世纪二三十年代,德、日占领者退去,本地房地产商初露头角(如刘子山),大开房市。被称为万国建筑博物馆的八大关区域,主要是沈鸿烈主政时期作品。青城风尚,洋房乃时髦、上流之标志,任谁建房,买房,都要洋房。洋房可说是青岛第一标志。洋房代表的不仅是一栋栋两三层小楼,还代表了庭院、花格矮墙、绿植、铁门、绕房柏油路、街心花园、花岗岩雕塑、欧式灯盏、海滨栈道乃至远洋轮船……

　　整理四十多年所写百来篇文章，发现，长长短短，虚虚实实，倒有一小半与洋房有关，更与我早年生活有关——可见生长之地对人的影响。有的文章，依据资料是我小时所听传闻，现已有不同版本，可我不想改写。还是保留早年印象吧！笔下有些人已去世，很多景物已面目全非，不也正是这些文字还可存留的理由？于是，不管体裁，无论文体，选编一本小书，或可说是带有自传性质的小说散文集，亦乃对往事和家乡的一点纪念。

　　集中文章曾经发表于《鸭绿江》《海鸥》《当代小说》《希望》《山东画报》《山东青年》《人民日报》《齐鲁晚报》《青岛日报》，经手编辑张福祥、耿林莽、徐培范、袁汝学、赵鹤翔、常莉、孙培尧、张幼川……无论报刊和编辑，大多还在，有的已经远去了。2002年曾将这些文章结集，由山东画报出版社出版。此次加入二十多年来新写的几篇文章，以及当时没有编辑进来的个别文章，都是与我生活最近、最让我动情的文章。集末刊载周毅（芳菲）2002年的遗作，其中虽有对我文章的谬赞，但这是知友的留痕，权为纪念，也是对这位了不起的才女的感念。她于2019年10月22日去世，年仅五十岁，倏忽已过整整五年。

记得在滨州北镇中学教书时，孤身一人，住间平房，夜里作文，灵感汹涌，在砖地上走来走去，走来走去，就是不舍得坐下落笔，似乎一旦落笔，那种灵感降临的幸福就消失了。重理这些文章，仍能感到字里行间遗存的昔日心灵的波澜，同时无奈地想：这样美妙的灵感也已经久违了。

2024年10月27日晚

目 录

题记　　　　　　　　　　　　　　*i*

I

母亲的笑　　　　　　　　　　005
一个小姑娘到海边去　　　　　013
放船　　　　　　　　　　　　023
淑姐和沛妹　　　　　　　　　029
侄甥的事　　　　　　　　　　037
我的 1970　　　　　　　　　　047
曾为人师　　　　　　　　　　053
小小鱼之死　　　　　　　　　059
琴叶榕　　　　　　　　　　　067
含笑　　　　　　　　　　　　075
陈磊记事　　　　　　　　　　083

II

城市与少年	093
石头楼	105
四季回忆	115
树林里	121
小院童年	127
艺术雨露	161

III

英国式别墅	171
东方菜市	223
故乡景物思	243
记忆中山路	261
色彩饥渴的年代	271
青岛老房子的故事	277
俄苏文学的回忆	315

IV

别	331
已是黄昏时分	343
犁	359
故人	391

V

遥远的纳米比亚	417

VI

御风	481
妙手	497
涛声	509
绕梁	517
鬼斧	529

读《久违的情感》(芳菲)	543

I

母亲的笑

母亲十七岁就做媳妇了。大儿媳揽全家营生,是古老中国的规矩。直到我记事了,母亲生气时,还说:"我进了你们汪家就没得过好!"说:"俺妈那么疼我,怎么瞎了眼,把我给了你们汪家!"——好像我们也有责任似的。高兴的时候,却又说:"如今都兴自由恋爱,我和你爸也不是自由恋爱,结婚那阵子你爸还是个孩子,可像俺这样的,打着灯笼能找几个?……"一边说,一边用布满了皱却仍明亮的眼睛望着父亲,父亲微微笑着,不置可否。

父母感情深,四邻共认。

年轻时大概顾不上,年纪大了,父亲爱喝点酒,每晚一盅,不多不少。这是母亲的心事。晚饭可以凑付,这一盅酒的酒肴却不能少了。或用葱花炒两个鸡蛋,黄绿分明,盛在雪白瓷盘里;或清蒸一只肥蟹,通红的壳,嫩实的肉,调一点醋和姜末;或做一点随季小菜。酒肴是不让我们吃的。若让母亲,母亲最多也只尝一筷子,咂咂嘴,像品别人做的菜似的。

母亲喜欢看书。解放后母亲参加扫盲班,学了一些字。更多的字,是父亲教的。母亲学了不多字,就看开书了。许多字不识,连猜带蒙,还是饶有兴趣地看下去。看来看去,认字也多了,只是不会写。

母亲看书看得慢。《青春之歌》看了半年,《野火春风斗古城》看了将近一年。《红楼梦》《聊斋》这些书,是父亲讲给她听的。

晚上,夏天是十点以后,冬天是八点多钟,全家都上床了,父亲母亲把头枕在床帮上,母亲伸手在褥子下一摸,就把书拿出来,父亲接过书,看几分钟,便开始讲。他讲起来声不高,像拉家常,又像缓缓流水,没有起伏,只有曲折。每个弯子拐得都很轻松自然,中间没有间断。

父亲讲的时候,母亲一声不出,连烟也忘了抽。讲一段,父亲问:"好了吧?"母亲说:"天还早,再讲段。"父亲就再讲。直到母亲说"睡吧"为止。拉灭灯,父亲几乎马上睡着了,轻轻打着呼噜。母亲却常常好久睡不着,翻身中间还夹着叹气——还在为书中人伤心呢。

母亲原先在托儿所工作,后来退职做了街道主任。街道主任是特别工种,没有不管的:从粮证、煤证、油票、布票到征兵、计划生育、就工、交群众监督的劳改犯……什么事都管,什么人都管。

天下大雪了。早晨,北风呼号。母亲在院里喊:"都起来扫雪了!他孙大娘!他邵大娘!他洪大娘!他大叔!……"喊着喊着出了院子,又在别院喊起来了。

若谁家不起,母亲回来一看,就火了:"都起来了,就你们不起?耳朵里死了蛹了?……"

母亲常发脾气,常喊叫,大家习惯了,日久天长,无条件听从母亲的指挥,成了全街道的一条规矩。这喊叫声中,让人怕的成分少,让人感觉亲切的成分多。母亲去世后,有些老辈人说:"听不到他汪大娘的声音,心中老觉空得慌。"

母亲是爽朗而热情的。年轻的时候,老家烟台是解放区,母亲喜欢扭秧歌、打花鼓。解放青岛庆祝游行时也扭过。穿着红绸衣绿绸裤,头插花,手舞彩带,额前挂着刘海儿,乌黑的头发不结绳,披到肩,两只杏核眼亮晶晶,两道长眉弯弯的,细细的,是很好看的。

母亲喜欢唱。其实,哪里是唱?只是哼哼罢了。我小时候,母亲哄我睡觉,哼的许多催眠曲,记不得了。问母亲,母亲也记不得。母亲唱的歌都是偶尔在脑子里出来的,要现想是

想不起的。唱了就忘了。不知什么时候,那歌子自己又出现了,于是母亲又唱起来:

> 牛儿还在山坡吃草,
> 放牛的却不知道哪里去了。
> 不是他贪玩耍丢了牛,
> 放牛的孩子王二小……

"妈妈唱得海好了!"二姐说。

"好么?这会儿你妈老了,好听的歌都忘了……"母亲脸上带着沉思的微笑,说。

傍晚,母亲拉风箱做饭。我倚在母亲怀里。锅上起了蒸汽,厨房里灯昏了,满屋被水汽弥满了。母亲一下一下拉着火,火一闪一闪映在母亲脸上,映得通红的。母亲呆呆地望着火苗,忽然唱起来了。我静静地听着,听着,不知怎的,觉得天底下只有我,只有母亲了……

我也惹母亲生过气。母亲生气的时候也骂过我。母亲最好骂我的是:"死玩意儿!"

母亲从未打过我。这原因很多。

母亲是有洁癖的。母亲的干净,遐迩闻名。屋里的床、桌、椅、橱,每天都要用抹布抹一遍。那抹布和洗脸毛巾一样干净,天天洗,晾。厕所的马桶经常用硫酸水刷洗,雪白雪白的。进屋的一个重要步骤是在擦脚垫上擦脚。我从外边跑回家,母亲大喝一声:"擦脚去!"——关着门,母亲怎么知道我没擦脚?母亲每次都说得很准,我只好乖乖出门擦去。

我小时候干净,也遐迩闻名。母亲给我穿海蓝背带裤,浅黄底黑点小褂,白袜白凉鞋,衣襟别一方苹果绿手帕,谁见了谁说我像个闺女。从两岁我就知道不往地上坐,懂得铺手绢。母亲见我这样,往往抱起我来连连亲我。

母亲喜欢带我串门。在人家家,我老老实实,不声不响。该叫"大姨",就叫大姨,该叫"爷爷"就叫爷爷。每每得来一片夸赞,母亲美得合不拢嘴。只要人家一谈起我,母亲就说个没完。母亲常好说的话是:"我就盼着俺小儿子了。"

我长大了,懂事了。母亲有时生了我的气,坐在床边。我不跟母亲犟嘴,母亲只好生闷气。我可不怕。我走到母亲跟前,背过身坐着,靠着母亲。母亲一抗膀子:"死玩意儿,滚一边子去!"母亲一抗膀子,我又靠着母亲。抗了几次,母亲就不抗了。母亲不抗了,我就转过身搂住母亲,去看母亲的眼睛。母亲不敢看我。母亲眼一和我对上,就忍不住笑了。母亲笑了,我就躺在母亲怀里。母亲笑了,就敢看我了。母亲看着我,眼里充满了爱,充满了光。这爱这光使我心里痒痒的,我就不敢再看母亲的眼了。我转过头,贴在母亲胸前,用手搂着母亲的腰。母亲就用那双粗糙的手抚摸我的脸。那双粗糙的手抚摸着我的脸,我就快乐得要哭出来了。

所以,母亲从不打我。

我还跟母亲开玩笑。母亲打了二哥的第二天,我偷偷问母亲:"妈,打死你这个死不了的是什么意思啊?"

母亲不解地看看我。

"既然死不了,怎么还打死呢?"

"呸,你这个小死玩意儿,没大没小的!"

母亲就笑起来了。

我很欣慰。母亲这一生,是我第一个跟母亲开起玩笑来的,后来二哥、二姐、大哥都学会了,母亲的笑声就多了。

放学回家,我常装样敲门。"笃、笃",敲得稳重有致。

"谁呀?进来。"母亲一本正经地在屋里答。我慢慢开门,慢慢进去。母亲正歪着头瞪大两只秀丽的眼睛向这儿望,一见是我,就骂:

"这个小死玩意儿!"

母亲又笑了。

母亲的笑永世留在我心间。

1984 年

一个小姑娘到海边去

　　一个小姑娘到海边去。她提了一串鱼。三月的太阳懒洋洋地照着她。给她投下一个不大的影子。影子像在同小姑娘捉迷藏，一直跑在她前头。

　　那串鱼在她身边荡来荡去。天空瓦蓝瓦蓝。路旁的楼房一声不响。几株干枯的丁香枝子在墙头轻轻摆动。墙有年数了，在微风中不时有泥灰渣子落下来。一个人也没有，只有小姑娘唱着歌。远处海涛虽然一直发着"轰……轰……"的闷响，不过听惯了，不把它当回事。

小姑娘要到海边去。她到海边去洗鱼——妈妈在市集上买的白鳞鱼。据说用海水洗了晒干好存放。鱼一共五条，都有一尺长，一根麻线把它们拴在一起。精致的白鳞在阳光下闪闪亮，像镀了银的铁片。

小姑娘十岁八岁的，两只小辫子细得像绳，扎的两个蝴蝶结丢呵荡呵轻飘飘的。唱着唱着就来到海边了。

海边多的是大石头。有的大石头通红，像是叫太阳晒的。有的泛白，像让水泡的。小姑娘在石头中间转来爬去，一会儿出现在太阳底下，一会儿走进紫色阴影里。她高高兴兴，张着大嘴巴笑着。她那小身子要多灵巧有多灵巧。她长在海边，在这儿感到一切舒畅、自在。在她那颗小心灵里，这个世界的一切都使她感到亲切。太阳、石头都像她家里的人似的。她要是愿意，叫哪块红石头让让路，多半也是办得到的。

海正落潮，落得无声无息。本来在大白石

头身边的海水,现在跑得远了。

小姑娘躺在白石头背上歇息。五条鱼也躺在白石头背上歇息。太阳照在脸上睁不开眼睛。闭上眼只看见一片透明的血红色。她拿手来遮眼,手也变成血红透明的了。她大着胆子看一眼太阳,赶快移开——眼前一圈一圈的金光、红光、绿光、紫光,干干净净的天变成花花绿绿的天了。天真干净,蓝瓦瓦的,若是手能摸着,一定是滑溜溜的。

忽然她看见了一只小蟹子。小蟹子一身绿,许多条腿一块儿忙活,爬得飞快。爬到一块石头跟前,嗖嗖嗖往上爬。石头光溜溜圆乎乎,小蟹子爬到一半,滑了下来。滑下来又爬。又滑下来。小姑娘看着它的傻样子,想帮它忙。小姑娘的手还没碰着它呢,它转回身,匆匆钻到石头底下去了。小姑娘翻开石头,它又一转身,钻到另一块石头底下了。小姑娘又翻开那块石头——它却不见了。像变戏法似的。小姑娘又高兴地笑了。

小姑娘捉了半天蟹子,累了,站起来。看着许多大石头,看着跑得远远的海,一时想不起这是在哪儿干什么了。

她提起睡着的鱼去赶海。

有一个钓鱼的。钓鱼的是个红脸膛的中年汉子。他穿了一身黑衣服。他身材高大,坐在石头上像一口钟——大庙里那口。他放了五支甩杆儿,四支别在石缝里,一支在手里擎着。五根丝尼龙线斜在海面上。

他身边有只铁桶,是盛鱼用的。一只方木盒,是放饵的。他右食指勾住滑轮盘,左手握杆,弓步,把沉甸甸的铅坠儿吊在身后,然后一抡胳膊,食指一松——随着"嗖"的银线飞出声,"吱吱"滑轮转动声,"噗通"铅坠儿落水声,他总产生一种希望:这次会有一条大鱼上钩。他把滑轮略微往后倒几圈,收紧线,然后耐心等待竿头上那些小铃铛的响声。

他已经钓了好久,一条鱼也没钓着。

小姑娘提着鱼来了。她跑到中年汉子跟

前，好奇地看看他，看看他的甩杆儿，看看他的桶。中年汉子斜眼看看她手中的鱼。

钓鱼的！小姑娘想。钓鱼的她看得多了，早看惯了。她向大海看去，海像天一样，也是干干净净、瓦蓝瓦蓝。海和天在什么地方连起来又在什么地方分开，她看不出来，海里面是瓦蓝瓦蓝的水，天上也是瓦蓝瓦蓝的水。

她把鱼提到水里。她在上边拽绳，鱼就在水里游泳。右拽向右游，左拽向左游。五条鱼游得整整齐齐，高高兴兴。小姑娘又嘻嘻嘻地笑了。

她累了。她把鱼提出水。刚提出水面，麻线不知怎么一下子断了，五条鱼慌忙都跳到水里了。五条鱼都沉了底。小姑娘愣了。水挺深。她挽起袖子，根本够不着。五条鱼分五个地方，静静地躺在水底。小姑娘手足无措地看看那钓鱼的。中年汉子吸着烟，正朝这边看呢，嘴角挂着一丝笑容。她说：

"叔叔，我的鱼掉水里了！"

钓鱼的:"好哇,鱼本来就该在水里的。"

"我回家怎么办呢?"

"小伢伢孩子,脱了衣服下海捞呀!"

她不知说什么了。她看见了鱼竿。

"叔叔,把鱼竿儿给我捞一捞吧。"

"那哪行,没看我正钓鱼嘛!"

"你等会儿再钓。"

"鱼竿儿怎么能捞鱼?"

小姑娘在石头上坐了好一会儿。她有点想哭,不知怎么又没哭。眼睁睁五条鱼白花花地在水底躺着,她没有办法。又过了一会儿,她只好回家去。

妈妈说落净了潮再去看看。小姑娘又去海边。起风了。天黄了。远远就能看见海浪打在石头上,溅起高高的水花。那水花在夕阳下,金光闪亮。那声音也格外响亮:"咣——轰隆隆隆……""咣——轰隆隆隆……"隐约地,还能听到哪个演员在吊嗓练功:"啊——呀——

呀——呀……"一层淡淡的暮霭正渐渐漫开，那些个大石头都黑乎乎的了。刚才干干净净清清楚楚的海变得有点神秘。

一只海鸥滑翔着，慢悠悠从她身边掠过。海鸥飞进暮霭，消失在海上。穿过石头森林，她又来到白天的地方。她一到那儿她就呆住了——

中年汉子在捞鱼。

中年汉子裤子绾得高高的，手持鱼竿，站在水里捞鱼。海浪把他下半身衣裳都打湿了。石头上有一条捞上来的鱼。鱼旁边是鱼桶。鱼桶空空。鱼身上烂糊糊的，看出是鱼竿戳的。

中年汉子一回头，看见了小姑娘。他们离得近，互相的眼睛都看得清楚。小姑娘的眼睛黑白分明，那黑眸子深处闪跳着光亮。中年汉子眼睛混浊，灰蒙蒙的。四只眼睛看着。中年汉子的红脸膛黑了。他先把眼移了。他慌慌张张爬上岸，卷起鱼竿儿，匆匆离去。他那高大、弯曲的身子，在金色的天幕上剪成一个黑影。

鱼和桶他都忘了拿。

小姑娘走过去，坐在鱼桶边。她拿手支住下巴。凝望着暮气沉沉的海。

1982 年

> 这是我在正式刊物发表的第一篇作品。《鸭绿江》当时在全国是办得认真、有影响力的。

麦绥莱勒的画,
很合我心意。

放 船

三月,夜晚和清晨仍旧很冷。海上彻夜刮着暴风。偶尔醒来,风的呼号海的涛响击打着窗户,震撼着房屋,令人难以入睡。黎明时分,暴风才渐停息。

小明背着小船,提着鱼食鱼线到海边去。小船是钓针亮鱼用的,拿三块木板拼成,像个大三角尺。中心钉一横梁,梁中钻了孔,插上木棍,做桅。拿块尺二长九寸宽的红布做帆。小明读初中一年级了,功课很累,好容易偷个空闲。他走得急。海雾弥漫小城。天色阴晦。海牛呜呜叫着——每逢下雾就这样叫。据说还是日本人放在海里的、机器的、用来警告船只的。可是在海里永远找不到它。小明有个感觉,好像海牛不是报雾信的,倒是吐雾弄烟的。"呜——"那叫声在浓雾中,在黎明的寂静中显得单调、沉闷。

海边风仍很大。沙岸覆着薄冰。脚踏上去,咔嚓作响。小明的手脚已麻木,眼睫上结了霜。礁石上一片白。但这些他都没在意。他只想着放船。这只船他做了一个月。他左手缠着纱布,是做船时弄伤的——那根手指粗的桅杆,是用一根树枝削成的。削最后几下时,削了手指。

今天海边放船的人多。小明数了数,有十一个。都是大人——其实是十个,有一个老人是看热闹的,他没有船。老人七八十岁了,小小的个子,花白的盖了耳朵的长发,双手按在手杖上站立着。手背上布满皱纹。脸上也布满皱纹。风吹动他的发,他的衣。

小明走过老人，站到了放船人中间。他向海上望望。海上浓雾漫漫，几十步外不见东西。从雾中涌出浪头，扑向岸。十只放出的小船，有的能看见，颠簸向前。有的模模糊糊，像影子在雾云中飘动。有的已消失在雾中。小明利落地解下船，插上桅，升帆，下水。他把小船向海里一推。小船离岸几尺，迎面一个浪打来，小船又退回，碰在礁石上，发出清脆的声响。小明俯身用右手捞起船。船后板碰裂了，红帆湿了一半。他用手掰掰——还能凑合。

这次他谨慎一些。他趁一个浪打过时放船。退回的浪带着船出去好几米。他开始放线。线上缀满鱼钩——他看人家学来的。他往钩上挂饵。可船并不前进。他抬头看。船在风与浪中左右摇摆，几乎要翻。他忙拉线，船近岸了。一个大浪！——船升高，降落——咔嚓！又撞在礁石上，翻倒在水中。这次声音大，四周放船的都向他看。他觉出背后的老人也在看。他咬咬嘴唇，忘了手上的伤，双手把船捞起。冰冷带盐的海水泡透了纱布，疼得他一哆嗦，险些扔了船。船身裂了好几处。大梁有一头开了。帆全湿了。他想了想，卸下桅，拿手绢把梁捆紧。捆的时候，受伤的手很不得劲。但他不管它。捆完，他拆下帆，拧干水，抖开，站起身用手提着迎风吹干。这时他看见海上雾薄些了。他看见了十只船。十只船跑得飞快，船帆大多是白的，还有黄的，黑的，蓝的，棕的，但没有红的。十个放船人忙着挂饵放线，顾不上别的，只偶尔投来一瞥。那老人走过来，低头看小明的鱼线，说："小家伙，你怎么不安浮子？"

小明奇怪地看看老人，看看鱼线，再仔细看看别人的鱼线，脸红了——每一个鱼钩上都应有木浮。他的没有。他没答话。他想：没有浮子就不能钓鱼？不一定……他脸上的热退了。老人瞧着他，笑了笑，摇摇头，又转身看海。

小明的手冻僵了。红帆布有些干硬。他重新升帆。老人忽然回过头来，说：

"看得准风向定帆——"

小明听懂了。他照做了。船下了水，顺风迅速向远处驶去。小明忙不迭地放线、挂饵。忙了好久。一缕红光照在透明银丝线上。小明抬起头，接着站起身——

东方，太阳已升起，雾正散去。大海全部展现在眼前，纯绿深蓝，空旷辽远。在海的极边，正驶着一艘白轮船，船身反射着耀眼金黄的阳光，渐渐去远。在它后边，几乎紧跟着，是十一只小船——其实是十一个小点：白的、黑的、蓝的、棕的，中间那个是红的……

小明脸上露出梦一般的微笑。老人默默地注视着他。

1982 年

淑姐和沛妹

淑 姐

1958年,二十岁的淑姐从商校毕业,响应政府号召"到农村办商业",报名去了离家八百多里路的小县城。那年头,高中毕业生十分金贵,县里没让淑姐从商,而是参与一座大型化肥厂的创建,先去上海学习半年,回来后就投入了繁忙的工作,成为该厂的第一批技术工人。

淑姐在家里是老大,下有三个弟弟两个妹

妹。在父母眼里，她是孤身远行的宝贝女儿；在我的眼里，她是可亲又可敬的大姐，是我们的道德典范。淑姐刚就业时，母亲想得很苦，甚至在路上看见扎大辫子的姑娘，就跟着走，以为是女儿回来了。父亲写信称她"淑儿"，我们写信称她"淑姐"，她每次回来探家，都成为全家真正的节日。

淑姐漂亮，遐迩闻名。年轻时她扎辫子，黑油油的，长过腰；大而黑的眼睛，细而挺的鼻，小而丰满的嘴，饱满而秀丽的脸盘——完全是中国美女的典型。淑姐孝顺，邻人皆知。因子女多，家中很多年都生活困难，淑姐自参加工作起，便每月寄家十元钱——那时十元钱是两个人的月生活费，是她工资的一半——连结婚的那个月，她也没忘了给家里寄钱。淑姐的孝顺，不但表现在照顾父母方面，更表现在照顾弟妹方面。在我心目中，她完全具备长辈的权威。她关心我的一切：学习，身体，工作，乃至婚姻。家里的大事，父母总是跟她商量；

母亲去世后,她更是像母亲一样呵护着我们。她的女儿,比沛妹还大两岁,凡是做新衣,淑姐必定先给小妹,然后再考虑自己的女儿。一次,她带穿了新衣的女儿来家,见沛妹没有,立时让女儿脱下新衣穿到沛妹身上。女儿伤心得哭了。淑姐手巧,又精于打算,我们身上的衣服,那些年几乎都是她亲手剪裁缝纫捎回来的。直到我四十岁,还穿她亲手织的毛衣。如今,连我的女儿最可体的衣服,也不是买的,而是淑姐做的……我十一岁那年,暑假里去淑姐家住了一个多月。有一天,我调皮,从院门柱顶上向下面一个草堆跳,淑姐下班看见,又怕又气,打了我一巴掌,我没哭,她却哭起来了。

淑姐性格活泼开朗,脾气急,好强。她工作数十年,一直是先进工作者,上千人的大厂,几乎没人不知道她。她和姐夫教子有方,儿子虽然毕业于县城中学,高考却得了全省第一名,保送中国科技大学,现在日本工作,结了婚,有了孩子。女儿早已调回老家青岛了,也有了孩子。为了第三代,淑姐提前退休,外孙女完全由她一手带大,又曾东渡日本照顾孙子孙女,同时,作为长女,她还要尽力照顾老父亲……她忙碌不堪,和姐夫经常过"牛郎织女"的生活。闲谈时,我曾为淑姐和姐夫感叹,六十多岁的人了,还这样操心劳累。淑姐说:"是啊,不知啥时是个头……"但她仍旧黑亮的眼睛中,没有丝毫的伤感。

沛 妹

妹妹小我十岁。生她时,母亲已四十六岁。父亲为她取名为"沛",有旺盛之义。据说三十五岁以后生的孩子,智力较差。然沛妹虽说不上绝顶聪明,但也灵秀可爱。

我家姊妹六人,我是老五。妹妹上有三个哥哥,两个姐姐。她下生时,大姐的孩子已经两岁。沛妹是名副其实的老小。父母对她的宠爱,是可想而知的。

对沛妹,印象最深的有这样几件事:

我十岁那年,有一天放学回家,门关着,不让我进。等了一会儿,忽听得屋里有小孩啼哭,我大吃一惊,便与二哥一起,爬上门外的煤箱,向屋里看。当然什么也没看见。从此我便骄傲地有了一个妹妹了。

沛妹小时候,多是跟着我玩。她是我忠实的崇拜者。一次,与小伙伴玩捉迷藏,我躲在阳台上,对跟着我的沛妹说:"别告诉别人我藏在这里。"沛妹认真点头,然后立即跑到"庄家"那里,说:"俺小哥没藏在阳台上。"于是我马上被捉了。

后来我当兵了,上大学了,哥哥姐姐们也都成家离去,只有沛妹守在父母身边。每次我探家,沛妹总是不舍得我走。她的眷恋不带任何功利色彩,甚至说不出理由。但她绝不撒娇纠缠。我记忆中,沛妹没做过一件让我不满的事。

沛妹十七岁那年,母亲因病去世。弥留期间,母亲不止一次对我们说:"我死了,你们就把你妹妹赶出去了!"不知为何母亲会这样说,但沛妹确实是母亲最后的心事。对我来说,这话如雷贯耳,永不能忘。每想到此,我就觉得要对沛妹好一点,再好一点。母亲去世,对从未离开家的沛妹来说,应当打击最重。

母亲死后,约十年间,都是沛妹在父亲身边。她原先不会家务活,现在却要承担家务。她当然干不好,但毕竟毫无怨言地承担了。她和父亲常因家务而拌嘴,结果互有胜负。她有时表现出可笑的"家长"作风,父亲只有唯唯。这种常有的"拌嘴",给晚年的父亲带来多大安慰啊!但我不敢想,当夜深人静,沛妹在自己的屋里,面对孤灯,辗转不眠时,会思考些什么,体味些什么。转眼间十多年又过去了。我在外地,一次次回家,像约好似的,从不与沛妹谈起母亲的话题。

沛妹结婚了,怀孕了。怀孕七八个月时,我有一次探亲离去,没与她道别。火车要开时,她挺着大肚子,出现在月台上。为了递给我几包干海鲜，竟被身后一人撞倒在地。我出了一身冷汗。一路上坐立不安。如果沛妹因此而流产，我无法原谅自己。

如今，沛妹的儿子已经三岁，沛妹也已年过三十。然而我耳边仍常听到母亲说："我死了，你们就把你妹妹赶出去了！"这话，永远是衡量我们这些哥哥姐姐心灵的尺子。

1994 年

侄甥的事

1

宁宁五岁,是大哥的孩子。他看上去文质彬彬:皮肤很白,尖下巴,身子纤细。其实不然。夏天到了,他每天在院里玩,早晨一睁开眼,脸也不洗,飞也似的跑下楼去,踩得楼梯咚咚响。到了院里,好像兴奋得控制不住自己,毫无目的地冲来冲去,一会儿上了阳台,一会儿上了石桌,一会儿爬上树。若在平地上,也总是跳呀蹦的。和别的孩子碰见一处,便你扯我

撕。说起话来,眉飞色舞,打着手势,好吹牛:

"哎呀!海厉害了,俺叔叔,放过二十响的大炮!……"

如果观察一下他的行动,会令人不可思议。一是,他的活动量太大。以他小小的身子,小小的饭量,在炎炎酷暑,常常从早到晚不停息地跑,身上永远是大汗淋漓,脸蛋永远是通红通红——哪来那么多的热能呢?二是,他干什么都兴高采烈,都入迷。打杂、打瓦、蹦杏核、跳房、弹玻璃弹儿、踢大脚、下跳棋、打扑克(后两种似会非会)……

他也不总是兴高采烈。有时院里一个孩子也没有,四处突然静了许多,大了许多。他东跑跑,西瞧瞧,一会儿倚在树上蹭衣服,一会儿拿手搓鼻子,一会儿在石凳上坐一下,转眼又跳起来走来走去。他若有所失,百无聊赖。他唉声叹气。回了家,爬上床。脸朝下,撅着屁股,转眼睡着了。睡得很不得劲儿。

他喜欢惹是生非。领他出去,碰见不认识

的孩子,他常无缘无故撞人家一下。人家见他有大人带着,只好瞅他一眼。他呢,握起小拳头,朝人家照量一下,同时撇撇嘴,做出一副傲慢的神态。他爸爸称这叫"猴气"。其实他很胆小。若他犯了错,挨了打正大哭,你吼一声:"不许哭!哭就把你关小屋里去!"他的哭声便会戛然而止,虽然眼泪仍在哗哗下流。有一次我带他去洗海澡。这是他盼了许久的。我抱着他在海中嬉戏。水很凉,一会儿便把他小小的身子浸透了,他嘴唇发紫,打着哆嗦。我问:

"你冷么?"

他回答:"不……不、不、不……冷、冷……"上牙打着下牙。

我笑了,改口说:"咱们上岸吧?"

"上、上去吧上去、去、去吧!"他很快地说。

回到家,我把这对话告诉家里人,全家都笑了,他也傻哈哈地跟着笑,张着没有门牙的嘴……

　　我常想，他生活得多么充实啊！多么快乐啊！他的快乐是透明的。而我们成年人，即便在快乐的时候，也总罩着忧愁的暗影……

　　他爸爸在海滩上给他照了一张相。他全身一丝不挂，坐在一张展开的白色大浴巾上，全身笼着明晃晃的阳光。他爸爸把这相片剪出来，放在衬有蔚蓝色纸的大玻璃板下——看上去，宁宁像坐着一片洁白的云在蓝天飞翔，像个小精灵。

2

　　顺顺是二姐的孩子，和宁宁同岁。名为顺顺，其实颇不顺。自小三天两头病呀歪的，肺炎、痢疾、气管炎不断。他长得黑乎乎的，五官和脸盘搭配得好，像一件绝妙的雕塑，看上去令人舒服愉悦。他不大看人，很少说话，眼睛总是垂着，所有表情都在嘴上。嘟起嘴——

思考；咬下唇——下决心，抿嘴——高兴；咬上唇——生气。他的独立性强，喜欢自己一个人玩。在他眼里，屋里每一件家具，院里每一种花草树，都有着别人体会不到的趣味——不然他不会那样有条不紊地从这个沙发到那个沙发、从沙发到桌子底下迁移，回顾，流连。把沙发垫子翻个个儿，他会自认为是伟大的创造，抿着嘴拉我去看——不说话，只用手指。时间长了，了解他了，逢到这种情况，我便说：

"好，顺顺真有本事——叫我声舅舅。"

他会愉快地张开口：

"舅舅！"

并且抬起那双美丽的女孩子似的眼睛望着我。这时候假若我把他抱起来亲一下，他也不反对。若在平时，想让他叫一声舅舅，是绝不可能的。为此，他妈妈爸爸不知费了多少唇舌，但没有用。越是强迫他，他越不做。他父母只好说：这孩子真拗！

顺顺是拗。如果观察一下他同别的孩子打

架,是很有趣的。他打的时候,一声不吭,下死力去拧,去拽,去绊。若大人来了,一般的孩子都放手了,他却像没见到一样,继续拧、拽、绊。大人火气上来,打他,他也不哭。要他说认错的话,他也不说。只使劲皱着眉头,咬紧上唇。他在忍耐。过一会儿,大人都忘了这事了,说:"顺顺,走,跟我打酱油去。"他回转了身不理你。整整一天,他都会怏怏不乐。

但他很聪明,不大出过错。无论怎么玩,也不会弄脏衣服,不会摔破腿。带他洗海澡,他坚决不到深水去,只在浅水自己玩,不要大人管。尽管这样,有一次,他吃了大亏。

那是在今年春节。初三那天,二姐回娘家,晚上,全家聚会吃酒。宁宁坐在酒席边吃这吃那,顺顺自己在地下玩。喝了一会儿酒,二姐发现,顺顺自己脱鞋上了床,面朝墙坐着不动弹,便问:"顺顺,怎么了?困了?"他不动,也不答话。大家没在意。又过了半个多钟头,见他还那样坐着。嫂子过去抱他,他一扭身子挣脱了。姐夫站起来，把他扯过来。说："顺顺，吃点东西。"正说着，灯光下，只见他脸色苍白，满头大汗哗哗往下流。大家吃了一惊，一齐问："顺顺怎么了？"他低着头，仍不答话，一只手紧握着另一只手。姐夫抓过他的手一看，只见手心烂肉上翻，黑白相间。嫂子最先明白，说："是烫的！"——原来，他自己玩火钩捅炉子，不慎用手抓了烧红的火钩头，烫了。他自己又把烫糊的皮撕掉了（也许当时还觉不到疼）。他的自制力多么惊人啊！全家人一齐感叹：这孩子！

在全家人的感叹声中，他突然大哭起来。

3

征征是二哥的孩子。他从另一个我们不知道的世界来到这个世界，还不到一百天。造物主是不公平的，我们那一带，差不多同时下生的孩子，有五六个，但像征征这般俊气的，却没有。他胎里带的细密柔软的黑发,使那张小脸儿显得白净、润细。双眼皮下,是黑白分明、清澈光亮的眼珠——虽然多是凝眸定视,却不显呆滞。如果转睛看人,那眼珠便闪跳着缓慢的亮波。我喜欢长久地俯视他的脸,俯视他的眼睛。他的眼睛总是毫不含糊地和你对视,体现着真正的坦诚。我看出,这坦诚着的眸子深处还含蕴着沉着的好奇,似乎正在将这个世界的初次印象摄入心底。从这双眼睛,我看到了真正的内心的平静和精神的康健——我想到我们成人的心,想到成人的烦恼。我想到泰戈尔的诗:

> 孩子知道各式各样的聪明话,
> 虽然世间的人很少懂得这些话的意义……

征征快过"百岁"了。他大多数时间是睡觉。有一天,他睡着了,我坐在床边看书。忽然,天暗下来,乌云滚滚,转眼来了春夏之交的暴雨。雷声轰轰炸裂，闪电频频照耀，狂风吹树枝雨点敲打着窗户。这景象，在我心里引起了一种凄凉的情绪。在昏暗的屋内，我忽见征征醒了——他睁开清澈的眼睛，望着窗外。望了一会儿，他垂下眼，脸上似乎带了一点笑意。他伸着两只小胳膊，自己玩了起来。窗外的狂风暴雨电闪雷鸣，似乎和他毫不相干。我呆呆地望着他，许久……

            1983 年

进入社会的第一站

我的1970

1970年,我十七岁,初中毕业后,在家闲居一年,经人介绍和考试,到外贸畜产公司业余宣传队搞美术。是临时工。那年头,城市里有许多青少年学乐器和美术,一是为了生活出路,二是为了打发时光。就工之前,我痴迷于西方文学艺术,过的完全是风雅公子哥儿的日子,在劳动方面,可以说是四体不勤,五谷不分。到宣传队后,虽然演的是革命节目,但自认为是一种艺术工作。然而这终是一支"业余宣传队",宣传任务告一段落后,我被分配到公司的一座仓库工作。仓库很大,按保管货物品种分成好几个班组,共有职工一百余人,其中百分之九十以上为女性。我所在的班组是"猪鬃组",班长是位刘姓妇人。

在仓库,名义上是"保管员",但开箱验货、打件、上铁页子,搬搬扛扛的事情很多,所以,仅有的十几个男工便成了实际上的"搬运工"。一只装满猪鬃的木箱重一百斤;一只装满皮箱的大木箱虽然仅八十多斤重,但其体积却比人都大;还有地毯,重二百斤的不算稀奇。装猪鬃的木箱十分考究,长宽高均约五十厘米,是打榫的,一只木箱价值六十元,相当于我三个月的工资,所以搬动时须十分小心,一旦不慎摔到地下,必碎无疑。验货时需将库内垛得高高的箱子(一般四五个做一竖垛)一只只扛到大院子里分几行排开,由女工们打开检验后再封好,重新扛进库里垛好。那时我又瘦又小,虽身为男性,却得到刘班长的庇护,让我与一帮女孩子干验货的工作,而她本人,却能一边腋下夹一只一百斤重的猪鬃箱子来去如风。我至今清楚地记得她，一副短壮的身材，敢与最棒的男人掰手腕，比赛十步内吃下两个面包时，她常赢。唯有她的眼睛，仍是典型的女性特征：温柔、慈爱，谈到动感情的话题时，容易盈满泪水。

　　这样干了一个多月，我开始不自在起来。本班组的两位男工还没什么，别的班组的人常用一种特殊的眼光打量我这个混在女孩子堆中的男青年，使我感到羞辱。这也许是我多心吧，反正有一天，我坚决要求加入"扛箱族"，原以为刘班长会反对，没想到她立即就同意了，找来全库最擅扛的一位壮汉，让他仔细告诉我要领：关键在于头这个支点起平衡作用，手扶箱边应是虚招，只起个四两拨千斤的作用；走开步时，腰要直而不僵，步子要适中快速；箱和身子要成为一体，随身子的起伏而自然起伏，如此，多数时间箱子并不在肩上——这完全靠用力的巧妙；扛箱子用的棉垫子应先放在准备上肩的箱沿上，随搭肩人的起落，自己手扶箱沿，下蹲相就……在刘班长和这位男工的扶持下，一只崭新的猪鬃箱子被我扛起了，虽然摇摇晃晃，但终究走了十几步，才被人接下，得来的是一片赞扬，夸我悟性高，学东西快。而我好像也觉得箱子不如原来想象的那么重。我心里高兴极了！

在此后的很长一段时间里，我可以毫不夸张地说迷上了这项劳动，处处抢着干，逐日体会着其中的奥妙：当扛到目的地无人来接时，如何马步下蹲，在将箱子扔向地面时，手搭箱沿向前一推，从而减轻了直落的重量，使箱子平稳地到达应去之处；当箱子垛到三个，几乎超过我身高时，如何把横在右肩的箱子转到后颈，然后下蹲、冲起，用脊背和双手的力量把箱子从头上越过，到达高处（双手大多只起个定向定位作用）；最难的是当箱垛之间有一空隙，需将一只箱子塞入这个空隙时，两人抬着下放也极不易，而扛箱高手站直身子，将肩上箱子扔下，右手在箱子下落过程中加力定向，使其不偏不斜直落空隙——这简直已是艺术之作了。这一手我学了两个月才出徒……

扛箱子的第一天我的肩膀就磨出了血，第二天再扛时，疼得钻心。刘班长告诉我，千万不能停，再疼也要挺住。她给我做了一块新垫肩，搭肩时她常在旁边，尽可能轻手轻脚。在十多天时间里，我肩上血干成痂，又硌破，反复多次，工作服上总是血迹斑斑。怕母亲心疼不让我干了，我回家谁也没说。四十天后，拳头大的一整张茧皮从肩膀揭下，新生的皮结实而坚韧。

随着时间的推移，我干遍了整座仓库所有的活计。我学会了扛那又大又破的皮箱大件，并且在码垛时把这庞然大物在地上滚动得溜溜转；扛累了时，我也会"背箱子"歇一气儿；我还与工友们一起，趴在高高垛着货箱的车顶上，随车进出海关码头，无轨电车的电线几乎擦着我们头皮而过。在码头尽处，我们下海摸海螺，一摸一麻袋，回仓库伙房煮了吃……

年底，我考上了部队艺术团体任美工。走的时候，大家既为我高兴，又为我可惜：刚刚学成了扛箱子高手，却走了。其实，这一手艺并未荒废，在以后仍使我受益匪浅。剧团演出装台时，一个灯光箱子也重一百多斤，我总是扛起来行走自如，连一些京剧武功演员见了也自愧不如。

现在回想起来，扛箱子是我一生中第一次参加的社会体力劳动，它强化了我的个性中较好的一面：好强、热情、干什么都有滋有味（那时我的体重也不过九十多斤，却扛一百二十斤重的箱子。在激情之中，人的力气有时大得惊人，我在那时就体会到了）。从这一点上说，它影响了我此后的人生。

1985 年

曾为人师

大学毕业后,我在两所中学教过书,被人称为"老师",而心安理得。然而一日,有学生在课堂上问我,什么是"三皇五帝"?把我问住了。看着学生一双双睁大的眼睛,我心慌了,脸红了,回答:"我不知道。"课后,我将此事告知一位老教师,他笑着说,你没经验啊!在这种时候,你应当眉毛一竖,批评学生:"已经是中学生了,自己回去查查词典!查不到再来问我!"听罢此言,我如醍醐灌顶,自叹幼稚。然而又一日,学生提问,"嬲"字作何解释，我犹豫片刻，还是回答："这字我也不识，下节课再回答你。"这样说后，我感到心里特别坦然、畅快。以后再遇此类事，我全如是处理。

我任教的第二所中学，是职业学校，学生基础课水平较差，加之我任班主任的班级，因前任长年病休，秩序很乱，表现之一，就是考试时作弊的多。一次，一个鲁莽的大块头学生詹宏跃，甚至不屑掩盖，公开抄书。我不点名地强调了三次，他仍置之不理。我要去没收他的考卷，他便趴到卷子上。出于生气，也出于无奈，我回到讲台，大声说："詹宏跃同学，你不必再费劲抄了。你不就是想抄个好成绩么？我现在宣布，给你一百分！"听了我的话，他坐不住了，跳起身，交了卷子跑出教室。过后我想，幸亏没夺他考卷，不然师生撕扯，成何体统？弄不好全班大乱。

学习班长刘健美坐在最后一排。考试时监考的外语老师站她身后暗暗向我努嘴，我过去一看，她的衣服里子上贴满了答案字条。无奈，我只好当堂宣布撤掉她的班长职务。

一个特别调皮的男学生故意把一位女学生的饭盒蹭下桌子，饭撒了一地。我很生气，严厉批评他，可那位女学生说："老师，你干嘛批评他？是我自己不小心把饭盒打翻了。"

为了改变班级面貌，我带领学生把教室粉刷一遍。没想到大家十分热心。詹宏跃尤其卖力（也许是逞能），他抢着刷顶棚，弄得自己满头满身石灰。我帮他洗头、剃头（我在部队学会了剃头本领），他很害羞。学校运动会，刘健美历来是短跑冠军。那天她跑的时候，我和全班同学喊加油都快喊破嗓子了。她又拿了冠军。可是坐回看台时，我看到她的裤子有血迹——原来她来好事了，却为了班级荣誉不管不顾。我一个男老师能做什么呢，只是在心里暗暗感动。

经过一段时间的工作，班级纪律大大改观，成为校中模范，我的威信也日渐上升。一日，上午第四节体育课，因下雨而改为内堂，讲体育常识。我在办公室批作业，班长跑来，说体育教师叫我去管理秩序。我去了。学生见了班主任，立刻安静下来。体育教师怒气冲天，并不搭理我，一味大声训斥学生。我站在第一排学生课桌前，低着头，如同陪绑的犯人，那句句训斥如在训我，滋味真不好受。直训到下课铃响过许久，已到中午饭时间，体育教师才余怒未平，扬长而去。此刻，教室静得能听到喘气声。似乎是，我该发火，该大怒，该痛心疾首……可我又想，我要说的，学生们一定都已清清楚楚，何必在体育教师之后再发一通威风呢？低头沉思良久，我说："下课。"……学生们悄悄起身，从我身后，鱼贯而出，我始终低着头。下午，及以后许多天，课堂纪律空前好。

韩愈《师说》中言："师者，所以传道授业解惑也"；又言："生乎吾前，其闻道也，固先乎吾，吾从而师之。生乎吾后，其闻道也，亦先乎吾，吾从而师之。吾师道也，夫庸知其年之先后生乎吾乎。"道理多简单！多明了！以我亲身经历而言，师生关系，并非森严壁垒。权力地位，也不等于真理。中国人常将"师友"并称，所谓"良师益友"者也，颇有见地。

1989 年

小小鱼之死

夏日的一个星期天,我带不满四岁的女儿萧萧去五龙潭。萧萧平日是不喜欢爸爸的,因为爸爸老是"写字",不与她玩。今日带她到五龙潭,她便一反常态,爸爸说什么都是好,见了什么都高兴。我对那些引得她兴味盎然的物事并不怎么感兴趣,我仅是"带"着她而已。可是在五龙潭边,一件事引起了我们父女共同的兴趣:捉小鱼。幸而我手上有吃点心后余下的透明塑料袋,装了水,捉了小鱼放进去,让萧萧小手攥紧袋口提起,尽情欣赏。她那专注神往的样子真叫我感动。回家路上,她坐在自行车后座上,不慎失手把塑料袋掉到地上,所幸扎了口,水没洒。到家后随即找只旧的玻璃罐头瓶,灌了水放鱼。隔瓶观之,清清楚楚,更有一番情趣。可是半下午过去,几只小鱼都翻了白肚,浮上水面,死掉了。也许是因为严重"脑震荡"的缘故,我对此并不在意,就要倒掉,箫箫见了,坚决不许,几乎要哭,说:小鱼在睡觉!小鱼在睡觉!到第二日,瓶里已有异味,趁箫箫不注意,我还是一倒了事。一边想,在箫箫一生中,这是第一次养小鱼啊。

下个星期天,箫箫便提出要妈妈带她去捉鱼,无奈捉鱼水平不高,去了半日,只带回一条极小极小的鱼,还是人家一个男孩子送的。这小小鱼又被放进贮了水的罐头瓶里。形只影单,个头细小,竟显得罐头瓶儿里有些空旷。但隔水而望,有时小小鱼被水放大数倍,能看清它的小眼睛和翕动的小嘴,倒也全具大鱼的神情。这只"代鱼缸",时而放在冰箱上,时而放在低柜上,时而放在窗台上,甚而放在饭桌上,我取物、开关窗、吃饭几乎时时都看得见。萧萧和妈妈总是怕小小鱼饿着,向瓶里投饼干渣、馒头皮儿、大米粒儿,甚至放巧克力和泡泡糖。眼见着水就浑浊起来,在我眼前,令我很不舒服,便自然而然地去换水。接水时,由于水龙流急,常搅得小小鱼满瓶翻滚,我有意无意地想:在它看来,也许是大风大浪吧。

一日一日,小小鱼就在这罐头瓶儿里游着,女儿和妻子热心不减,总要一次一次给它加餐,我也便一回一回倒水接水。有时换了清水,举到眼前对着光看,能够看清楚小小鱼身上一根根细如发丝的鱼刺,而其他部分,完全透明,微微发一点青绿色。游动之时,这透明的小身子,时而映出一点光波,令我觉出一种晶莹。我不禁惊叹造物主的神妙:这小身子小头颅构造得多么精致!刻画得多么入微!可是有一次,我换水时,想用那浑浊的水浇花,一个不慎,把小小鱼也倒将出来,它碰到花叶片,颠落到杂物的缝隙里了。我一边惊奇于自己的紧张与焦虑,一边小心翼翼地搬开杂物,只见小小鱼在尘网与灰土中挣扎,早已变成了一条土虫。我轻轻把它捏起来,赶紧把它重新投入水中,再到水龙头下以急流冲洗。我担心这是否会危及它的健康,告诉妻子,妻子随口责备了一句。夜里写完了"字",躺在床上,无意间想到白天的小小鱼事故,竟觉出一丝隐隐的情愫在心之上流淌。过了两个星期,妻子又带女儿去五龙潭,同时又带回几条小鱼时,我才知道这小小鱼具有何等顽强的生命力——妻子带回的小鱼们,并未如我们第一次捉鱼那样被跌过"脑震荡",可是,一夜之后,也全部翻了白肚,浮上水面。死去的鱼已被泡得发白,因天太热,有了异味。而透明的小小鱼却仍生机勃勃地在水下游动。

之后,我每日为小小鱼换水,已成为一种常课。下班回来,写完文章,总要先去看一看它。看到水太清时,我也会找一点饵食投进去。

但我从未见它吃过。我对它的兴趣与关注,反而在女儿之上了。我发现它一时一刻也不肯安静,总是上下左右急游,使我想到了小猫的顽皮;我发现它不但未长大,反而像在一日一日缩小,越来越小。越小越精致。我问妻子,她也有同感。

昨日中午,我见到不知是谁代我将水换过了,水接得很满,也没在意。晚间,妻子带女儿去外地,我送站回来,灯下还见小小鱼在瓶内欢游,心里想,它也是个小小的伴儿呢。今日一早,我去上班。中午回来,习惯地去看电冰箱上的罐头瓶儿,接着心就一停:小小鱼不见了!我把眼伸到罐头瓶儿口,又把眼睛贴到罐头瓶儿侧——我不能相信,小小鱼不见了!而这"不见了",实质上就联结着不祥!我随即想到,必定是水注得太满,它游得高兴时,微微一跃,就出了瓶子。于是忙向附近寻找,心底里还抱着一丝侥幸:也许如上次浇花一样,它才跌落不久,尚可施救。找来找去,终于在距电冰箱两步远的地方，发现了它小小的尸身，不但已经发黑、生硬，而且不知被谁踩了一脚，腰身以下已烂如泥。我莫名其妙地把它轻轻放回瓶儿里，悲哀地盯住它，企望它的小嘴也许还会翕动，它的小身子也许还会摇摆。我想，那一脚是不是我踏的？我想，它一定在地上痛苦地挣扎哭泣呼喊过，可是没有人听见。它的挣扎多么可怕啊——竟挣扎出了两步之远！这是一个生命的挣扎，是一个生命对无情命运的反抗。这反抗虽然是无人所知也毫无声息的，但我分明感到了它的分量！

我怎么向妻子和女儿交代呢？我后悔不该将那小小的尸身倒掉。可是不倒掉又能怎样呢？也许应当在罐头瓶儿里装土，把它掩埋其间，给它在这个世界上留下一个可触摸的存在。它用它的小生命在我们的生活中曾占有了一个位置，在我的家庭里占有了一个位置，这位置谁也无权取消。现在，我只能在这万籁俱寂之夜，以上边这些方块字，给它在世间营造一点点痕迹，证明它存在过，生活过，欢乐过，也痛苦挣扎过。

1991 年

> 是啊，小小鱼鲜亮的小生命在我们的生活中曾占有了一个位置……

家庭一员

琴叶榕

今天太阳很好,阳台上很暖。看着这盆琴叶榕,忽然动了写它的念头。

什么东西,相伴久了,即便再不重要,也有了意义。时间最为严酷,但又最富感情。似无意间,这盆花已经伴我二十一年了。从三根筷子似的枝丫,长成胳膊粗挺立的三杆,个子早达三米以上,俨然一株树了。搬入新居时不得已给它剃了头。

2002年冬,我从济南到北京美术馆东街的三联书店工作。打开分配给我的办公室,就见茶几上摆着一盆盛开的蝴蝶兰，办事员告诉我，是朋友托人送来的。花冠上有卡片，原来是刘国瑞先生送的。刘先生是台湾联经出版事业公司的首任总经理，出版前辈，葆有古风。我因工作与他相识，其实并不熟络。这盆蝴蝶兰开了两个月，使我初入陌生的环境就感到温暖。转过年开春，"非典"即将暴发之时，发行部的叶芳让苑爱国去花市买了几盆绿植，每盆十元左右，给了我一盆。花盆是简易白塑料桶，二三十厘米高，放在南窗台上，虽显小气，枝叶映着太阳，倒也绿得好看。不过，很快就忙起来了，三联也不清静，这株小绿植的存在，完全被我忽视，它属什么科，木本还是草本，叫什么名都没问过。隔几天有打扫卫生的工人给它浇水。

叶芳是嘉兴女子，模样娟秀，性格急躁，眼里不容沙子。相识多年，一不小心成了她的领导。她是业界名人，爱书懂书，有才而又敬业，本领导干脆幕后，任她发挥所长。惜她两三年后调离……就这样,九年过去了,我在三联做了不少事,出了不少书,交了不少朋友,原望终职于此,未想调去人民美术出版社工作。搬家时,同事问我,这绿植不值钱,你到那儿可以买盆好花,不必带走它吧。我才发现,它已经长得很高,枝干比手指粗了,花叶则遮满小半个窗。塑料花盆还没换,但连盆放在一个稍大的棕色陶桶里。忽然觉得必须把它带走。因为太高,是让它横躺在车里来到北总布胡同新办公室的,仍放在南窗台上。

于是有心上网查了一下,它的名字倒很雅致:琴叶榕。原是美洲植物,越南、中国也算产地,主要生活在南方温热地带。琴叶,据说是因为叶子像小提琴;榕,指常绿乔木。的确,无论冬夏,总是绿的。它属木本植物。小枝条附着短柔毛,叶片厚,全株含有乳汁,俗称为奶汁树。花朵为椭圆形,果实为鲜红色,椭圆形或球形。花期为6月到8月。喜温暖、湿润、微酸性土壤和阳光充足环境,耐湿耐旱,对干燥空气耐受力强。它还是一味中药，具有祛风除湿、解毒消肿、活血通经的功效……我才知道，原来它还会开花结果啊！这倒要弄明白——九年之久，怎么从未见到？

像在三联一样，办公桌南北靠窗横放，我坐东朝西，琴叶榕就在我左前方的窗台上。渐渐对它有了兴趣，然而有点不满了：三根枝干光秃秃直向上长，顶着一个绿叶帽子，造型呆板、难看。正这样琢磨着，某日忽就发现，在我认为最该分叉的地方，竟然冒出新芽！起初是两瓣叶子，随后鼓出了枝杈。我很惊讶，专门在便签上画了幅写生钢笔画，记下它的善解人意，并注明时间：2012年5月7日——可惜手艺丢下多年，画得并不如意。这张便签夹在笔记本里，保存至今。

不久，办公室迁到双井富力中心十八楼。室域较大，有落地窗，让它立在窗前地板上，阳光普照，绰约无余，形如起舞女孩。先是，请工人把塑料盆除去，在原有外层陶桶中加了新土。许是光照水土充足，根须自由伸展，它像拔葱一样长大、长高，叶片日愈蓬勃，厚、深而绿，不过三个月，完全是成年汉子了。一日，女工说，楼下过道里有一废弃瓷缸，可以把它移植，不然头大身小，容易歪倒。我很感谢这位女工。瓷缸白地蓝花，喇叭口，直径约六七十厘米，样貌不俗，不知为何被人遗弃。装满新土，两个壮汉才抬得来。随后三年，是琴叶榕成长最快的日子。四散分叉的新枝条尚软，巨大的绿叶压得它们轻弯着腰，有一点风，就晃个不停。同事进了我的办公室，都会因它注目，说：气真旺！或说：怎么长这么好！

在人民美术出版社那几年，是我出版生涯最后的狂欢。编辑出版《小艾，爸爸特别特别地想你》，十卷本《楮柿楼集》，六十卷本《中国美术全集》（普及版），四卷本《张光宇集》以及《经典连环画原稿原寸系列》五种，《极简中国书法史》《沈鹏谈书法》……中午饭后小憩，我会拖把椅子，坐它旁边，观看窗外蓝天飞鸟；晚上加班看稿，四下阒寂，偶然抬头，无声的它站在那里，不知从何处照进来的光，把它的影子拖得好长。

2015年我退休了，它随我迁到北四环外嘉铭桐城社区的家里。我住在这里十多年了，是朋友徐城北介绍我来的，说是北京太大，有个朋友住邻居才好。我亦同感。房子样式较老，阳台有一米多高的水泥围挡，琴叶榕个子高，只好放在地上，如此，它的下半身就一直处在阴暗中了。好在它并不挑剔，仍旧蓬蓬勃勃地长，过几个月就要给它剃一次头。浇水的事自然落在我身上了，一周或半月浇一次。有时事多忘了，二三十天浇一次的也有。我对它的关注并未因此而增加，因为虽然从单位退了，还在做一些出书的事，并翻出尘封多年的文稿，编辑自己的文集；最紧迫的，我想写一本《范用传》，2023年是先生诞辰一百周年，希望那时能在三联书店出版。要查许多资料，尤其是别人未知的新资料。

徐城北和他的夫人叶稚珊都是文章高手。城北兄是名人之后，父亲徐盈、母亲彭子冈都是20世纪三四十年代名记者，城北兄家学渊源，研究戏剧，但勤于写散文，曾有豪情，要全国大城市的上百家报纸副刊都有他的文章发表。叶稚珊则是公认的才女，张中行、冯宗璞、费孝通、叶至善等文化大家都喜欢她的文章。他俩曾是我的作者，顺理成章成了朋友，给我介绍了许多作者和选题。我两家楼栋斜对着，他们在十一楼，我在五楼，从他们家阳台可以下窥我家阳台，最好的标志物就是占了半壁阳台窗户的这株琴叶榕。叶稚珊心灵手巧，每逢腊月，会培养好多盆水仙，送给朋友。我每得到馈赠，春节盛开，绿叶白花，香气清雅。可惜城北兄晚年中风，叶稚珊精心侍候多年。他曾对我说，叶稚珊是我的菩萨。2021年，疫情期间，城北兄仙去，享年整七十九（他是10月份生，10月份去）。2020年我为了家里老人，搬家到东四环外十里堡社区，城北兄的丧仪因疫情未能参加……

  十里堡新家阳台的封窗是落地的，琴叶榕又可以全身沐浴天光了。我没再深究它为何不开花，甚至觉得无花更好。送我琴叶榕的叶芳，早已随女儿去了美国，偶尔回来，几位三联书店的老同事会去朝阳门外大街的常州宾馆餐厅聚一聚。平日在网上也有联系，但很少。二十一年，会改变很多事情的。

2024 年 10 月

含 笑

体育教师小孙是瘦高个,总穿一套天蓝色球衣,一双白回力鞋,两条腿长长的,走起路来带风。他是我们语文组的"好伙计",喜欢古诗词,爱写毛笔字,平日里只要有空,就跑到我们办公室里瞎聊。他还喜欢养花弄草,但没多少学问,也就是几盆月季,一盆撒银海棠,一盆珊瑚珠,比较别致的是一盆含笑。

他获过地区百米赛跑第一名。打排球时,他跳得好高啊。

就是这样一个体格健硕的人,竟得了癌

病！他年轻的妻子哭天呼地自不必说，就是我们，也深感命运之莫测，病魔之无情，好几天全校教师都闷闷不乐。不久，他去北京治疗了。后来，动了手术。再后来，我们放暑假了。

开学后，听说他已回来，大家都去看他。我去时，他正在院里侍弄那盆含笑，一边和先去的几个人谈什么，见我进来，点点头，没停下口中的话：

"这是我托人从云南搞来的，咱们地区大概也没有几盆！古人还有诗呢：花开不张口，含羞又低头；拟似玉人笑，深情暗自流……"

他的脸有些发青，除此外，也看不出多少变化。他没谈他的病，我也没问。他三岁的儿子跑来喊："爸爸，抱。"妻子从屋里出来："乖孩子，来，妈妈抱，爸爸腰疼。"他推开妻子的手，蹲下，搂住儿子。片刻间，他的脸色苍白了。

他是肠癌。领导让他休息，他摇摇头……不久，他来到学校阅览室管图书。

阅览室原先由一位女教师管理,她年纪大了,又有慢性病,常常不来上班。

阅览室门上贴了字条:整理图书,暂不开放。字条是用柳体正楷书写的,但功夫不到,反像小学生描红。从玻璃窗望进去,屋里满地是书,他坐在书中,翻翻这本,看看那本。他的头发上、衣服上沾满了灰土。下班了,阅览室灯还亮着。

一连几天都是这样。下个星期一早上,贴出了开放启事。上到顶楼,只见门窗油漆一新,屋内用书架组成一条甬道,进去后,左面标着"文科",右面是"理科"。文科那边多了张写字台。书分门别类摆得整整齐齐:诗、小说、数学、科学、语言文字、历史……一目了然。明明还是那些书,可好像不是那些书了似的。杂志则按年月装订起来,一律用牛皮纸包面,写上刊名……大家都夸赞他,他有些窘,悄悄对我说:

"我也是为自己呢,你瞧,"他指着写字台

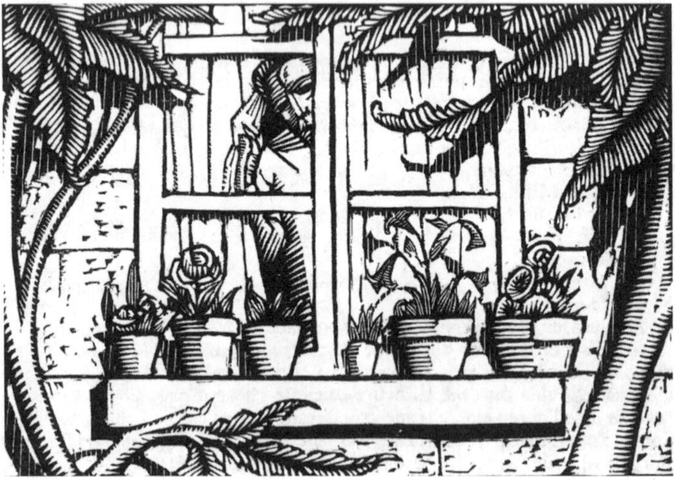

边那架子书,"唐诗宋词、字帖碑刻全在这儿了,伸手就能拿到……"

墙上贴了书法。书桌上方是:静观自得。

阅览室很热闹了一阵。没人的时候,他或者摹帖,或者念古诗。摹帖的时候,腰板坐得笔直,下笔很慢,一写就是一两个小时。屋里很快挂满了他书写的条幅。

他还开始练气功。他是体育老师,学得快,不到一个月,就带徒弟了,逢人便说:"我已经练到自发功了。"

期中过后,功课越来越紧,不太有人去阅览室了。他很寂寞。他主动打报告,兼任了职工俱乐部主任。

学校里过去没有俱乐部,这官儿可说是他自己封的。大家见了他便叫:"孙主任,忙啊!"他笑了:"可是忙,主任嘛!"学校给了他三间顶楼的旧实验室。他在两间屋里支了四副乒乓球台,一间屋里摆了两盘康乐棋(兼象棋)、两盘军棋、两盘跳棋,还买了几副扑克。他找木工做了块匾，先在纸上写了许多个"职工俱乐部"，挑来选去，复写到匾上……这事，他干了好几天。匾高挂在俱乐部门口檐下，红地白字，还真像那么回事！于是，每到下午四点，课外活动铃一响，他便迈着两条长腿，走下顶楼，挨个教研组叫人：

"好了，老师们，到点了，快去俱乐部吧！"

好像多么重要的事似的。连年近六十的老教师也让他拉去了。开始老教师好不勉强，可过了几天，他们打康乐棋的瘾头比谁都大，人不凑手时还到处拉人呢！俱乐部里，欢声笑语，人人聚精会神，没人注意小孙老师。他这屋出那屋进，脸上挂着笑，眼里闪着光，哪有半点病人的影子！人不够时，他还凑上去玩一场，别人一来，他就让了……

青年教师们更是如鱼得水，一会儿玩这，一会儿玩那。星期六晚间无事，还会找到小孙老师家里去。他二话不说，拿了钥匙就走，有时陪他们玩到夜间十一二点。

　　半学期下来,全校老师竟无一请病假者,连颈椎病这类职业病都没犯过。很多人都说,这应归功于小孙老师!

　　……

　　我离开那所中学好几年了。几年来,我常常想起那个俱乐部,想起小孙老师。最近得到消息说,他死了!又说,他死后,那盆含笑无人会侍弄,也死了……半夜梦醒时,我想,死,是任何人也逃脱不掉的,如何对待死,如何对待疾病,小孙老师算一个特例吗?他在生命最后的日子里,分明是生活得比较安详,比较充实。于是,冥冥中,我又看见他迈着两条长腿,含笑向我走来。

1988 年

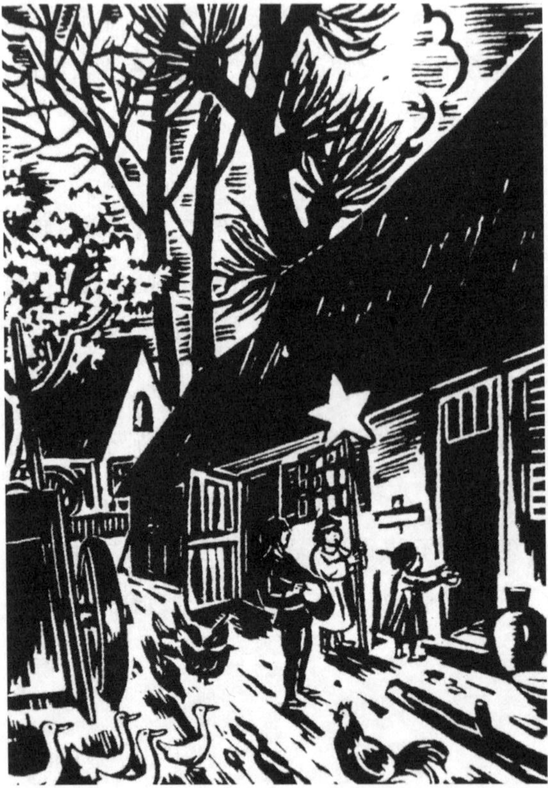

陈磊记事

我那几个曾经热衷于高谈阔论的中学同学，后来都转了文学，或上大学中文系，或读电大中文班，只有陈磊考了电大经济管理。朋友们说，这因为他是个讲实际的人；又说，因为他是个郊区人——这是有贬义的。其实那时我们谁也没到他家去过，对他家的情况也不甚了解。一向是他从郊区远道进城来参加聚会。1982年夏天，他母亲得了癌症，在市南区住院，我去看望过几次，才渐知一点他家里的事。他姊妹兄弟七人，五男两女，他排行三，下有两弟两妹。父亲病休，大哥在外地，二哥住姥姥家。在医院里，我曾与他母亲说过话，她性格爽快，极其健谈，可想而知，是一位掌家能手。但手术后，不见好转，挣扎两月，痛苦去世。六口家之重担，全都落到陈磊肩上了。

那年他二十四岁，一弟二妹仍在读书，大弟待业，父亲多病，不能出门。

他变得沉默寡言了。除了春节，我们几乎见不到他。从仅有的几面中，我得知他掌管全家"财政"，得知他盖了一间小屋，大弟找到了工作，下一年大妹也工作了，给她买了块手表，她有了对象；再一年，大弟也有了对象……说这些时，他细长的眼睛亮晶晶的，日益消瘦的脸上挂了笑意。有一次我和他照了一张合影，他就是这样微笑着，但那微笑里分明含着一丝疲惫，一丝忧郁。

不久，有人给他介绍了一位工人姑娘，一个月后，正是春节，他们结婚了。婚事办得如此突然，朋友们都吃了一惊。我带了礼品，到他家去。这是相交十多年来我第一次去他家。

去他家需换两次车近一个小时，下车后还要步行。说是一个大院，其实是山坡上一个小村，足有百来户居民。我打听来寻找去才到他家。是两间相通的小房，面积最多二十平米，南墙开了两扇绿漆框子的玻璃窗，窗台上摆着花，有令箭、蟹爪兰和文竹。屋内主要是炕，两间屋三铺炕，箱、柜都贴墙放在炕上。从窗射进的阳光将屋内照得温暖明亮。小小的院子里有一间小屋，我想，这就是那间他盖的小屋了，如今做了他的婚房。

我去时，陈磊不在，接待我的是他的小弟，十五六岁，一口喊我一声哥，很热情地把我带进里屋见他父亲。从他父亲口中，我才知道，今天不仅陈磊结婚，还有他的大弟。院里的小屋，是大弟的新房，陈磊自己在很远的地方租了一间农房。他安顿好了这边，去那边收拾去了。一会儿，他的弟弟妹妹陆续回来了。

从他们身上,我才体会到陈磊这些年来忙碌、奋斗的分量和意义。我从没见过这样和睦、朴实的大家庭。婚房内陈设很普通,但沙发、衣橱、书橱、地灯,该有的都有了,挤得满满当当。他的大妹,身穿紫红羽绒服,高高的个子,披肩发,瓜子脸,漂亮而又大方。小弟小妹穿着一般些,但也都干净利索。

陈磊回来了。他带我去他的新房。他的新房寒酸多了。他的妻子有些像他,白净的皮肤,细长的眼睛,只是脸比他丰腴。她穿了一件绸面水红中式棉袄,鞋、裤都是旧的,但她脸上笑容分明是崭新的、明亮的。坐在床沿上,我对陈磊说了此行的感受,他说:

"确实不容易。为了省点钱,我才这样在春节和弟弟一起结婚的。一个家庭,千头万绪,什么都要想到。我这才体会到母亲持家的艰难,那时家里更困难。如今弟妹都大了,只要实实在在地干,精打细算地花,就会一天天好起来。"

那年他没能考取电大,以后也没再考,因为厂里提拔他当了干部。我们更难得见面了。

1988 年

> 那时我去陈磊家,要乘2路电车,从市南区到市北区,穿过台东区,到四方区……

II

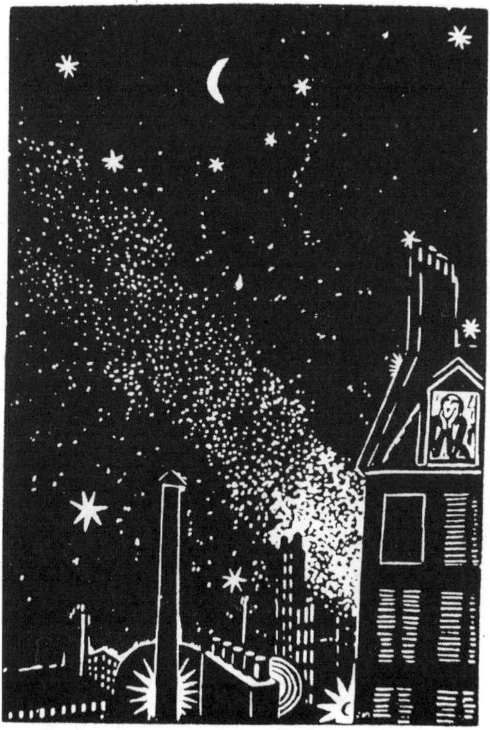

城市与少年

我出生在青岛。我在青岛长大成人。儿时的青岛,使我深深怀念……

房与路

据说,青岛原是海中小岛,后来水位下落,岛北才与大陆连接。

青岛早已是繁华的现代城市了。

房子依山而建,多外国样式。1949年前,这里是洋商人蜂拥之地,谁有钱,谁有势,谁就开基造屋。尤其近海一带,想盖海边,就盖海边,想盖山坡,就盖山坡;想盖尖,就盖尖,想盖圆,就盖圆。高的、低的、砖的、石的,想怎么盖,就怎么盖。路围房修,哪儿有房,哪儿就有青紫色的柏油路。房乱,路也乱;房上山,路也上山;路名是借地名起的,但名实无关。"上海路"是条平常小街,"莱阳路"是全市最美的海岸大街;"金口"是个小镇,"金口路"却是最舒适的居住区之一。在青岛人的心目中,"莱阳路""太平路""金口路""嘉峪关路"这些路名本身就有种美感——正如樱桃好吃,"樱桃"这个词念来也觉水灵一样。

儿时喜欢做的游戏之一,是走迷路——随便找条陌生的岔路走去,每次总收到意想不及的效果:或本是两边高楼石阶陡下的窄巷,一拐弯却现出豁然开朗的大街,街旁绿树密植,树后透出片片白色花格墙。墙里又是树,是高大苍黑的松柏。松柏后面,才是红瓦粉墙白门窗的楼栋;或是走着走着,突然路尽头出现了深蓝的海,海上正驶着拖了长长烟柱的船。

青岛的房多半有院墙。从外看,楼房坐落在院子深处,到处静悄悄的。若推门进去,便会发现,院子里,树荫下,儿童们在嬉戏,妇女们在缝纫,老人们在休憩。这和谐宁静的氛围,常使我痴痴忘返,恍若来到别一世界……

动物园

动乱开始后,学校乱了,不上课了。我很寂寞。有一段时间,天天到动物园去。

动物园离我家不远,在山那边,翻过山头,下坡即是。动物园里有三四十种走兽飞禽,都是常见的,如虎、豹、狮、熊、猴、狼、鹤、孔雀等等。比较珍奇的种类,只有鳄鱼,叫扬子鳄——其实最没看头,总一动不动。动物园里除猴、鸟,多数动物懒动。那时正是冬天,动物园里树叶落光了,落了满地,也没人打扫。很少有人来,显得荒凉死寂。但我还是喜欢去。进门的地方,有只八哥,若问它:"八哥八哥几点了?"它会答:"八点了。"问它坐什么车,它答:"三轮车。"——一口地道的青岛话。它还会咯咯大笑,笑声如同老人。这只八哥,我很喜欢。我每去动物园,总要和它说一回话。再就是喜欢看猴。猴的笼子最大,最高。那些跟妹妹的洋娃娃般大的小猴儿,永远是兴高采烈,像有神经病似的蹦来跳去,吱吱乱叫,跌跤,打滚。看着它们,我寂寞的心中觉得好受多了。

我其实已记不确当时寂寞的滋味了。我只记得,看着大灰狼在笼子里踅来踅去,我想,它一定是寂寞的。看着金钱豹抬起大大的眼睛望着我,我想它一定是寂寞的。看着乌鹫弓身呆立在架上,我想它一定是寂寞的。如果它们有点快活爱动的样子,我也就快活了。

汇泉山

青岛人习惯叫中山公园作"汇泉"。汇泉得天独厚,靠山,傍水,再加上树,天然就是个美妙去处。在那些寂寥的日子里,我喜欢拿本书,独自在汇泉山上游荡。山很深,树种多,大多我叫不出名字。有的地方,树又高又密,大白天走进去像进了黑夜,阴森森的,湿乎乎的。有的地方,树较疏,那多半是刚被砍伐过的缘故。树与树间,隔三岔五的是露着白茬的树桩。树桩散发着清苦浓郁的香气。树桩边草地上,留有砍伐的痕迹:碎木屑、树皮、断枝、枯叶。我找个能晒到太阳的桩子坐下,读书。那一阵我常读的书,记得是屠格涅夫的《猎人笔记》。

山坳里有个小水库,也是我常去之地。水库以山为岸,山口拦一道极高的坝。百十条泉从山上流下,汇进山间河道,拐过一座小山,停留在这里。岸边参天的松树倒映在水里,头

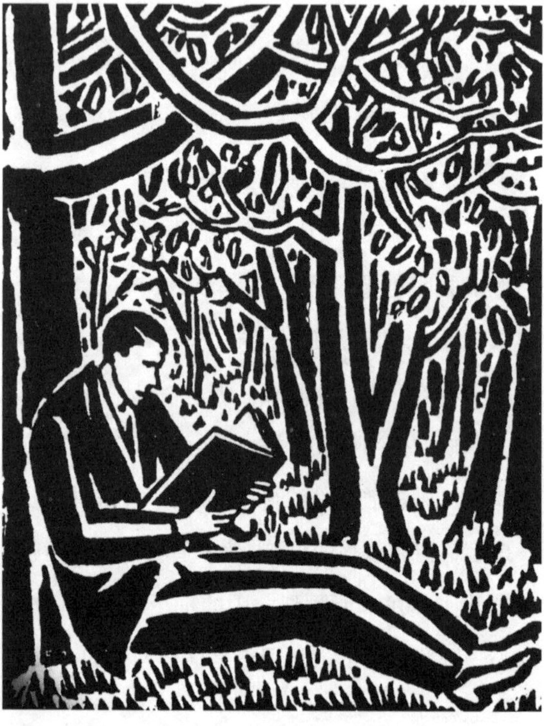

上高高的山峰倒映在水里,天上白云也倒映在水里。那时在水库边所做的种种幻梦,记不得了。但这深山水库却永印我心。此刻,我仿佛又见到几只蓝色的燕子,贴着水皮飞掠。

循着山间泉流,能上到山顶。汇泉山不高,但方位好:站在山顶,西望,可俯瞰整个城市;东望,是苍茫大海。其实城市西面,也是大海,看不见就是了。

海 边

海从三面包围了青岛。我们称栈桥、鲁迅公园、八大关一带作"前海沿"。

栈桥是一道伸向海中的石桥,原是渔船结缆卸货的地方,现在主要供人游玩。桥头有座亭式二层建筑,名"回澜阁"。阁上观海犹如乘船,频频浪涌似阁在航动。夏天浪大时,阁前溅起丈许高的浪花,映着落海残阳,能把阁内映红。在我印象中,栈桥一带总是整整齐齐,

青岛的海岸线极不规则

像个总把头发梳理得一丝不乱的少女。

我以为最有味的,是海水浴场和八大关。

去海水浴场,是游泳。浴场是个大海湾,中间是沙滩,两侧是礁石。沙滩上有红红绿绿的更衣室、冲水处。海里有鲨鱼网。鲨鱼网用木浮和铁砣固定在水中。木浮子涂了白漆,一个连一个,远看去,像一条白线横在蓝色海面上。网附近的水有十米深,水极清,碧绿,宝蓝。水温低,片刻便能把燥热的身子凉透……

去八大关,是散步。所谓"八大关",是嘉峪关路、函谷关路、山海关路……八条路的合称。八大关一带海岸和别地不同,岸线极不规则,有高高低低的峭岩,有一小片一小片的沙滩。有的峭岩下有石洞,海浪涌进去,发出轰隆隆的回响。八大关偏僻,海边常阒无人迹。好几里长的峭岩和沙滩连着无边的海。沙滩是粉红色的,中间点点白的,是碎贝壳蛤皮。海多半是浅蓝色的,油光光,像一幅蓝绸子。阴天时又像灰绸。夜里则黑魆魆地和夜空连成一

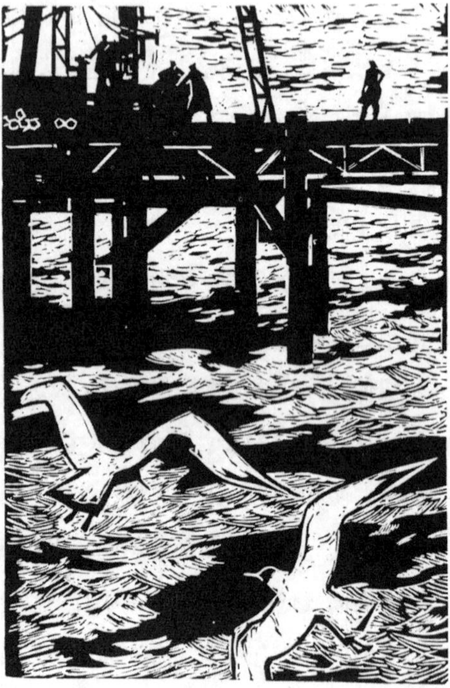

气。暮霭沉沉的时刻,我常常在沙滩上散步。沙滩上只有我一个人的脚印,长长的。夜悄悄降临了,海上起了纱一般的雾,我却没注意,仍旧在沙滩上走着,走着……有时候,我独自坐在峭岩上,一直到午夜,深深感受着一种惆怅的幸福。广大的岸,广大的海,广大的天空。小小的,十四岁的我,低着圆圆的、头发密直的头,在思索。心中的东西很多,却又一点也说不出……现在仍旧说不出!

1984 年

石头楼

这样的石头楼,青岛一共三座,其中一座,与我们院毗邻。我们那一带是山坡,楼因地势,一栋高一栋。从院内看,楼似盖在大台阶上,毗邻的台阶立面,就是两个院子间的墙。

以石造楼,并不稀奇,奇的是,不用石板,而用凹凸不平的石头,远看去,疙疙瘩瘩,像古代缀满铁钉的城门,又像现代青年人穿的羽绒服。据说,是德国式建筑。东墙南墙覆盖着"爬墙虎"(一种藤类植物),春夏秋三季长满墨绿色叶子。窗子小、深,拱形,装有图案状铁栅子。白天，窗子里黑洞洞的，晚上灯光也昏黄暗淡。风一吹，爬墙虎哗哗作响。月亮从石头楼后升起时，天空中现出一个大大的黑影子。小时候这楼给我的印象是：阴森，神秘。

懂事以后，这种印象淡漠了：我认识了石头楼的主人。

石头楼主人姓白，我们叫他白大爷。白大爷六七十岁，白的头发，白的眉毛，白的胡子。他原先是国民党海军舰长，因与日本鬼子海战受伤退伍，就花钱盖了这楼，定居成家。1949年他没跑，后来还做了政协委员，后来又做了右派，从那没了公职，在家闲居。从记事起，我只记得白大爷成天养花弄草。养了一院子。养了一窗台。养了一墙头。早上起来，一出我们楼门，就看见了；傍晚放学，刚进我们院大门，又看见了。那高出我们院两人去的另一个院子，就是花的天地，草的天地，白胡子老头的天地。

沿墙栽了一排迎春。墙角有一棵樱桃，一

棵杏,一棵桃。阴历二三月间,手还拿不出袖筒呢,它们就次第开花了。桃花红,樱花白,杏花有红的也有白的,迎春则金黄金黄。迎春乱蓬蓬开了一墙头,好多苲拉到我们院来。太阳一照,乌黑的墙头金光闪闪。我们院五家人家,都忍不住要掐一捧回去生在瓶里。

最有趣要数春末夏初。白大爷的花全开了,多有四五十种。晴朗天气,成群的蜂子,成群的蝴蝶。蜂子嗡嗡嗡嗡叫,蝴蝶摆呀摆呀飘。蜂子像些小绒球,蝴蝶像些彩纸片。那些颈子细的花,蜂子蝴蝶一落上,就弯了腰——像俯首听命似的。一会儿,飞了,花又抬起头,还要摇几下——像招手再见似的。那些杆儿粗的花,落上三五只蜂子蝴蝶也不在乎。风一吹,它才动。它一动,蜂子蝴蝶就飞了……要是刮东风,我们院弥漫着花香,楼里、走廊、家里都能闻到。不刮风也能闻到,味薄一些。刮西北风,就一点也闻不到了。晚饭后,母亲在灯下做针线,说:"他白大爷这棵茉莉真香,又刮东南风了。"说:"怎么一点香味也听不见了?又要变天了吗?"——母亲在老家带的习惯,老把"闻"说成"听"……

在我记忆里,白大爷和花连在一起。那么多的花,那么重的花盆,搬进搬出,收拾来收拾去,一天到晚忙活,好像他就是为这些花活着似的。没有人帮他。他家除了一个比我大五岁的儿子,前几年因偷东西,被送去教养,其他好像什么人也没有了。白大爷自己住朝北的屋,把朝南的屋子全部养了花。在早还有个老太婆给她买菜烧饭,后来不知怎么不见来了。每天,他拄着多节竹杖,挎一只竹篮,到东方菜市去。买粮买煤都是花钱让送到家的。母亲说,1947年盖好房他搬来时,有个很俊的媳妇,转过年生儿子难产死了。所以,他不喜欢这个儿子。

白大爷不喜欢儿子,却喜欢小孩子。白天,我和小伙伴在院子里踢大脚,跳房子,打尜,蹦杏核。白大爷浇完花,搬把竹椅,坐在墙边，居高临下，笑哈哈地看我们，一边抽着烟斗，吐着烟雾。一看一头午，一看一过午。六七八月，樱桃杏子桃子都熟了，我们喊白大爷喊得更勤了：

"白大爷，树上红的是什么呀？"

"白大爷，杏子可以吃了吧？"

"白大爷……"

白大爷听了，笑哈哈地说：

"呵呵，我不晓得那是什么，我只晓得那东西不能吃！"说："谁说杏子能吃了？还能酸掉牙咧……"

一边说着，白大爷一边从竹椅上站起来，拿根竹竿，竹竿头上有铁丝弯的叉，叉到枝头，一拧，那通红的樱桃橙黄的杏子就一串串一个个落到我们院的草地上了，于是我们喊着笑着跑过去……

我们院的大人们常隔着墙与白大爷唠话。多是请教茉莉花放屋里好、放院里好，玻璃海棠喜不喜欢大肥，云竹怎么老那么疏——近朱者赤，我们院人家也都养了花，但种类不多。

我们上学时，大人们上班时，两个院子都静悄悄的。没人的白天，白大爷独自坐在竹椅上、树荫下，手里捧了一本书页发黄、书皮黑蓝的线装书（花书、小说、古诗词），嘴中念念有词，聚精会神。也许点了一袋烟，还没抽，就磕掉了；也许还没点上火，却一个劲地吸。只有时而从瓦蓝瓦蓝的天上飞过的大雁、麻雀、鸽子，使他分一会儿心，直看着鸟儿飞远，飞进了云彩……

大人们叫白大爷做"他白大爷"，意思也许是"孩子他们的白大爷"。

直到动乱降临。

抄家从白大爷家抄出一张照片。照片上的人穿着军装，戴着大檐帽，佩着肩章、奖章。很威武，很年轻。可是这照片被贴到马路的墙上，一旁写了大字：看！白俊臣的丑恶嘴脸！我们这才知道白大爷的名字——白俊臣。但从此就只有白俊臣，没有白大爷了。爸爸说，白俊臣穿的是国民党上校的军装。妈妈买菜回来，说："白俊臣又拉去游街了。"说："白俊臣的儿子放出来了……"

　　白大爷的花全给砸了，砍了，书给烧了。几间南屋搬进了几户人家，几间北屋做了某单位的仓库。白大爷住在楼北门的楼廊里，他儿子住在留给他的一小间北屋里。白大爷很少出门了，也不知在做些什么。他儿子倒是常见，长了一张娃娃脸，头发却已花白，名叫白冬。白冬在劳教所学的木匠，喜欢音乐。晚上，石头楼北墙唯一亮着昏黄灯光的小窗子里，常常传出手风琴声。开初那两年拉些《北京的金山上》一类的曲子，后来常拉《外国名歌二百首》中的曲调，什么《三套车》《深深的海洋》《宝贝》《红河谷》……琴声传到我们院，悠悠的，不绝如缕，十分凄凉。那琴声，像不是人拉出来的，而是那石头楼自己发出的音响。琴声断了，灯灭之后，石头楼就是一片黑暗。风大的秋夜，爬墙虎长久地呼啸，也像是石头楼在发声。月光照过来，石头楼浑身青光，像一方巨石伫立在那里。即使是白天，那尽失花草、光秃秃的、寂无声息的楼院也是一派荒凉。

石头楼在我的印象中重又是阴森、神秘的了。说来奇怪，白大爷的形象在我心目中也渐渐变得可怕、陌生。夜里穿过院子，总要盯着那门廊的门，匆匆跑过。偶尔见他出来，也不敢看他，总觉他的神情一定是恶狠狠的。怎么会有这种印象，至今不明。

不久后，我家搬离了那儿。转眼十多年过去了。十多年来，我懂了许多事，石头楼发生的一切似乎都有了答案。听说，那张照片上的军官，并不是白大爷，而是他的哥哥。这个哥哥去了台湾，下落不明。这个哥哥，是白大爷那一辈中唯一的亲人。听说，白大爷如今重做了政协委员，他的儿子结了婚，他有了孙子。

记忆和感情是个奇怪的东西，它会保留着旧的一切，就像遗失照片的底片一样，不受现实影响。直到今天，我还能感觉到那花香，那五彩，那恐惧，那忧伤。我想，我记事时白大爷已经六十岁了，如今我快三十岁了，白大爷也八九十了吧。不知他是否联系到他的哥哥；不知新一代的孩子们，还能否驱走他的孤寂；不知天上的鸟儿、地上的花儿，还能否做他晚年的慰藉！

1982 年

四季回忆

随着年龄的增长，对季节似乎越来越挑剔了，比如冬天畏冷，夏天苦热，而在这冬春之交乍暖还寒的日子里，则有种无所适从之感。夜来裹了棉衣，坐在灯下，忽然忆起儿时四季：

春天，最难忘的是放风筝。是一种最简陋的风筝：自己操持竹骨，用刀刮得极薄，扎起来也不过两本书大小，用书写纸贴面，再用纸条扎一条尾巴。上面不着一点笔墨，就是白的，拿到山上，边跑边放，风好时，一下子就起来了，能蹿老高老高——蔚蓝的高空中，白

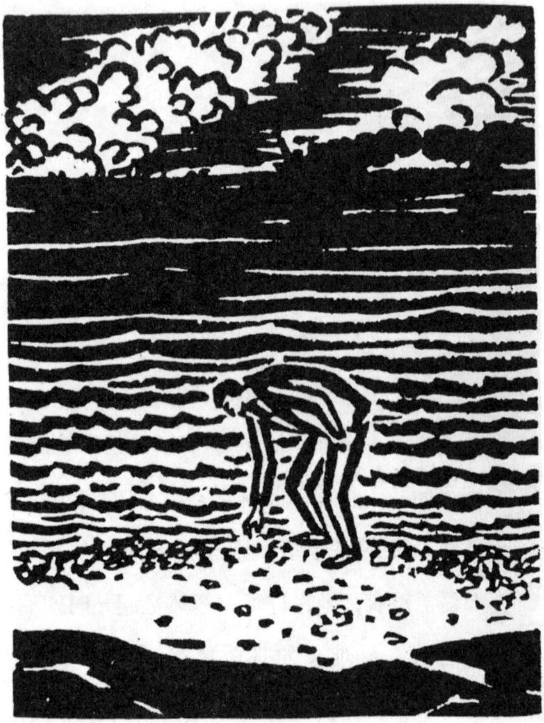

风筝映着阳光,闪闪发亮,像一片银箔。线在手上,扯一扯,便能感受到高空的风云。这小小的玩意儿,真能把我的魂儿勾到蓝天里去。有时候,两只风筝纠缠到一起,挣扎之下,会突然倒头直下,完全失去控制,碰到房檐、树枝上,线断了,便飘飘摇摇落下山去……春天里,电线杆上、树顶上,到处可以看到垂头丧气的风筝,是一种特有的风景。

　　夏天,对我们这些生长在海边的孩子来说,最有趣的,当然是洗海澡。"洗海澡"大约是青岛独有的方言,在别处,我没听过同样的说法。我家离海水浴场近,每日里,只穿泳裤,光着脚丫,从家出来,踏着被烈日晒得滚烫的柏油路,一溜烟就跑到海边去了。在那儿,我和小伙伴有处"老宝店"(也是青岛方言,即好地方),是礁石群中的一小片海。在这里,可以从两米高的石头上扎猛子,或脚向下"跳崂山",还可以潜到水底找鹅卵石……玩累了,小伙伴们坐在礁石上,一边打着哆嗦晒太阳

（海风总是凉的），一边曲起臂来，比谁的皮肤晒得最黑。海水泡过，一划一道白杠，可以用指甲在身上写字。常常，上午下午，一整天都在海里。一个夏天，能晒得像个铁蛋儿，一笑，牙齿特白……

秋天，玩"蛐蛐儿"。青岛老房子多，在石墙的罅隙和繁盛的草丛中，到处有蛐蛐儿长鸣。捉蛐蛐要在夜里。据说"万国公墓"的蛐蛐儿最好，我不敢去。捉蛐蛐儿回来，多是深夜，蹑手蹑脚回到家，倒头便睡。早晨起来，啥事不干，先是检阅收获，并拿出去与别人的斗。喂蛐蛐儿辣椒和大米，有时也喂别的蛐蛐的大腿，以为这样能培养它凶猛好斗。有一只常胜将军，我一直养到来年春节。它先是老掉了须，老掉了腿，又过了许久才"老死"。

冬天，过年放爆竹，下雪堆雪人，那是常课。印象中最有趣的，是"打茧儿"，学名应是"打尜"，就是削一块两头尖的木头，放在地上，用木板砍其一端，"茧儿"就蹦起来，然后在空中用木板猛击，打得越远，得分越多。再就是弹玻璃蛋儿。这都是户外游戏，而且主要倚仗手的灵巧。我至今不明白，为什么别的季节不玩，偏在冬天手冻得像红萝卜时才玩……

  细想一下，奇怪的是，四季的区别本在气候，而我儿时对四季的印象，却只是一连串的乐事，似乎并不关心气候的嬗变。或者说，那时，每个季节都是美好的，每个季节都有其特有的乐趣。由此我得到一种启示：四季之分，正是生命的轨迹、生命的法则。草木一岁一枯荣，燕子一年一迁徙。然而，就有那么一些人，只知道赞扬春，美化秋，对夏冬二季不满，甚至通过暖气和空调，企图将夏冬完全取消。所谓"四季如春"，其实是一种谬论。我想，热的时候，就应当让它热；冷的时候，就应当让它冷……那光脚走在滚烫的柏油路上和冻红的手放在嘴上哈一哈的感觉，多么温馨，多么令人神往啊……

1982 年

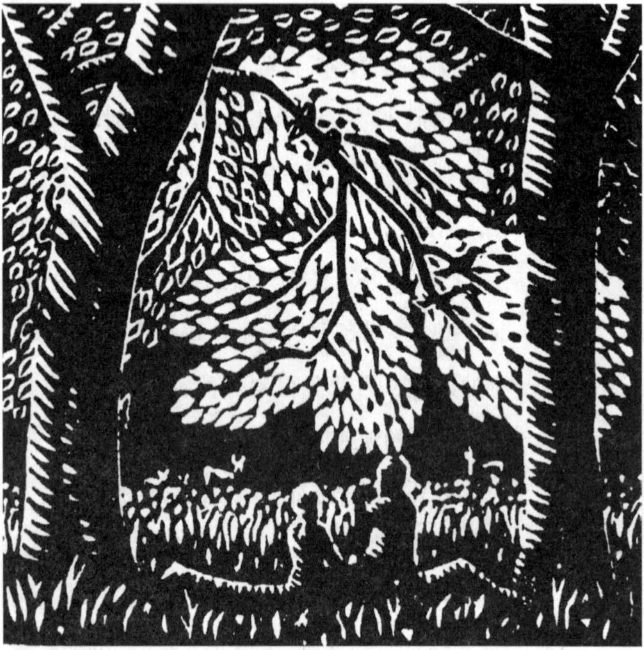

树林里

中山公园西角有个湖,名"小西湖"。湖边有片树林,树林里也有一湾水,墨绿色的,倒映着湾旁高大的柳树和法国梧桐。往树林深处走,可见两根石柱,石柱上刻有建园的日期——这儿是原来的公园西门,十多年前建了新门、新湖,这儿便荒芜了。树越长越高,越长越野,从外往里看,林子很密,里面黑洞洞的,其实进去以后里面却很宽敞。树间原先的大路依稀可辨,路旁还遗有石凳。遍地是陈年落叶,湾里也覆满落叶。春夏两季,青草从落叶下长出,高高地绿了大地;秋冬二季,草枯萎了,便和落叶混为一体。除了柳树和法桐,树林里还有银杏、白桦、刺槐、橡树、冷杉、松柏等。到深秋,银杏、法桐和白桦的叶子金黄金黄、桔红桔红,从叶隙间望去,天空湛蓝湛蓝,又高又远。

树林里不大有人来,只有养金鱼的,常常带着长杆子到湾里捞鱼虫;还有些画画的,常坐在落叶上,长久地眯起眼睛……

有一年夏天,公园西门值班老人的小孙女放暑假来陪伴爷爷。小姑娘十五六岁,短发,皮肤黑黑的,嘴巴大大的,穿连衣裙。早上起来,洗了脸,不擦油,不照镜子,以手代梳,随便拢几下就往公园去了。清晨的公园里雾蒙蒙的、湿漉漉的,小草上的露珠亮晶晶的,她在公园里漫步着,裙子在雾里飘来飘去。太阳慢慢升起来了,到处闪跳着光,她也满身带着光跑了回来,睫毛上挂满小小的水珠。吃完早饭她又出去跑,晚上则跟爷爷坐在大树下听纳凉的人们聊天，直到夜深了也不愿意睡觉……

小姑娘天天在公园里转悠，终于有一天她发现了这个秘密的天堂——从树林叶隙中透进来的点点光像千万盏灯；遍地的野花绿草织成一张绚丽的地毯；粗壮的法桐树干上布满花纹，如同宫殿里的大理石石柱。树林里弥漫着一股浓郁的、略略发苦的气味。她兴奋极了，摘了一把又一把野花，摘多了没处放，就用裙子兜着。裙子兜满了，她又把花全部倒在地上，挑选最好看的，用草茎扎住。不知干什么用，就举到头顶，轻轻挥动，一边挥动一边不由自主地跳起舞来。花儿扎得不紧，从她手中纷纷洒下，惊起一旁的鸟儿，叽叽喳喳地叫着，擦着草尖飞去。

"轰隆隆……"突然响起一声炸雷。一阵大风。树叶发出哗啦啦的响声。小姑娘抬起头，只见天色转眼昏暗下来，在一阵比一阵强的狂风中，整个树林都摇动起来，发出悠长的呼啸。摇摆的树露出铅灰色的天空，在水湾里掠过颤微微的光。随着"咔嚓"又一响雷，一股紫白的火焰瞬间穿透了树林，接下来是更大的黑暗。树林里什么也看不见了。小姑娘吓得双手抱肩，蹲在大树下，紧紧闭上眼睛。雷声又炸响了，倾盆大雨浇了下来……

不大一会儿，像大家商量好的似的，雷电风雨一起停止了，一切又恢复平静。小姑娘偷偷睁开眼睛环顾四周：树林里到处华光闪闪，绿的更绿，红的愈红，太阳光像一缕缕金线斜了进来，照在草地上。她站起身，甩一甩湿透的短发，走到水湾边，看着水里自己的倒影。湿透的连衣裙紧贴在身上，画出她小小的未成熟的乳房。她害羞地抖抖衣衫，面朝阳光，让微风吹干……

从那以后，小姑娘天天到树林里来。她发现树林里有数不清的奥秘，简直称得上"气象万千"；她还认识了一些来树林里画画的人，他们把她也画进了画里。于是这座老林子和这个小姑娘，装点了艺术，大概至今还挂在某个城市的某个人家的墙上呢!

1982 年

> 这片树林，是后来青岛的画家车来写生的地方，也是我难忘之地。

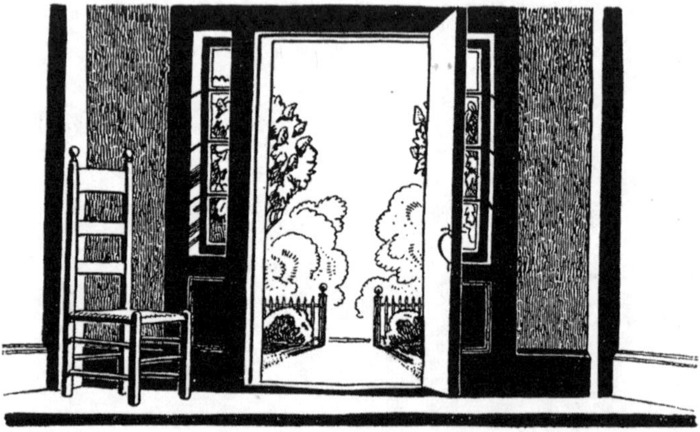

小院童年

1

我们院有件怪事:一块儿生孩子。我是阴历八月生的。我生下来一个月,紧邻的孙家生下小喜子。再过一月,楼上邵家生了双玲。

二男一女。

转过年三月,西院廖家又生下一个女孩儿,取名水芝。水芝长到九岁,廖阿姨病死了。水芝长到十一岁,廖叔叔又娶了个女人。水芝有了个后妈。后妈黑心眼子烂肠子,拿着水芝不当人。廖叔叔在勘探队，难得居家。苦命的水芝就和孤儿一样了。邻居看不过去，就找街道主任。街道主任是我母亲。母亲跟那女人谈过几次。坏女人耍鬼，当面一手，背后一手，母亲没有办法。母亲没办法，母亲很生气，告诉了孙大娘。孙大娘也很生气，告诉了邵大娘、洪大娘、李大婶。晚上，老婆婆们在丁香树下纳凉，提起这事啦了挺多故事。

一个故事说：

有家人家死了亲妈，找了个后妈。后妈偏心自己生的小子，看见前窝的闺女气就不打一处来。白日，男人下坡干活，她百般虐待这闺女。估摸男人快来家了，就逼闺女喝水。喝了一碗又一碗，直喝得肚子圆鼓鼓的。男人回来了，吃饭了。闺女眼看着饭，饥困得难受，只是吃不下去，对着碗掉泪。男人问怎么回事，那后妈拍着闺女的肚子说：这丫头又懒又馋，早就吃得饱饱的了，还瞅着碗里的不放呢！男人干活累了一天，早不耐烦，听了这话，揪住闺女的头发就打。打不解气，就踢。一踢正踢在肚子上，肚子一下子爆了，淌出的全是水。男人一看，明白了，大哭一场，把黑心女人交了官，下大牢定了死罪……

一个故事也说一个后妈。她怕前窝闺女过门带嫁妆，就想了个办法。有一天，闺女正睡觉，她捉了一条小蛇，往闺女嘴里一放，小蛇就下肚了。打这以后，这闺女越吃越多，怎么也吃不饱，肚子也一天天大起来。后妈就说她招野汉子。做父亲的火了，把闺女吊在梁上。他吊不光吊手，脚也吊起来。脚吊得高，手吊得低。这一吊，那已长大的蛇就从闺女气嗓眼子里空出来了。蛇一出来，闺女才以实相告。一相告不要紧，做父亲的就把那后妈开了膛……

我，小喜子，双玲，各自倚在各自母亲的怀里，大气不敢出，静静地听着这些吓人的故事。听了这些吓人的故事，第二天我们就到西院找水芝去。找了水芝，把她带到我们院里玩。

2

我们院的门是铁门。铁门用两块铁板加钢筋做成,有年数了,生着红锈。生了红锈,敲上去,"当!当!当!"的声音还很响亮。铁门有年数了,一开一合,十分吃力,关得急了,两扇门撞到一起,会发出"轰"一声巨响,震动八方。

关上铁门,是我们的天地。

院子很大,里面花、树、鸟、虫样样都有。花有些能叫上名字,有些叫不上名字。一到三月,这儿几星,那儿几点,小绿芽就冒出土了。有的在墙旮旯,有的在后院,终年不见太阳,也长起来了。有的就在路上,人走来走去,怎么没踩死,也长起来了。长起来,一开始小心翼翼,慢慢张开一个瓣,慢慢张开一个瓣。我们怎么认,就认不出它是谁。过了三天没看它,它抖着身子,蹿出一大截子。该长尖的长尖。该分叉的分叉。该胖的胖。该瘦的瘦。

我们就认出它们了！小风一吹，它们轻轻摇着，很惬意的，很舒畅的。

"这是甲桃花！"

"这是向日葵！"

"这是粉豆！"

……

转眼夏天到了。喇叭花早已蠕动着身子，爬上高墙，窥探到墙外世界。窥探了墙外世界，它就张开喇叭，广播起来。广播还分钟点。太阳高了，太阳毒了，它关了喇叭，停止播音。太阳低了，太阳红了，它打开喇叭，开始广播。它每天广播，可没人听见。听见的只有蜂子，听见的只有蝴蝶。蜂子蝴蝶听见它的广播，就匆匆飞到它跟前去了……

甲桃花满院都是。甲桃花什么颜色都有。紫的、红的、白的……掐一朵红的，碾碎，往指甲上一涂，指甲就成红的了。往脸上一抹，脸就搽了胭脂了。水芝搽了胭脂，水芝就做了新娘子了。双玲搽了胭脂，双玲也做了新娘子了。做了新娘子，水芝咯咯咯咯笑起来，双玲脸红得看不见胭脂了……

摘一把甲桃花，揪去花瓣，就变成一些小帽子。小帽子戴在指尖上。我的十个指尖是白的，小喜子的是紫的。我们舞着手，吐着舌，瞪着眼——我们成了鬼。鬼互相抓。一抓小帽子都碎了，掉了，我们就搂在一起摔起跤来。一跤摔得两人都倒在墙根，压折好几棵甲桃花。压折的甲桃花，水芝和双玲用树棍支起，用布条裹住。过几天一看，活了一棵，其余的都死了。死了就死了，我们不管它，我们又玩别的去了。

阳台边，孙大娘窗下，有个花池子。花池子半米高，里边种了三棵牡丹，三棵芍药，几株兰草。这些花不准动。别说动花，一靠近花池，孙大娘就在窗口喊起来了：

"小喜子！别上花池子！"

喊的是小喜子，却朝我们瞪眼。不知孙大娘整天干什么，怎么我们还没到花池她就看见了呢,好像她整天就坐在窗前看着花池似的。

我们上花池,不是要摘花。我们上花池,是要捉蜻蜓。花池边,有棵大蔷薇。蔷薇上面落蜻蜓。

蜻蜓像些小飞机,匆匆忙忙的,有的在降落,有的在起飞。那降落的,落得轻巧。那起飞的,飞得利索。好像它早想好了似的,一离开蔷薇,就直着朝一个目标飞去了。它飞去干什么,还回不回来,那许多降落的中间有没有它,就谁也不知道了。

蜻蜓有好几种。金的,红的,绿的……红的我们叫"红娘子"。绿的叫"大头"。大头蜻蜓个子大,全身碧绿,是军用飞机。

捉住金的,把尾巴截去小半,向它肚里插进一根火柴棍,一扔,它不平飞,而是直蹿上天。这叫"钻天猴"。若是"红娘子""大头",舍不得让它钻天。跑回家,从母亲的针线笸箩里找根线,拴住它的肚子,放它飞。飞一会儿,它落到树上了。一拽线,它只好再飞。飞一会儿,又落了。落是不行的,再拽线,它就又飞了。它在天上飞,我在地上跑。跑来跑去,也许就摔了一跤。飞来飞去,也许就把它的肚子拽掉。

如果蜻蜓捉得多,就放家里,飞得满屋都是。母亲见了,说:

"都给我拿出去!"

"我不!它吃蚊子呢!"

过了两天,满屋的蜻蜓都不见了。哪去了?不知道。早把它忘了。

离花池不远,有一面石桌,两方石凳。我们常在上边做功课。

院里的树有:梨树、冬青、丁香。

梨树有两棵,很老了,颤巍巍地站在墙下。爬上梨树,可以跳到墙头上。

春天,梨树开花了。梨花开了一个月,梨花就落了。梨花落了不久,树上就晃动着一扎扎圆圆的小梨子了。小梨子像在朝我们招手。我们的眼,我们的心,就被小梨子占满了!我们每天爬梨树。小梨子刚手指肚大小,一咬,又涩又苦。又涩又苦,我们还是摘满衣兜。跳下树,水芝、双玲跑上来:"给我,给我……"

又涩又苦的小梨毕竟是梨。我们心满意足。

3

水芝在我们院里玩。她后妈上班。她后妈一上班,她就跑到我们院里了。母亲见了,问:

"水芝,你后妈又打你了?"

"嗯。"

"打哪来了?"

水芝撩起裙子。大腿上青的、紫的,一块一块。我伸手摸了一下,问:

"疼不?"

她咯咯咯咯笑起来:

"痒痒。"

母亲摸摸她的脸,说:"可惜了这么个好孩子。"说:"小明不许欺负她,她是妹妹。"

我们一起跑到院里。见了小喜子、双玲,我说:

"水芝她后妈又打她了!"

"真的,水芝?"

"嗯。"

"你后妈海坏了!"

……

"咱来跳房吧?"

"好。"

"我和小明,你和小喜子。"

"剪,包锤!剪——包——锤——"

要不就:

"手心——手——背!"

我们就玩起来了。水芝玩起来兴高采烈,老是咯咯咯咯笑。奇怪的是,不光赢了笑,输了也笑。不光这件事笑,那件事也笑。比方她自个儿摔了一跤,就咯咯笑起来了,问她笑什么，她说真有意思。到底什么有意思，她也不清楚。笑着笑着，一天就过去了，水芝得回家了。水芝一回家，双玲也回家了。小喜子也回家了。天发黄了。我爬上墙头，看空洞洞的西院，喊：

"水芝！水芝！"

水芝听见，从窗伸出头：

"干么？小明？"

"你后妈还没回来？"

"快了。"

"你干什么了？"

"做饭。"

"我去吧？"

"别。妈一会儿就来了。我做饭了。"

她把头缩了回去。

我仍旧趴在墙头。四周真静。炊烟从屋顶升起，消失在暮色里。丁香花发着阵阵香气。一个胖女人推自行车进院，把车靠在台阶下，走进楼。一会儿，水芝跑出来，匆匆往我这儿瞅了一眼,弓了身,吃力地搬动车子,上台阶,进楼。几只麻雀飞到台阶上,蹦来跳去。

"小明!你到哪儿去了?"

是母亲喊我。

第二天礼拜天,水芝没来。

礼拜一,水芝来了。小脸儿像瘦了一些,仍旧咯咯咯咯笑着。

4

一到秋天,粉豆花就结了粉豆,甲桃花就结了苞苞籽了。梨子被我们摘了一夏天,剩下的也都熟了。梨一熟,大人们搭着木梯,抄着剪刀,把梨一下收干净。收了梨各家一分,我们对梨树就不感兴趣了。

葵花越长头越大,只好整天低着头,看着它就觉累得慌。

也没见蓖麻开花,它怎么就结了籽了。

该黄的黄了。该熟的熟了。该败的败了。一切都变得朴实了。一切都变得温和了。一切都变得沉默了。风吹时,树叶发出的声音也变得沙哑了。

只有鸡冠花高昂着头,像在跟谁吵架似的,连脖子都气红了。

没有梨可摘,我们摘粉豆。粉豆黑黑的,像软枣,像羊屎蛋儿。我们摘了这棵摘那棵。摘了一口袋,又摘一口袋。摘也摘不完。摘了一大堆,不知干什么用,我们就把它扔了。

扔了粉豆,又去采苞苞籽。苞苞籽不好采,一不小心,它就爆炸了,喷出一粒粒小种子,像颗小炸弹。没爆炸的,采到手里的,过不一会儿,还是扔到哪儿,让它爆炸了。

有时候摘着采着,听到蛐蛐叫。听到蛐蛐叫,就扔了手里的,跑去挖墙角。挖上半天,也许什么也挖不着。也许翻一块石,就蹦出好几只蛐蛐。见了蛐蛐,我们忙扑过去,一巴掌摁住。这一摁,也许就把蛐蛐摁死。摁死了,呵呀一声，表示无限惋惜。也有摁掉一条大腿的。摁掉一条大腿，还高兴得不得了，用手攥住，大叫："我抓了一个！我抓了一个！"

抓了一个，去找大孩子们斗。大孩子一看，笑了："这是母的……"

母的怎么了？母的不也是蛐蛐？先装在一个纸袋里，我们去挖黄泥，做蛐蛐罐。蛐蛐罐还没做好，又摔起泥娃娃了。捏一只泥碗，拿在手里，往洋灰道上摔，"砰"一声，碗底就飞了起来。一边摔，一边还唱：

东来的风——南来的风——
我的娃娃——好大的声——

摔了十几个娃娃，该回家吃午饭了。吃午饭看见窗台上的纸袋，才想起：呵呀，忘了做蛐蛐罐了……

5

水芝在我家吃午饭。她后妈不管她。她后妈中午自个儿在外面馆子里吃。

水芝在我家吃午饭,和我坐一起。母亲给我碗里夹一块鱼,给她碗里也夹一块鱼。给我一个鸡蛋,也给她一个鸡蛋。我咬一口鱼,说:

"不好吃,腥!"

她说:

"给我。"

我就拨到她碗里了。

一碗饭没吃完,我说:

"吃不下了。"

她说:

"给我。"

我又拨到她碗里了。

好像她不是妹妹,却是姐姐似的。好像我不是哥哥,却是弟弟似的。

水芝才十一岁,就晓得收拾自己了。她的

头梳得光溜溜的,她的衣穿得板正正的。只是衣服上的补丁补得皱皱巴巴,母亲又给她另补了。辫子也梳得不大好看,母亲又给她另梳了。母亲给她一梳头,梳出来几只虱子,母亲就把她拉到厨房给她洗澡。

母亲给水芝洗澡,不让我进去,说:

"可不许看女孩子洗澡。"

好像我成了外人似的!

洗完澡,水芝脸儿红红的,眼睛亮亮的,穿了我的衣服,一下子变了样了!我拉着她的手,像拉着另一个人的手似的。我看着她的脸,像看着另一个人的脸似的。这另一个人的脸我怎么也看不够,就把她看得咯咯咯咯笑起来了!我拉着她的手,跑到院子里。她趴我耳朵上说:

"你妈亲我来着。"

她的两只小胳膊,攀着我的脖子。她的两片小嘴唇,蹭着我的耳朵。她的头发,撩着我的脸。我突然觉得不好意思了!

6

我们院树真多。七八棵丁香,十几棵冬青,两棵老梨树。老梨树齐屋檐那么高。冬青、丁香长到二楼窗。树和树的枝子交在一起,把天遮了半个。

有太阳的日子,满院都是树影子。风打树顶一过,树影子就在地下乱动起来。有太阳的日子,院子里光闪闪的,干什么,什么有意思。踢大脚,打马尾,打瓦,打……

没有太阳,院子里阴惨惨的,好像天快黑了似的,干什么也没精神。

若下起雨来,一下子是下不到院子里的。

若下起雨来,我们正在院里,就唱:

下雨了,下大了,
下得泥娃娃害怕了……

一个人一唱,大家接着齐唱:

下雨了——下大了——

下得老妈妈——害怕了——

我们一唱，晾衣服晒被子的人家就慌忙跑出来了。跑出来把被子衣服收回家，雨才从树上一大滴一大滴落下。

若是下雨，就不能在院里玩了，或是躲到阳台上，或回家。

若下雨，水芝就不一定来了。

雨下了不大一会儿，院子就湿透了。灰的树干变了黑的。白的石板路变了青的。树干是被水湿透了，莫非石头也能湿透？接房檐的水管子哗哗作响，好像雨有多大似的。蜻蜓是早没有了，也不知怎么一下子都不见了。花是早就落了，那是因为花都死了。不下雨的时候，小鸟还是满院飞的，一下雨它们都到哪儿去了？

在阳台上没啥玩，我们就搧牌。牌只有扑克牌一半大小，有的印着《哪吒闹海》，有的印着《大闹天宫》,有的印着《西厢记》。搧牌的时候,把牌往对方的牌边上一摔,搧动的风能翻过那牌,就赢了。奇的是,有的牌,明明和别的牌一个样子,偏偏它一搧下去,风像特别大。别人搧它,它像特别沉。好像它有什么魔力似的。这样的牌,视为"宝牌"。"宝牌"用几次,就珍藏起来,不到关键时刻不往外拿。到了关键时刻拿出去,也许一下就让人家搧翻了个。让人家搧翻了个,明明证明它没什么特殊了,可还是特别的心疼,好像它还是"宝牌"似的。

搧了一会儿牌,雨小一点了。也许雨并没小,只是觉得它小一点罢了。看到雨小一点了,就在阳台上叫:

"小——水——芝——!"

我自己叫不行,就拉小喜子双玲一块叫:

"小——水——芝——!快——来——呀!"

叫了半天,侧耳静听。听了半天,听不

到什么。只听见水管里的水哗啦啦啦,哗啦啦啦……

阳台离水芝家远,我们没信心了。我们想回家了。我们刚要回家,水芝却从雨丝中跑来了。她头上披一块绿塑料布,像顶了一片荷叶似的跑来了。她披了一块塑料布,身上还是淋湿了一片,脸也白了,唇也紫了,可是咯咯咯笑着。

"你听见我们喊你了?"

"你们喊我了?"

"那你怎么来了?"

"我劈完木头就来了。"

……

7

有时雨连下好几天。这样的日子,我们缠小喜子的老奶奶讲故事。

老奶奶九十岁了,双目失明。双目失明是

啥滋味？我们一点不晓得。好像双目失明也挺好似的，好像双目失明也应该似的。双目失明的老奶奶坐在床上，和院里的老梨树一样平常。

老奶奶九十岁了，没病没灾。老奶奶整天坐在床上，那床靠着窗——好大一个窗！窗外的树啦，草啦，花啦，太阳啦，一点不少，像就在老奶奶身边似的。

老奶奶整天坐在床上，除了吃饭、喝水、上茅房，几乎一动不动。老奶奶一动不动，满头的白发像塑的，满脸的皱纹像刻的，深陷的眼窝像凿的，不出声的时候，老奶奶就是一座石像了！

老奶奶不是石像，老奶奶是一部小说。老奶奶心里印着好多好多故事，好大好大世界……

老奶奶最喜欢讲的，是仙女的故事。

一个故事说，从前有个渔人，打了一天鱼，只打上一只螺。螺他没舍得吃，养在水缸里。从此他每天打鱼回来都有做好的饭炖在锅里。他以为是邻居帮做的,很感激。后来知道不是。他设计捉住了做饭人——原来是海螺变的仙女。他和海螺仙女结了夫妻……

一个故事说从前有个书生,救了条小蛇。小蛇变了仙女报答他。这叫《白蛇传》。

还有花变了仙女的。还有蛤蟆变了仙女的。鱼变的、云变的、狐狸变的……好像什么都能变成仙女似的,好像仙女到处都是似的。仙女永不会老,永不会死。不老不死的仙女在哪儿?

"在天上。"

老奶奶毫不迟疑地答。

老奶奶九十岁了,双目失明。老奶奶双目失明,可什么事都知道。

孙大娘正缝纫,老奶奶说:"喜子他妈,你上楼望望,他邵大娘又打双玲了。"

孙大娘听了听,听不着什么。到了楼上,果见双玲在哭。孙大娘把双玲领给老奶奶,一问,也许只是绊了一跤。

窗外冬青树一摇,老奶奶说:"起风了。"

我们恶作剧,把树晃得唰唰响。老奶奶说:"怎么风这么大!"

院大门一响,老奶奶说:"小明子,送信的来了。"说:"你水芝妹妹来了。"

水芝来了,老奶奶必叫她过去,让她脱鞋上床,浑身上下摸索一阵。摸索一阵,叹口气,叫孙大娘或拿糖,或拿点心,或拿水果给她吃。

老奶奶怕吹风,只在极好的天气里,才让孙大娘扶到阳台上坐一阵儿。老奶奶在阳台上坐着,有次和我们四个小孩子照了张相。照了相,老奶奶看不见。老奶奶只是拿着照片,高高兴兴地摸索了半天。摸索完了,叫孙大娘镶上镜框,挂到墙上。

如果天好了,我们一跑到院子里,就把老奶奶忘了。老奶奶自个儿坐在那儿,一坐半天,一坐一天。老奶奶自个儿坐着想些什么?谁也没问过,谁也不知道……

8

秋风刮了一天又一天。秋雨下了一场又一场。梨树、丁香的叶子落光了。草都枯了。冬青倒还是绿，只是那绿叶子也厚了不少，黑了不少，像也穿了棉袄似的。

院子里的水龙头冻了。

早晨起来，冰花封了窗了。

大雪落了。一下雪，就该过年了。

孙大爷从天津回来了。

水芝的爸爸从西藏回来了。

母亲每天忙活。蒸枣馒头。磕莲子。包豆沙包、肉包。水缸里水倒掉，擦干，放进凉透的干粮。父亲下班带回许多东西，一样样向母亲汇报。好像父亲这一天不是去上班，是母亲派去专买东西似的。

好吃的东西到处都是。我一会儿吃点这个，一会儿拿点那个。吃来拿去，那东西怎么就不见少。

院里、街上，不时爆响几颗炮仗：叭！噼叭！叭……过年的气氛越来越浓。过年的气氛把我们包围了。

大人们也被过年的气氛包围了。该发火的，不发了。该愁的，不愁了。好像大人们忘了什么叫皱眉头似的——我们的心，就彻底野起来了！饭也不能安心吃了，觉也不能安心睡了。爬起身来，就往外跑。搁下饭碗，就往外跑。好像外边有根绳拽着似的。到了院里，也许没有任何事可干。没事可干，仍旧觉得有什么事似的……母亲若问："干么去？"

——"玩去！"

理直气壮。

腊月二十三收拾家。

一年没动过的东西，这天动了。一年没扫到的地处，今天扫了。还要把屋里摆设换个式样。床本来东西向摆的，改成南北向。梳妆台本来放门后的，改放床边了。有的把烟筒刷了银粉。有的把白窗纱换了绿窗纱。满院晒着被褥、箱柜、铺板。被子多是红缎面子的。箱柜多是紫檀的。铺板黄澄澄的。箱柜里的物件也是红红绿绿的。冬天的院子比夏天的院子还热闹了。我们像些小蜂子,看看这个,动动那个。我们在被褥铺板之间捉迷藏。捉了一天迷藏,晚上回家一看,家里变了样儿了!到别人家一看,别人家也变了样儿了!什么都新鲜,什么都有意思。明明还是那些东西,怎么就不像那些东西了。睡觉的时候,看不见每天看到的窗户,迷迷糊糊感到寂寞了。感到寂寞就喊母亲。母亲俯身问干什么?搂着母亲的脖子,又忘了为什么喊母亲了。不知什么时候睡着了……

到了年三十,晚上吃团圆饭。可是对孩子来说,那天晚上吃的什么,吃没吃饭,都是个弄不清的问题。所有的,大的、小的,全院的孩子都在院子里了。

二哥一伙儿在了。

十八岁的王翀在了。

水芝也来了。她爸爸回来了。她穿一身水红的灯芯绒新衣,围一条宝蓝色纱巾,一蹦一跳地来了。

院里的主要盛举是放炮仗。炮仗有多种:二踢脚、呲花、电光鞭、小钢鞭……放的方式也各不一样。小钢鞭成挂放。一挂有五十响的,有一面响的,有三面响的。二踢脚有竖着放的,有横着放的。竖着放,大胆的都拿在手里。拿的时候不能紧拿,拿紧了"踢"不出去,会炸了手。横着放,有的用它瞄准目标。若是白天,甚至用它打鸟。最有趣的是放呲花。呲花有带响的,有不带响的。不带响的用唾沫粘立在石桌上,呲出的火星一米两米高,照亮大半个院子。带响的,常常用来轰小筒。点着后,把一只马口铁罐头筒往上一扣,"砰!"一声爆炸,小筒被轰到半空,掉下来当啷啷啷乱滚。

大人们吃完团圆饭,也都到院里来了。大人们来到院里,正是除夕的子夜,新年的启始。

全院人齐了。全院人一起迎新。人人脸上挂了笑。人人身上穿新衣。人人手中拿了炮仗。一个炮仗点起来。一挂炮仗点起来。十挂炮仗点起来。成百上千的炮仗点起来……

"咚！咚叭——咚！"

打雷了。

"咚咚叭——咚咚叭——"

放炮了。

"咚咚叭叭！咚咚叭叭！咚咚咚……"

云飞电闪，万炮齐鸣。震耳欲聋，地动楼摇……夜晚不是夜晚了。院子不是院子。大人不是大人了。孩子们的欢乐达到极点了！孩子们狂热地齐唱：

噢——噢——快快跑！

噢——噢——快快逃！

老虎下山了！

来了金钱豹！

……

9

吃团圆饭的时候,天上没有月亮。天上月圆的时候,探亲的人该走了。

探亲的人还没走,老奶奶死了。

老奶奶死得很奇。孙大爷原准备正月十五回天津。东西准备好了,车票也买好了。十五早上,老奶奶忽然唤着孙大爷的小名说:

"古儿,你别走,等我走了你再走。"

孙大爷吓一跳,忙说:

"娘,您老怎么了?"

老奶奶说:"别寻思我糊涂了。我心里明白着呐。昨儿夜里我就试着不好。快给老二打电,我得见他一眼再走。"

孙大爷心想,老奶奶明明双目失明,怎么还看老二一眼呢,这不是糊涂了是什么?这样想着,就倒了一杯茶给老奶奶:

"娘,您先喝口茶。"

老奶奶像往常一样,平平静静坐着,接了

茶，又说：

"古儿，叫你媳妇给我洗洗身子，打点我穿上走的衣裳。你快去打电。"

孙大爷见老奶奶清清明明，心下乱了。一边应着，一边到厨房关了门跟孙大娘说了。孙大娘一听，顿时涕泪双流，哪还有半点主意？夫妇两个就来找我母亲。母亲过去看了一回老奶奶，回来说：

"老太太活到九十，也算少有的高寿了。老辈子讲话，就是这阵子没有了，也是喜丧。这样没病没灾就走了的，也听说过。我看老太太是个精明人。既是老太太发了话，还是先照她老的办。若是什么事没有，那敢情好。要是有什么事，咱什么也不耽误，不致后悔。"

听了母亲的话，孙大爷孙大娘就分头办去。

这事很快传遍全院，一时来探看的人连连不绝。

老奶奶的确和往日大不一样了。老奶奶穿了黑绸新衣裳，戴了黑绒帽，枕一只墨紫墨紫的方枕，盖一床通红通红的缎子被，静静地躺在床上。老奶奶静静地躺在床上，满脸的皱纹像刻的，深陷的眼窝像凿的，从侧面看，像睁着眼在专心致志地想什么似的。我小声喊：

"老奶奶——"

老奶奶从被子里伸出手，朝我摸索着，答：

"哎，乖……"

声音小到几乎听不见。手还没抬起就落下了。母亲过去把老奶奶的手放好。老奶奶又想什么似的，不动了。

来探看的人屏息无语，像也在想什么似的。

整个楼都沉寂了。

整个院都沉寂了。

我跑回家。我跑到院子里。我跑到哪儿都觉有座山压着似的。太阳似乎也灰暗了。家里似乎也荒凉了。烟筒里风呼呼呼叫着，好像风有多大似的。跑回老奶奶那儿，老奶奶仍旧一动不动地躺着。

天傍黑时候，小喜子的二叔到了。二叔一进

屋，就跪倒在老奶奶床前，拉着老奶奶的手，说：

"娘，我来了。"

说完大哭起来。

老奶奶哆嗦了一下，像从沉思中惊醒。老奶奶动了一下，像要说什么，又什么也没说。

全院的人都来了。水芝和她爸爸一起来了。

望月东升的时候，老奶奶咽了最后一口气。老奶奶咽了气，神色还像活着一样安宁。母亲领我缓缓走过老奶奶身边。老奶奶哪里是死了？老奶奶只是在睡觉罢了。也许到了明天，老奶奶又要给我们讲一个仙女的故事。也许到了明天，老奶奶仍旧一动不动地坐在窗边。

可是母亲在哭。邵大娘在哭。洪大娘在哭。李大婶在哭。水芝的爸爸在哭。所有人都在哭。我和水芝也脸对着脸大哭起来。

第二天把老奶奶送了火化场。

第三天水芝来和我们告别。她穿一身水红的灯芯绒衣服，围一条宝蓝色纱巾。她脸儿红红的，眼睛亮亮的。她咯咯咯咯笑着。她就这样告别了我们，跟爸爸到西藏去了。

母亲微笑着送她出门，像送一个大人。母亲微笑着送她出门，眼里却含着泪。

到了正月二十，探亲的人都走了。

又下雪了。

院子里的冬青树还是那样站着。悠悠蕊蕊的雪花落满了树枝，落满了树干。落满了窗台。落满了花池。落满了石桌石凳。落满了院子。

粉豆花、甲桃花还会开的。喇叭花还会开的。老梨树还会结梨。天还会下雨。蜻蜓还会满院子飞……可是老奶奶不在了。可是水芝不在了。一个平平静静地走了，不再回来了。一个高高兴兴地走了，不知道还回不回来……

1984 年

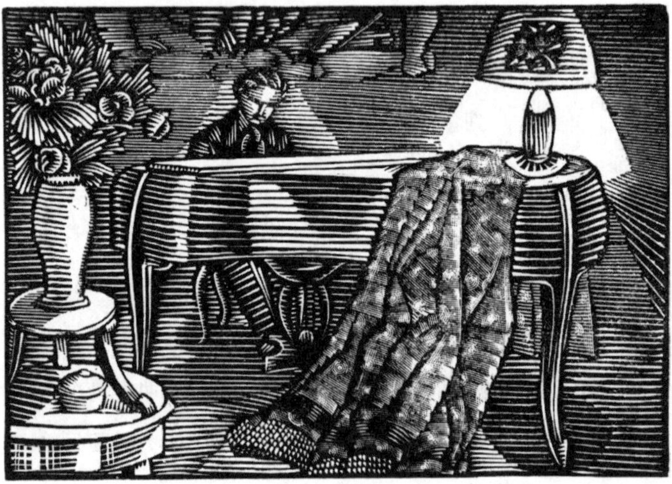

艺术雨露

音 乐

在艺术中,音乐恐怕是最抽象的一种。因其抽象,而更博大。那些变幻莫测宛转起伏的音符,似乎并不明确说明任何东西,又似乎可以代表一切。一首美妙的乐曲,悲者听来,可泄其悲;乐者听来,可畅其心。孩子有孩子的体会,老人有老人的理解。

1967年冬天,我十四岁。自前一年5月,破除所谓"封资修"以来,世上无音乐,已经很久了。院中青少年，弄几把低劣小提琴、二胡，拉拉扯扯，一本《外国名歌二百首》早已翻烂，自以为很高雅，算是弄音乐的人了。

一日，邻居得到一张唱片，全是洋文，不知名目，拿来一放，立刻把大家"震"了。那唱片足有四十分钟，美妙之外，更有丰富；丰富之外，又有深奥；深奥之中，兼有深情；深情之下，还有沉重，令满屋倾听之众，全无声息，连一个很小的孩子，也左看右看，怀了肃穆与恐惧。这张唱片，我们听了一遍又一遍。在那个严酷的冬天里，这首漫长的乐曲，响彻了我们年轻的灵魂。这是我所听的第一首真正的乐曲，也是我第一次知道什么叫音乐。从那时起，音乐始终陪伴着我，如雨露般滋润着我。

直到许多年后，我才知道，那首乐曲是俄罗斯小提琴家大卫·奥依斯特拉赫演奏的贝多芬 D 大调小提琴协奏曲。

我曾经见到一位作家，他生于农村，长

于农村，幼年时从未听过外国乐曲，至今也说不上几个音乐家的名字，更不懂什么D大调F小调之类，但是他爱音乐，尤其爱交响乐、协奏曲等大部头作品。他跟我说："这些乐曲里有一个完整的世界。"我不敢说，我比他更懂音乐。

我有个习惯，写文章前要听听音乐。音乐会把我从纷纭的生活中引开，使我哀婉多情，庄严沉重。那首贝多芬的乐曲，我至今百听不厌。我无法说清它在我塑造自己的品格和体察社会人情中，起过多大的作用。或者说，它无时不在，时时都在演奏，在我心灵深处。我不知道别人有没有过这种体验：明明在干着别的事情，想着别的事情，而一支曲子正在潜意识中鸣响。音乐同人生的关系，就是如此自然默契。仅从这一层意义上说，音乐也称得上人生最好的朋友。

美 术

少年时代,我的第一个理想,是做一名画家。以后,有许多年,我也确曾荣幸地被人称作画家。可以毫不夸张地说,我一生中最好的年华,献给了美术事业。可是我并没有将这事业干下去。我一点也不因曾把好年华献给美术而后悔。我得到的比我失去的要多得多。

我一向认为,人们认识社会,深入解剖人生,可以有各种途径。艺术就是一种很有效的途径。具体到我身上,我是通过美术来进入社会和人生的。这就如同画一幅肖像,首先需要选一个坐标,选一个点。有不少大画家是选鼻子——先确定鼻子的位置和大小,再通过鼻子量出眼睛、嘴的位置和大小,再找准眼睛与耳朵、眉毛,嘴与下巴的距离……依此类推,逐渐结构出全身,乃至背景。同样,我因为学画,而学习光的原理、透视原理、色彩原理,从而懂得太阳、空气和大地万物的关系；因为仰慕各代名画家，而去了解这些画家的生平及他们所处的时代历史；因为画写生，而细致观察风景、人物，努力体会它或他的个性和感情；因为创作主题画，而关心并钻研社会生活和哲学……总之，因为热爱美术而学习各方面知识，从而奠定自己作为一个成人、知识者的基础。

不仅如此。绘画式的观察，培养了我见微知著、由表及里的能力；对画境意象的追求，熏陶了我超脱世俗抱朴守一的气质。这能力、这气质虽还远远谈不上高妙，但它影响到我的一切。我之所以为我，均起源于少年时代的美术生涯。

在我的美术生涯中，第一个影响我，也是对我影响最大的画家，是德国十九世纪初的门采尔。他一生画了大量素描速写，内容都是平民百姓、破房陋舍。那昏暗的楼梯走廊，天窗洒下的幽光、戴草帽的姑娘和炊烟袅袅的农庄，曾怎样地令我迷恋啊！我想，对民间风情的爱好，对朴素生活的爱好，对平凡事物中美的理解，都是门采尔赋予我的珍贵遗产。由此也可证明，艺术没有国界，没有代沟；真正的艺术雨露永不干涸，造福百代。

1982 年

III

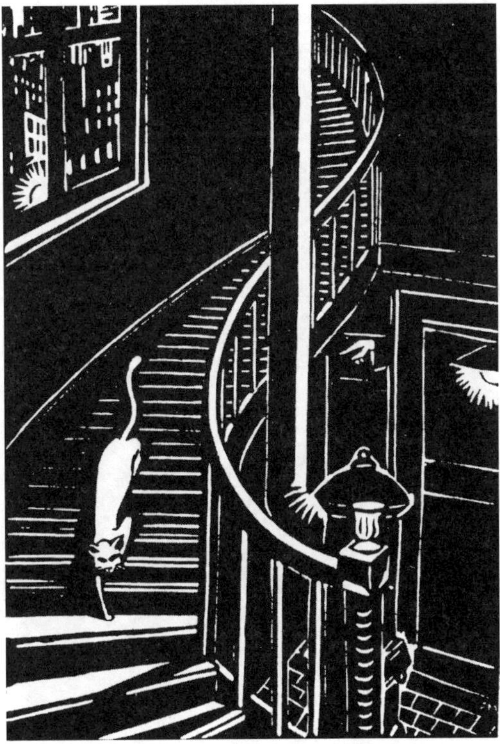

英国式别墅

1

当我要讲这段往事时才发现,其中许多东西我都未弄明白,不清楚。

比如我们那所英国式别墅里,丁香和冬青都长成几丈高的大树。我在那儿生活了三十年,天天与之为伴,从未想到它们有何异常。直到如今,我要讲这段往事时,才突然发觉,这种现象恐怕极少见。那些丁香树,年年夏天发疯般开花,发疯般散发香气。浓烈的香气整个夏天笼罩着整座别墅,以至于想起它,我就条件反射地感到头晕、恶心。到了秋天,一棵棵硕大无朋的冬青树,又吸引着孩子们整日顺着它漆黑扭曲的枝干攀缘,去摘那超寻常的繁殖力生出的红色球形小果实。齐大哥的三闺女就是这么摔断腿成了瘸子的。在这之后三年,六岁的我也曾从一丈高的冬青树顶失足摔下,但在空中翻了一个斤斗,蹲落地面,毫发无损。为此,齐大哥总说我的命大,他闺女命薄。又说,我家福大,他家倒霉……

这一切之中有些什么奥妙,我至今未弄明白。

齐大哥如今的年龄大约在七十到八十之间。他的大名叫什么,以及他老婆、儿子、闺女的大名,我都说不清楚,虽然我和他们在一个院子里活了三十年。类似的情况还有很多。我这人从来就是马马虎虎稀里糊涂。我想,我必须首先把这一点向大家交代清楚。

2

需要先交代的还有以下几方面情况。

我们那个城市1897年被德国军队占领。说占领也许不确。这城市压根儿就是德国鬼子建的。当时此地只是北港的一个小码头,码头东侧有个渔村。因其军事位置、天然港湾、景色气候俱佳,德人企图永占(与中国政府签了条约),不惜工本,锐意经营,修码头,建铁路,意与上海、香港抗衡,五年乃成规模。又因其依山傍海,故由德皇命名为绿岛。遂招徕各国企商巨子来旅游、办实业,产品多打入世界市场,名声始噪。不到百年间几易其主,竟发展为百万人大城,被誉为东方瑞士、避暑胜地。因历史上德国人、日本人统治时间较长,故城中多德、日式别墅,尤其沿海一线上佳地带。

英国式别墅不多。这一座建得比较早。时间在1903年。其出资建设者是第一位来绿岛创办啤酒业的英国人劳伦斯。此人个子不高,气魄挺大,与名牌德国啤酒竞争,二十年间互有输赢。此人脸很白,头发眉毛也近于白色,喜欢穿白色西服。他的别墅也是白的,白墙、白门窗、白大理石廊柱和石桌石凳,只有尖房顶是红色的,如同他那通红的尖鼻头。别墅院里铺了青石板路,种了丁香、冬青、紫罗兰、蔷薇,还有玫瑰。院门是铁制的,黑色,西洋图案。院门旁照例有一平房,房门开向马路,是为汽车屋。

英国式别墅与德、日式区别很明显,既华丽,又朴直,既舒适,又庄重。其窗户多而大,室内宽敞明亮。这一点在德国人看来缺少深居的气氛和安全感;在日本人看来则过于奢侈。这别墅还有一个很大的特点:高。其单层室内高度达五米,而且附有地下室,因此,二层楼已相当于普通四层。这在英国式别墅中也是不多见的,可能是绿岛市独一无二的。为什么要造这样高?以现代建筑眼光看,室内五米尤没必要,因其高,造价不说,且有诸多不便。如冬天取暖、保暖等,更甚者,人居其中,易生寂寞孤独渺小冷漠之感。但作为后来的居住者,我们一致以五米为荣。

劳伦斯1923年春破产自杀,埋在东北路万国公墓。其一妻一女不知所终。这座别墅几经转折,落到我家如今的邻居杜家手中,时间已是半年之后。

以上情况均录自绿岛市档案馆。下边的情况亦出于此:绿岛市中心区直至1913年夏才允许中国人居住,但仍划定范围。首批中国居民多业商,至1914年夏仅五十余人。这年世界大战爆发,日本军队乘机包围绿岛,德军远离本土,孤立无援,被迫战降。1914年底,日军进入市区。日本人占绿岛后,开办了许多工厂,仅纺织厂就有九个。大量中国人迅速涌进,绿岛市迅速扩大。其人源多为附近三县十八乡的农民。其中贫者从事工人、杂业;富者或开店经商或入股办厂;中者则受聘各业职员,如会计、代办、书记等。

1922年,在"誓死争回绿岛"爱国运动的压力下,中日签订条约,将绿岛归还中国。前德国提督府,做了市政府。路名也——改过,如威廉大街改名中山路,弗里德里希大街改名雨口路。我们那所英国式别墅,就位于雨口路,门牌号八。

3

下边书归正传。

恐怕还是要从齐大哥讲起。不知为什么,离开绿岛十年了,一提到那所别墅,我首先想到的总是他。他能不能成为这段往事中的主角,我现在还不知道,因为他在我眼里,尤其我小时候认为,是我们院里的小人物。而且,我确实不能说自己掌握了他生活以及精神方面的多少事实。尤其是精神方面的。

齐大哥在这院里矮人一头。他于灾难之后

投来这所别墅,找他的四姨杜大娘时,我们原住户四家已同院多年,因父辈年龄相去不远,互相以平辈论。齐大哥来后,称杜大娘为姨,称我母亲、常大娘、陈大娘也是姨,好像他成了全院人家的外甥似的。其实他的年龄比杜大娘可能还要大一点。

矮人一头。最主要的原因,就是:土气、穷。齐大哥家的门上贴红对子。屋里供灶王爷。他说一口邺县土话。这些不要紧(绿岛市人本就南腔北调)。不好办的是,奇怪的是,他一家人,无论穿什么衣服戴什么帽子,涤纶、花达呢、西服、礼帽——都是一副农民相,怎么看怎么土气,怎么看也不像城里人。过了几十年仍如此。据他姨分析,是这一家人长相憨厚的缘故。

再就是穷,这穷由来已久。

齐大哥的老家在黄河下游。黄河至此已成"悬河",河道由于几百年淤积,高出地面一二丈,全靠堤坝拦水。黄水大泛滥时有,小泛滥不断。村里房屋都盖在一个个黄土堆上，所谓村路其实是深沟，水害来时就是水道。黄土堆经水层层塌落，汛期一过，家家修补，就挖沟里的土。土堆愈来愈高，房屋像建在半空里。庄稼地也是如此，高在土堆之上，水冲不着，但一块块面积极小。好在黄水养地，庄稼疯长，只要不被淹，总能收获几成。秋收一过，交了租税，把剩余粮食藏起，门一锁，全家人全村人便一起上路，开始祖传的"副业"：讨饭，直到来年春节前。年年如此，代代如此。

齐大哥那年三十八岁。兄弟三人，他行二。以当地风俗，三子里保一子，只让三弟娶了妻。可是三弟娶妻多年，生了三女，不见一子。按当地风俗，又把女人转给其他兄弟。父母说老大四十多了，先给他，若他不行，再给老二，老二还年轻。老大未满一年，便得一子，细说起来，恐怕还是老三的种。但老大因此便与这女人堂堂正正过下去，原来的弟媳，成了嫂嫂，该当二大爷的，当了叔爹。老二虽渴望女人，却无意见。而老大自此不仅儿子没生一个，闺女也无所出。全家就那一个男孩，便成了宝贝疙瘩。弟兄三个，虽在传宗接代方面能力高低不一，却个个是种地收拾庄稼、理家的好手。翻、播、锄、收、打，识节气，顺天气，连木匠、瓦工的活儿也拿得起放得下，村人无不羡慕。没想这年春里发了一场特大洪水。这水来得突然，明明桃花汛已过。水来时狂风暴雨，白日成了黑夜，全村土堆尽数坍塌，整幢房屋被水漂走，几百里内外一片汪洋。老二听从父母的吩咐，重点保护侄儿。嫂子更是死死拽住儿子不放。等水退下，这三口儿死里逃生。好不容易找到村址，家和人均荡然无存。齐大哥还算聪明，听从一位垂死老人的劝告，趁还有些气力，带了侄儿嫂子发疯般地走，走。沿路臭气熏天，拾到什么吃什么，第五天上，走出了那片死尸遍地的黄泛区。回头看看，天知道哪来那么多乌鸦，把天都遮住了。三口儿大哭一场，讨了吃食，重新上路。又走了三四个月，才来到绿岛市，投到四姨家。自此，嫂子又成了媳妇，侄儿便成了儿。媳妇虽不俊，但到底是女人。俗话说，三十如狼，四十如虎。齐大哥正当虎狼之年，干起那事来不顾一切，稀里呼噜，连生了五个闺女，一年一个。当他明白过来养活不起时，已经晚了。所以，他家自从1946年来绿岛，一直到60年代，二十年间总在贫困线上挣扎。应该说，这是齐大哥一家在这院里矮人一头的最主要原因。

我必须声明，以上有些情节的来源，仅限于齐大哥与儿子广胜以及广胜与安海的吵架中断断续续露出的口风，可信程度不高。

4

杜大爷的父母也是农民。而且是贫农。这一点日后救了他们的命。1966年夏，红卫兵要抄地主兼房产资本家杜仁平即杜大爷的家，他八十一岁的瞎眼老母亲盘腿坐在床上理直气壮地宣布：我是贫农！小将们一时不知所措。

经调查，属实，遂作罢，只训了一通话而去。对地主或资本家问题，我母亲当时说过一句颇有人情味儿，甚至可以说很有政策水平的话："解放前谁不想发财？只要不坑害人就行！"实际上，假如没有当时身居街道居委会主任的母亲的帮助，杜家早不会住在这所别墅里了。那时每日迁返离开绿岛的人平均在千人以上。为此，杜家一直很感激我母亲。母亲去世后，1981年，我家要在楼梯拐角走廊盖一个小厨房，房主杜家初坚决不同意，后经我哥哥提此事，便转而欣然许诺。红卫兵走后，杜家权衡再三，遂将别墅交公，并让出通阳台的会客厅，由居委会安排，搬进一家姓鲁的。十五年后，才复收回。

杜大爷如何得了这所英国式别墅？此事杜家讳莫如深。我只听过一点似是而非的传言。

说是，杜大爷父亲早死。母亲美丽非常，

有一地主少爷早已垂涎未果,后这少爷被土匪绑票,因其有钱有文化能出谋划策断文识字,被强迫入伙当了头目。后他设计灭了土匪,携大批款回乡欲娶杜母,杜母不从,却同意大儿子杜仁平随他去了绿岛,恰逢此英国式别墅拍卖,便隐姓埋名住了下来。少爷死后,所有遗产都传了杜仁平。

大致如此。

据史料载,二三十年代间,冀、豫、皖、鲁一带确有多股土匪活动。我读大学时的外语老师庄爽峰先生就曾写过一部回忆录,他曾有过近似的绑票遭遇。

其实杜仁平杜大爷是个再老实稳重不过的人。我想,若不是继承,他一辈子也挣不来一座高级别墅。但一旦继承了,便永远不会放手。他就是这样一个人。

杜老奶奶的美丽,我无从想象。我记事时,她已七十岁了。她是六十岁那年瞎的眼,说是得了一种恶疾,两只眼珠自己从眼里掉出来，有细丝连着，吊在半空眼珠还滴溜溜转着看人呢。她脸上的皱纹很多，但很细致，很柔和，因此给人一种很慈祥的印象。她的小孙子安山与我同龄，小时候，我俩整日趴在床边听她盘腿坐在床上讲故事。她讲的故事，若全部记录下来，恐怕能出版一套十卷集。没有她，我的童年就不完全。她虽瞎眼活到一百零一岁，却一直是个十分明智、通达的长者，几乎洞察一切，什么也逃不出她的"眼睛"。她使所有人感到敬畏。她的死使所有仍在那所别墅里生活和曾在那里生活的人感到空前的沉重。她是今年八月间死的。正是听说了她死的消息后，我才萌生了讲述这段往事的念头。她的死，似乎宣告了一个时代的结束。我想，任何一个百岁老人的死，都不是件小事，因为他们身上实际上负载着历史。

　　杜老奶奶母子与那位少爷到底是种什么关系，此事牵涉到杜家重大名誉问题，不宜妄加揣测。只设想，设若当时杜老奶奶答应嫁给少爷，那么杜老奶奶和杜大爷在解放后的历史恐怕就要另写，起码"文化大革命"那段历史要重写。杜老奶奶的先见之明，由此可见一斑。

杜大爷后来把杜老奶奶、二弟杜仁久和自己的媳妇刘氏都接来绿岛别墅，而他却长年驻北京任福禄寿帽子公司的代办，解放后在北京重新就业，好像是在一个铁工厂，直到1967年退休回来，已是六十多岁的人了。他这一生平平淡淡，没多少好讲的。

5

倒是杜大娘（刘氏）的遭际令人嗟叹。她是在杜大爷随地主少爷去绿岛前和他结的婚。杜大爷那年十七，她十三。十三岁的小闺女合房虽然早了些，但绿岛远在天边，不知何时能归，杜老奶奶便狠着心把她领进了洞房。花烛之夜，杜大娘哭哭啼啼，杜大爷也没敢动她，结果晨起后被杜老奶奶训斥一顿，第二夜才成了好事。小媳妇不知事体,只是叫痛,弄得小丈夫大为扫兴。没想只这一夜,便留了种。怀胎八月,天花流行,杜大娘染病,吃了几十副剧毒草药,虽侥幸保住了命,原来花朵一般鲜嫩的脸上却布了麻子,状若柑桔皮。足月后生下孩子,却是死胎,可惜了的,是个儿子。几年后杜大爷得了遗产回乡接亲眷,见状吓一跳,只因严母在上,未敢另生它念,但自此与杜大娘关系不密,是必然的。杜大娘心下明明白白,不怨他人,只怨自己命不好,忍气吞声,更谨慎检点地侍奉婆婆、丈夫,夙兴夜寐,不求人夸,唯求人不嫌。丈夫几十年在外谋生,个中缘故,亦一目了然。即使是婆婆和老妈子,也心照不宣。没想到绿岛后,两年三年一胎,转眼八九年,连生了三个闺女,不见一个儿子。婆婆再通情达理,也难免不满。杜大娘有泪,只能往肚里咽,在夜里流。每日洗衣、做饭,收拾屋里屋外,带三个孩子,累得直不起腰,瘦得皮包骨,不满三十,就形同老太婆，自己也不愿照镜子，出门就更少了。那两扇大铁门，把她与外界完全隔开，每日就在这院里忙活。好在院子宽敞，花木繁茂，有时还能给她一点慰藉。然而杜大爷不善做生意，世道又不太平，渐只能自己糊口，顾不得家里。无奈，遂将老妈子辞退，将房屋尽可能赁出，只靠房租度日。我家、陈家、常家就是在此时陆续搬进英国式别墅的，时间是1935年前后。房客一来，花园也不能去了，杜大娘被取消了最后的慰藉。这一段时间里，杜家的气氛最为阴沉。杜大娘曾多次想过寻死，后悔怎么得天花时不死了。

以上情况多是从我母亲那里听来的。母亲后来成了杜大娘的好友，与杜老奶奶也相处甚得。这从某种程度上缓和了杜家的矛盾。

6

我一向认为，我父母是两位人才，只是由

于种种原因，他们的才智未得到发挥。不然我现在就不会是一位会计的儿子。我姊妹六个，三男三女，若论相貌，姐妹仨谁也比不了母亲；若论聪明，兄弟仨谁也比不了父亲。与杜大爷杜大娘恰相反，我父母结婚时，母亲十七，父亲十三。母亲家是贫农，但她在家是老小，排行十一。上有五哥五姐，哥哥们娶了亲，又有了五个嫂嫂。所以，母亲小时候是极娇惯的。母亲有幸保留了一双天足，就是这娇惯的最好证明。母亲的性格活泼、任性甚至可说是暴烈，恐怕也与这有关。

我父母的老家，在北港市郊。父亲家境较好，土改时划为中农，这使他有可能上私塾，读公共小学。兄弟二人，他位居老大。因家中无闺女，十三岁就早早娶了亲，实际上是娶个干活儿的来。在我记忆中，母亲生气时常说："我进了你们汪家就没得过好！"在娘家宠到十七岁的大姑娘一下子成为一家家务的承担者，必然要有个适应过程，加上又是双大脚，公公婆婆看不惯是理所当然的。我不愿想象母亲如何受气，更不愿把爷爷奶奶想成凶神恶煞之徒（我出生晚，未见过他们）。但事情就是那么回事。

父亲自十四岁经一个远房亲戚介绍，到北港市一家粮行做录事。这是一家大粮行。父亲内秀，不好说话，但自小国语、算术都学得有出息，且写一手好柳体字，人人见了夸，掌柜的很是喜欢，便派去天津、上海、绿岛等地驻店，最后在绿岛安了家。在上海驻店时，闲来无聊，曾购郁达夫、鲁迅、沈从文等人书读，还曾习水墨画、玩胡琴，后来又自学中医。解放后粮行解散，重新就业，父亲又学了食品加工，自修了大学课程；食品加工下马，便改行会计。在我们院里，父亲算得上一个文化人儿，齐大哥写对子或有人家结婚时，就总求我父亲的字。父亲还得过绿岛市职工业余象棋比赛冠军和会计心算比赛第一名。

在此我要插进来谈谈我的家庭出身问题。

"文化大革命"前,我填表时一直填"职员"或"中农",这属于小资产阶级,一般是不能参加红卫兵的。后大哥告诉我,应填"店员"。店员属"红五类",于是我便堂堂正正地加入了"革命组织"。一天夜里,组织上命我和另几人夜袭另一组织总部,将他们的大印夺来。当时学校里住满了外地来串联的红卫兵,直等到深夜两点,我们才用一块石头砸开玻璃窗,进屋后将柜子桌子全部砸开,未见大印。一怒之下,有位同学将学校电铃的线路弄断接在保险锁上。第二天竟未听说有人给电死,至今是个谜。那年月许多人许多事都是糊里糊涂,十六岁的我更是如此。如今看来,我父亲当然是"职员",是"行政业务工作人员",而非"商店工人"。然而,我一直"店员"至今,未发生任何问题。这一方面说明了"文化大革命"之不彻底,二方面证明我们实乃平民百姓,无关大局。

其实,我家当时非但不穷,甚至可能比

解放初许多年里都要富一些。1935年夏，北港一带瘟疫流行，我大哥六岁，得了大肚子脾（黑热病），生命垂危。消息传到绿岛，父亲以一个元宝买了十二支德国产"盘尼西林"针药，送回去，只用了四支，便痊愈。而和大哥一起染病的许多人都死掉了。大哥小时候长得十分秀气，而且聪明，深得父亲喜爱。这次生病使父亲下决心把家搬到绿岛来。祖父母当然不会同意，但家还是搬了，搬进了英国式别墅，住在一楼，与杜家为邻。是怎么搬的，我不得而知。各家有各家的家丑忌讳。我估计这便是我家的那东西。父亲母亲从未给我们讲过这其中的苦衷，但父亲自此与老家联系稀少，我是知道的。祖父过世时，父亲也没回去。而祖父母去世后，将十八间房子全留给了父亲的弟弟。当时老家已划入北港市区，十几间房是很值钱的，假若按惯例留给父亲，则我家也便是"房产资本家"了。顺便提一下，不知为什么，这十八间房自从"文化大革命"初交公后，至今叔爹未能收回，我们想过问一下，父亲严厉地说："你们别管这事！"

在父亲与祖父母的关系问题上，母亲肯定没起好作用，但我以为这并非不孝，实在是对封建势力的一种反抗。

解放绿岛时，母亲已经三十六岁，还带头去街头扭秧歌。穿着红绸衣绿绸裤，打着腰鼓，有着两只凤眼的母亲一定是很新潮的。能住进英国式别墅，也说明了家庭出身如何。与我家前后搬进的陈家、常家，情况大体相类。陈家是直川县人，俗称"直川嘴子"；常家是南方人，据说家中有几十亩水田。陈大爷在银行做事。常大爷是税务局的。除了我母亲外，杜、陈、常、齐家的女人当然都是小脚。

7

还记得不同人家几种不同方言。杜大娘和齐大哥常好说："预脏哥儿"（如今，现在），骂人则是:"娘个×";陈大娘总说:"括本儿"(可不是),骂人做:"日他奶奶";常大娘说"我、我们"是"阿拉",骂人"小赤佬儿";我母亲的方言最丰富,骂人时说"驴鸡子劲的"。夏日的傍晚,几个妇人坐在丁香花下拉呱儿,各人膝前揽着自己的孩子,那南腔北调的方言,那亲热的含义丰富的骂人话,与那浓烈的丁香花香气融合在一起,深入每个孩子的灵魂,没有丝毫不和谐、刺耳感……

8

据说院里的丁香、冬青疯长有两次。一次在1946年春,一次在1966年夏。现在已可肯定,这必是预兆着什么。事实证明,后一次预兆着十年动乱。前一次呢?

据调查,1946年院里发生大事两件,一是齐大哥老家遭灾,十口存三,千里迢迢投来绿岛;二是杜老奶奶六十大寿,却得一恶疾,眼球自动脱落。绿岛市发生大事一件:美国第七舰队开进绿岛,于是城里又多了些美国式别墅。整个国家发生大事一件:内战重开,许多战区的大地主、资本家携财宝眷属避难于绿岛。此况一直延续到1949年。

那年开春以后,原本灌木状植在墙和石板路旁的七八株丁香几十棵冬青突然疯长起来,到入夏已高先前一倍。若在深夜,还能听到它们"吱、吱"拔节的声音,似满院老鼠叫。时而夹进一阵炮声隆隆,虽遥远,但清晰。这年丁香花开得特别早,几乎与迎春花同时。其他花草似乎也长得特别旺。五月来临,满院五彩缤纷,香气熏天。蝴蝶、蜜蜂、蜻蜓、黄雀成群降临。阳光和煦,整个楼栋、石板路、大理石桌凳在阳光下雪白刺眼,洁净非常。

齐大哥三口儿来的那天正下大雨。开初杜大娘还以为是三个要饭的,拿了几块饼子想打发他们走,可那汉子死盯了杜大娘看,终于颤巍巍叫了声:"四姨,外甥来投奔您老人家了……"

说罢三口儿齐齐跪下大哭。杜大娘从那张黑瘦老相的脸上，隐约认出了大姐的儿子，三十多年前同玩的伙伴，一时惊睁双眼，呆在那里。其时杜大娘在楼门里，那三口儿跪在楼门外雨地里。我想，这场面挺够那个的。过后自然是领进家去先拜了杜老奶奶，然后讲了一遍全家人如何死、他们三口儿如何逃生的故事，于是杜大娘哭姐姐，那三口儿哭全家，杜老奶奶也跟着落了泪。许多年后方知道齐大哥的母亲和三弟并未死，终于在一个阴历年里，千里迢迢找来绿岛，一家人见了面，结果却极悲惨，使杜大娘又哭了一场。此事后面再说。

杜大娘那些年在家里的日子已经比较好过。二十余年如一日谨小慎微任劳任怨地侍奉婆婆，已赢得婆婆欢心，加之十年未开怀后，忽然生了一个儿子，杜家有了后，气氛为之一变。儿子取名安海，已经会叫"奶奶"。

当下是杜老奶奶拿出主意，先做了一桌饭菜，算是为亲戚接风压惊，然后把齐大哥一家安排在汽车库里。杜家没有汽车，这汽车库多年未用，只放些杂物。绿岛的夏天十分潮湿，屋内生满各种虫子。但齐家三口儿是从死人堆里爬出来的，况且在家里何曾住过瓦房？他们当然满意。杜大娘又寻出些旧被褥衣物和多余的碗筷炉灶等，一一安排停当。从此，齐家就定居在这里，直到如今。

齐大哥称杜老奶奶为"姨攮宁（姨姥娘）"。

先是，杜大娘托人给齐大哥在木具厂找了个零工。干了两三月后，齐大哥看出了其中门道，便辞了，自己揽起了活儿。他置办一套木匠挑子，沿街喊唱。他很快就学会了绿岛的喊唱法："修……桌椅板凳唠嚑，整……门窗。"他的挑子做得很精细，上了桐油，黄澄澄的，光可鉴人，还请我父亲写了两个字"齐记"镌在上边——这都是跟当地木匠学的。绿岛到底是大城市，这街没活儿那街有，这区没有那区有。齐大哥的活干得实在，招人喜欢。逢上有结婚的人家，请他打一套嫁妆，箱、柜、橱、床，样式虽与乡里不同，做起来无非是榫头对卯眼，也难不哪去。只有一样他不干，就是做棺材。价钱再高也不干。

齐大哥就这样敲敲打打刨刨锯锯，早出晚归，日子居然还过得去。他征得姨家同意，把汽车库面向马路的大门封了，内而向院内一侧的墙上重开了二窗一门，并学城里住房，在梁间扎了虚棚，糊以报纸。他的门窗没照别墅楼那样漆白色，而漆了绿色。他以为绿色比白色好看多了。这个新家使他爱不释手。他又有一身干活的本事，今天加点这个，明天加点那个，自觉其乐无穷。媳妇和儿子也眼看着白胖起来。他很感恩。在他挣出吃的以后，便主动提出要交房租钱。杜大娘虽不想要，却不敢自己做主。问婆婆，没想到婆婆一口答应下来。

因为感恩，齐大哥每日请早起来扫院，浇花，理树。这些花树虽多是他所未见，但侍弄地里生的东西，无非除草、松土、上肥，他干起来得心应手。这或许是齐大哥后来酷爱养花的最初原因。

有一株丁香长在大门口,距他家不远。他用绳将树头拽住,一夏天下来,竟横过门顶,长到他家房头上。他家门前路边那排冬青,这年夏天都长到齐汽车房檐高,碧绿碧绿,阳光下,把他家里都映绿了。

最值得一提的是,转过年春里,齐大哥从集上买了两棵梨树苗,种到院东墙下,几年后便长成与丁香、冬青比肩的大树,结了果实。其果大而长,状若黄瓜,虽无甚滋味,但到底是梨。又过几年,这树已成年,每年秋里,全院人齐动手,攀枝动剪,能收获上百斤,各家一分,皆大欢喜。

别墅楼里的房间都铺着通红的地板地。走廊和阳台铺着花瓷砖。楼梯栏杆上雕着花纹。这些都令齐大哥羡慕。他也学着在自家门上刻花,学着在屋里铺地板。他的花刻得精细,地板铺得平整严密,但他屋里照样潮湿,那种仓库的霉味儿永久不散。到1952年,他已连生了五个闺女，日子越过越紧，七口人，全靠他自己养活，每日疲于劳作，其他想法便撂开一边。所以，虽然解放后，他正式在建筑公司就了业，被评为五级木工，日子反倒更紧巴了。他那感恩的心理，也日渐少了下去。现在要感激的，是共产党，毛主席。他门上的对联，不再写："春临大地喜到人间"或"抬头见喜，举步成风"。而写："听毛主席话，跟共产党走。""吃水不忘打井人，翻身不忘毛主席。"绿门红对，鲜鲜亮亮，每年春节，倒也好看。到了十年动乱，他这份感情又升华一次，每到大年三十，总要吃忆苦饭；初一起来，先向毛主席拜年。吃忆苦饭时，我曾趴在他家窗户向里看，据说吃的是野菜。

　　齐大哥来的那年秋里，正是杜老奶奶六十大寿。寿日前一个月，忽生一恶疾，无人能治。其症状是两眼如火，烧得头痛欲裂。一日，忽眼球脱眶而出，始愈。为祝寿赶回家的杜大爷、杜二叔、杜三叔、杜大娘见状齐哭，杜老奶奶说:"哭什么!我还没死!……俗话说,眼不见心不烦,瞎了也好……"

杜老奶奶果然自此心地清静,活到一百零一岁。

以上事情,有些是我在这所别墅中生活的三十年中亲眼所见,有些则是所闻,基本上还是可信的。

9

二十年过去了。

这二十年平平淡淡。值得一提的事情有:

一、杜家把二楼房子卖给了陈家。价钱是多少,谁也不知道。反正杜家就用这笔钱供三个闺女上了大学。因是解放后所买,陈家成分仍是职员。

二、1950年,我家、杜家、陈家同时生孩子。我家生的是我,不用说了。杜家也生了个男孩儿,取名安山(杜大娘的第一个儿子取名安海）。陈家是女孩儿。陈家本已有四个闺女一个儿子，极想再要个男孩儿，生下来一看就不高兴，好几个月没起名字，到报户口了，没办法了，才草草起名"双芝"（他家四闺女单名一个"芝"字），为谐"止"音，意思是不再要女孩儿了。没想这一"止"，陈大娘从此未再生养。我家和杜家则皆大欢喜。尤其杜家，那安山自小聪明伶俐，杜大娘喜爱非常，吃奶吃到十岁，从抱着吃到站着吃到坐着吃。安山日后果然成了孝子。

到我出生这年止，英国式别墅里的人口已由原杜大娘一家六口，增加到四十口。

三、1960年生活困难时，齐家儿子广胜曾扒我家窗偷过一次东西被捉，他爹把他死揍一顿，一个星期没爬起床。两年后他却参了军，直到1965年春才复员回来，分到铁夹厂当了工人、民兵排长。他见了我们不再叫"叔"。

四、齐大哥在后院西北角搭了一个木板棚子，里面堆了些破烂玩意儿。小时候我和安山、双芝对这棚子很觉神秘，因为我们发现里面住了数不清的猫。大大小小，花的黑的白的，几乎是一个猫的王国。无论白天黑夜，常见有猫在棚顶墙头逡巡。这棚子正在我家窗外，春天夜里，猫儿叫春，声如婴儿哭，常使大家睡不着。去堵了多次洞，无用。

五、我六岁那年夏初，下了一场连续八天的大雨，打了连续一百多个雷。其中一个雷，实际上是一球状闪电，一个火球，把我们楼顶的烟囱拦腰炸断，好几天没法做饭，一做饭满屋是烟。后来杜、陈两家合资请人修好了。十年以后，此事又重演，只是雨连下了二十四天，雷连续打三百六十个，烟囱不是拦腰而是齐根被炸飞，但因房子已经交公，没人去管。无奈，家家把烟筒从玻璃窗上伸出，炉火照样兴兴旺旺，饭菜照样熟透喷香，只是雪白的别墅楼墙被熏出一片片黑，烟尘终日笼罩着院子。

细心的你们一算就知道，我这里所说的十年后，是 1966 年。

10

1966年是波澜壮阔的一年，是非常丰富的一年。是又一个十年的开始。

那场雨使院子里积了半米深的水，一个多月后，水才下去。齐大哥只好在门前垒了一道大半米高的防水墙，进门要把腿抬得很高很高。即使是这样，水还是从房子四周渗进屋子，屋里东西都长了绿毛，那股极浓的霉味儿再也没有离开他家和他家的每一个人。别墅楼里的人家，仗着有地下室，屋子基本上保住了，但出门进门亦很不易。地下室一淹，淹出了许多老鼠，吱吱叫着在院里水里乱窜。我们这才发现，原来别墅楼底下有一大批这类东西与我们同在。老鼠无处可去，纷纷往楼里钻，不要命似的，也顾不上怕人了。于是，防御老鼠，成了我们在那个夏天来临时的第一大事。

与老鼠的战斗打得很苦。棍子、铁锹、毒药、捕鼠机全都用上了，还曾对活捉的老鼠施以火刑,即,在老鼠身上浇以煤油,点上火,放到水里去。浑身着火的老鼠在水上急驰,其情景是十分好看的。若在夜里,则更神奇。每次火刑时,都会吸引全院人员。杜老奶奶当然除外,甚至还要躲着她,不让她知道,因为她是不主张杀生的。

火刑的执行者主要是齐家的广胜。他那时从部队复员不久,胆子极大,敢玩活的癞蛤蟆,吃活的蜘蛛。

积水终于退下时,老鼠一下子撤出了战斗,想必是又回到它们的地下室王国去了。恶作剧的我们,又捉了野猫,扔进去,再堵死门窗。可是猫进去后,没任何声响,也不再出来,令我们大为丧气。

积水退下不久,便进了初伏。太阳整日明晃晃地照着,避暑胜地绿岛近百年来首次达到三十九度高温。但植物们却蓬蓬勃勃地生长起来,院内凡是有土的地方,全长出了各式各样的野草。丁香和冬青长得更快了,几天之内,便长过了我们的楼顶且张开枝网,丁香与冬青在空中瞅在一起,把院子都遮暗了。那年我和安山、双芝整十六岁、初中毕业,正放暑假,每日攀树登枝,从树上很容易便可落到墙头。再就是乘着战鼠余兴,追打野猫,常把猫们撵到树上,再击以弹弓。有次我和安山攀到树顶,这树离楼很近,恰可以从二楼窗望进双芝家的里屋,看到陈大爷陈大娘正光着身子在床上。安山吓得叫了一声,顺着只高不粗的丁香树干滑了下去,衣服划破了。我则赶忙从这株树攀到另株树上,躲过了那只窗户。下到地面向上看时,那窗已拉上了帘子。

　　水退下后的院子到处是一些脏物,散发着浓浓的臭气,但很快便被丁香花的气味压倒,几乎分不出是臭气还是香气。由于丁香树长得高,花香传得很远。这香气使空气也变浓了,变稠了。直到秋天,空气才稀薄了一些。而到了冬天,大雪落下,一切皆白,到处又显得干干净净了。

11

其时绿岛市早已闹得天翻地覆。雨口路改名战斗路,可信皮这样写时又收不到。八所大学的学生们整日浩浩荡荡地在门前来来去去。杜大娘的三闺女、安山的三姐在市立大学做了广播员。那所楼顶部装了四十八只超高音喇叭,每日从早八时到晚十时,片刻不停地广播。这声音传遍了绿岛市。初时人们听了睡不着,后来则听不到这声音反而睡不着。杜家三姐的声音由高音喇叭传出,曾使杜家十分骄傲。安山和我经常结伴深夜去市立大学接三姐回家。有时半路就遇见一个男学生送她。那男学生到杜家来过几次,他会各种各样乐器,还会唱歌,令我惊奇不已。但不久,杜家来了红卫兵,虽最终并未抄家,但消息传到大学里,三姐便被赶出组织。那男学生从此不见。三姐很快就得了忧郁症,治好后遗下卫生官能症,什么东西也不敢用手拿,总说脏、脏,害怕得要死。吃饭要人喂，穿衣要人管，几乎成了废人。三年后，她的病稍愈，被允许参加分配，去直川县做了一个酱油工人，用她所学的微生物理论造酱油。后草草与一人结婚，虽多年不合，却生了一男一女，至今没有离婚。据说前不久三姐还去日本工作了一年，给安山买回一辆无级变速摩托车，并盛赞日本干净、卫生。这都是许多年后的事情了。

12

广胜提出要在院里盖一所小屋结婚被杜家拒绝后的第二天，便从天而降般来了一队外地学生红卫兵要抄家，所以杜家一直怀疑是他使的坏。但到底是否如此，至今不明。当三姐因此事而被赶出组织后，杜家就更恨他了。广胜早与杜家有仇。他扒窗偷我家东西时，就是杜老奶奶发现的。我家多年来外出时总把钥匙放在杜家。杜老奶奶眼瞎后耳朵变得极灵，她听出我家里似有人进去,忙招呼安海和杜大娘去看。因广胜是杜大娘的亲戚,杜大娘脸上也觉难看,所以不免以长辈身份多说了几句难听的,弄得齐大哥一气之下狠揍广胜一顿不说,还下狠心定要把他送到教养院去,只因人家不收才作罢。广胜十几岁时已知齐大哥不是生身父亲,心中早有逆意,每当父子吵急了时,总好说:"你不是我爹,我干嘛要听你的!"齐大哥便说:"你爹在世,早把你揍死了!""你敢揍我,我就揍你!""你娘个×!""你娘个×!"……他俩一吵起来,便不管屋里院里,声高得在马路上也听得见。

  马路上能听见,可就在他俩身边的齐大嫂却如同听不见。不管他们怎么吵,吵什么,有几次甚至动了菜刀,齐大嫂干着什么就仍干什么,连回头看一眼都不曾。后来才知齐大嫂确实有很严重的耳聋。这真乃"耳不闻心不烦",不然在漫长的父子吵骂史之间,不知她怎样活下去。

由于耳聋，齐大嫂也不大说话。她在齐家如一个影子，处处存在，却如同不存。所以，她后来的自杀，更令人感到惊心动魄。

这年冬里，齐大哥和广胜率先戴上了红袖箍。那时百花俱败，满院中唯这两块红通通的东西大放异彩，引得满院人的眼睛跟着转。齐家一下子挺起了肚子，我们好似这才发现，全院只有他家是正儿八经红透了的红五类，不禁大为尴尬。这时别墅已经交公，齐家就不再犹豫，选个吉日，堂堂正正在西墙下起了新屋。盖至一半时，杜家的安海开了窗，说是不许盖得挡了他家窗。这当然是不讲理，不超过窗，怎么住人？广胜不听，两人便吵。安海说他忘恩负义，他说安海是资产阶级，杜大娘怎么拽也拽不回安海去。在他俩对骂之间，齐大哥以他高超的六级瓦工手艺飞速砌墙，等他们骂得筋疲力尽，小屋的墙已高出杜家窗一米。安海咬了牙，半夜里去拆那墙。月光下，却见广胜持了把锹，一脸黑只有两只眼白地站在那里，于是又爆发了一场充满生造词的吵骂,使家家乒乒乓乓打开了窗。

类似的吵骂,自此便经常展开,直至小屋盖好,广胜在里面结了婚后许久才转到别的内容,继续下去。

有关齐家、杜家的许多秘密,我就是从这些吵骂中听到的。所以,如果有人怀疑其准确性和真实性,是可以理解的。

13

还发生了抢梨事件:广胜提出,梨树是他父亲所栽,理应姓齐,别人不得染指,并拿出毛主席的"桃子该由谁摘"的论述加以论证。偏偏这年雨水大梨结得多,把枝都压弯了。一个个黄澄澄长如黄瓜,虽明知其无滋无味,仍是诱人。于是由安海安山带头,家家架梯踏凳上树抢梨。广胜本想去掀安海的梯子,一看人众,便扔开安海喊了齐大哥上树。一时间两棵梨树上全是人，来不及摘的，就干脆整枝折断。被碰落的熟梨如雨般噼噼啪啪摔到地下，立时开花。两株丰满的大树转眼间变成拔光毛的鸡，仅在树头余了几个小梨，在风中寂寞地摇摆，垂头丧气。

14

1967、1968两年，陈大爷陈大娘相继去世。他们一个是食道癌，一个是肠癌。陈家已是三代单传：陈大爷的父亲是独子，陈大爷自己是独子，他的儿子大富又是独子。前两代死于同一病。大富自此得了恐惧症，每月去医院检查一次。结果仍未逃出劫数，十五年后，年轻轻便送了命，却不是食道癌，也不是肠癌，而是胃癌。据常家的儿子元吉说，诊断表明，过多地接受放射检查是大富发病的原因之一。但常家与大富有仇，此说恐不可信，仅供参考。

陈家父母去世后，遗嘱一切财产悉归大

富。所谓财产,是二千元钱存款及房子家具。这笔财产,当时已引人注目,十几年后才更显出其分量。到那时,房子归还个人,整个二层楼的房产,价值几万元。双亲去世之时,陈家六个闺女已嫁出五个,只双芝在家。五姐妹根据宪法争继承权,无奈法院已革命,无人受理。除后来双芝出嫁,大富给她五十元钱外,其他姐妹分文未得。大富来年结婚,老婆是个美人,眼睛很深,眼圈微黑,连笑时都带一丝忧郁,据说是个"破鞋"。结婚四个月后便生一子,可能不是大富的种。他们和和睦睦,共同生活了十四年,并未留下什么话柄。尽管如此,那破鞋、私生子的说法还是很有生命力地传播了十四年。大富死后,其妻遂将房子回卖给杜家,搬去他处,不知所终。陈家从此在别墅里消失了。

大富接了遗产后,与其姐妹的争斗不必说了,但他与常家的争斗有必要一提,因为这是继杜、齐两家之后开辟的第二战场,而且同样是持久战，只是形式略有不同。

　　起因是常家在过道里安放炉灶。常家住房仅一间，后有了三女一男，无奈，将炉灶移至过道，恰在陈家门前。大富不许，常家就说你管不着。房子交公，本是杜家起头，陈家其实不甘，因此特别恨听这类话语，便动手去搬炉灶，常家去护，两下里就动了手动了口。口动得少，手动得多。不像杜、齐两家，还有亲戚的忌讳。大富个儿大，又年轻，常大爷自不是对手，被推翻在地。家人急了，几个人一起围上来，抱腿的抱腿，搂腰的搂腰，小女儿插不上手，便抱起大富家的木盆，轰隆隆隆，从楼梯摔了下去。这木盆其实还是陈大娘在世时，托常大娘从南方捎来的，十分结实，竟然未坏。大富自然吃了亏，但也掀倒了炉子，踩扁了锅。我母亲和杜大娘闻声赶来，却劝不住，忙喊我们，撕开两家人。自始至终，常家人同仇敌忾，大富的老婆却无声无息也无影。结果常大爷去医院缝了八针，脸上留了一道疤痕。这道疤痕再未消失,两家的仇也再未解开。

自此楼上经常乒乒乓乓,木盆滚下拿上不啻百次,却终未坏。后来房子又归原主,常家不久就与人换房,搬去别处。偶尔在路上遇到我们,总要谈到这段往事,耿耿于怀。

15

广胜盖房子时,曾将院道中的青石板撬出几块,做了墙基。此事开初曾引起全院人的非议,但在红袖箍面前敢怒却无奈。随之以杜家安海为首的各家又争撬石板。院中失了道路,顿时面目全非。我家掘出的石板,垒了煤池子。陈家撬后,放置未用,大富死后,归了齐家。常家将石板抬到楼上过道,做了炉盘。元吉力小,抬石板时,砸断了脚筋,从此走路发瘸,因此逃脱了上山下乡。前些年考取大学,因残疾不收,改营衣服业,挣了大钱。杜家最敢干,掘石板后,学齐家,也盖了房。这房盖在与齐家棚子的对角上，原来是垃圾箱地。安海有方，盖得美观大方，专与齐家赌气。可齐广胜吵骂时总叫那房：大垃圾箱。安海回骂时则叫广胜的屋：老鼠窝猫窝蟑螂窝。蟑螂窝是因那房中确实盛产蟑螂。鼠窝猫窝却似乎不通，或猫或鼠，不能一类。

不知何时齐大哥搜罗了这样多的破烂儿：碎砖、破瓦、木片、煤渣、下角铁、石灰、沙、玻璃、草帘、旧鞋、烂布……渐渐沿院墙根形成包围圈，将别墅楼困在中间。也不知何时，那些高大的丁香、冬青渐渐枯萎，终于死去，齐大哥便以他八级木工之锯，麻利地一一锯倒，加入他那破烂儿队伍中去。院里突然变得空旷、寂寞，甚至悲哀了。楼墙早已被各家的烟筒熏得黝黑发亮，新搬来的鲁家以阳台大理石柱为架，用砖和灰泥将阳台封起，做了厨房。每年雨季里，大水照样灌满院子。只是水退下后，兴旺的不是花草，而是蟑螂、老鼠和蠓虫，连猫也不知去向。

在一片肃杀中，六十多岁的齐大哥却新染了两个癖好，给院里增添了光彩和生命。一是养花，一是养鸟。为了养花，他把房南墙上原汽车库门重新打开，安了大片玻璃窗，窗下屋里，做了一层层木架子，将花盆盆摆上。与花同房的，是用一道道铁丝绳挂起的八只鸟笼，还有他和齐大嫂夫妻俩。鸟叫得虽乱，齐大嫂反正听不见。但浇花水和鸟粪弄得屋内臭气难闻，齐大嫂怎能受得了？后来才知，齐大嫂的嗅觉也有问题。

齐大哥的花后来养到海棠、菊花、杜鹃、山影等五十多种，最拿手的是菊花，弄了三十多品种，而且奇怪的是，都生一种极浓极浓的丁香味儿，令全院人感到亲切。

齐大哥的鸟只有两种：画眉和百灵。他的百灵除了会学诸种鸟叫外，还会学猫叫。不是正常的猫叫，而是猫叫春的声音，这声音也使大家感到亲切。

齐大哥经常把这些花、鸟不厌其烦地搬出

摆挂到老梨树那儿，自己则坐在一张竹躺椅上吃茶、打瞌睡，眯了眼哼一种谁也没听过的小调儿，据说内容是下流的。他的竹躺椅也是常家从南方捎来的，经久不坏。

16

广胜已分了新房，搬离了这里。那小屋很快也堆满了破烂儿。蟑螂更多了。

破烂儿在一年年烂着。

17

忽然来了两个人。一个老汉。一个老老太婆。齐大哥正在院里赏花玩鸟吃茶哼小调。老老太婆见了他，盯了半晌，喊道："小二子——！"老汉则叫："二国（哥）。"齐大哥愣在竹躺椅上。

遂领进屋。齐大嫂见了二人，也愣住了。

老老太婆又喊一声:"媳妇子——!"老汉叹口气,只瞪了眼看。四只眼睛瞪了看。另外四只眼看他们。

齐大嫂什么也没说,也没哭,老老太婆哭了。

遂领去见杜大娘。又哭。一齐哭。喊:"妹子——!""姐——!"再哭。

齐大哥好几天未玩鸟,也不哼小调。

下面的事是后来听老老太婆说的。

齐大哥说:"兄弟吔,老盯了你嫂子看啥?怎不叫嫂子?"老汉涨黑了脸,不说话。

齐大哥又说:"兄弟吔,俺弟妹呢?怎么不一块儿领来?怕我再要了她?嘿嘿,嘿嘿……"老汉望着他,仍不说话。

"你不用这么看我。要没我,她早死了几个死了,儿子也早死了。你要现在还想她,我就把她给了你。今晚我上那小屋住,你就睡这儿吧。嘿嘿,嘿嘿……"

齐大嫂就在眼前,但平平静静地干着什么仍干什么。老汉却回头出了屋。

同样的话齐大哥说了又说。

广胜回来了。老老太婆哭，老汉流泪，广胜却笑。广胜暗地里问老汉："人家说我是你的儿子，是这么回事么？"老汉不点头也不摇头。第二天，老汉不声不响地走了。据说走前把一大笔钱交给了老老太婆。老老太婆永远留在了这里，就住在广胜盖的那间小屋里。

转眼冬天到了。下边的事是有一天，老老太婆从满院冰凌上爬到杜大娘家时讲的。讲完这些事，杜大娘擦干眼泪，给老姐姐下了一碗荷包蛋面吃了，让我和安山扶老老太婆回去的。她从此再没起来。

齐大哥和广胜听说老汉给老老太婆留了一笔钱。他俩天天逼问老老太婆钱在哪儿。既然住在这儿由我养活，那钱分明应当归我。我是老汉的儿子，他是留给我的！有一次父子俩想强行剥老老太婆的衣服检查，老老太婆急了，呸了广胜一口，抓破了齐大哥的脸。齐大哥愤怒地掴了老老太婆一耳光，广胜踢了她一脚。

老老太婆醒过来,就爬到杜家来了。老老太婆被打时,齐大嫂就在眼前,但似无所见,亦无所闻。后来才知道,原来,齐大嫂的眼睛也有问题。

老老太婆终于死了。她一死,齐大哥和广胜就剥下了她的衣裤,将衣裤撕得稀烂。什么也没有。父子俩互相怀疑地看了半晌,不约而同把眼光转向了裸体的老老太婆。只见老老太婆满身黑色的虱子蟑螂在蠕动,阴户高高耸起,张开一个黑洞。广胜嗷的一声跑出屋去。齐大哥却突然跪下,喊了一声:"娘——!"放声大哭。

老老太婆死的那天夜里,齐大嫂一根麻绳拴在齐大哥挂满鸟笼的铁丝上吊死了。死后眼睛瞪得老大,舌头伸得老长,耳朵、鼻子都流出青绿色的东西。我第一次发现,她不是一个影子。

以上事情,似乎更难令人相信。实话说吧,几乎连我自己也总怀疑,有没有过老老太婆这个人。

还有一种说法：那笔钱由老老太婆给了杜大娘。但杜家矢口否认。钱到底哪去了？到底有没有这样一笔钱？至今是个谜。

18

上个月杜老奶奶活到一百零一岁去世的时候，我回去了一趟。英国式别墅一如十年前，破败不堪，丝毫未变。只是人都老了，但都过得安安逸逸。齐大哥每日仍是玩鸟养花，还常与我父亲、杜大爷、杜大娘四人一伙玩把扑克。安山的孩子也很大了。比我小的都有孩子了。过八月十五那天，住在外边的儿孙都回别墅来，算算共有一百多口人了。

有个大企业要以四十万元买这块地皮打算拆了英国式别墅重建高楼，杜家不答应，说是杜老奶奶死前留过话。我父亲、齐大哥十分赞同杜家的态度。

满院的破烂儿还在一年年烂着。

看来大局已定。

最后还要补充一点：我查阅了资料，证明：丁香和冬青本就是乔木类，可以长成大树的。只是多年来被人类加工剪裁培植成灌木状，用以美化环境罢了。此事并不神秘，我真是少见多怪。

1987年

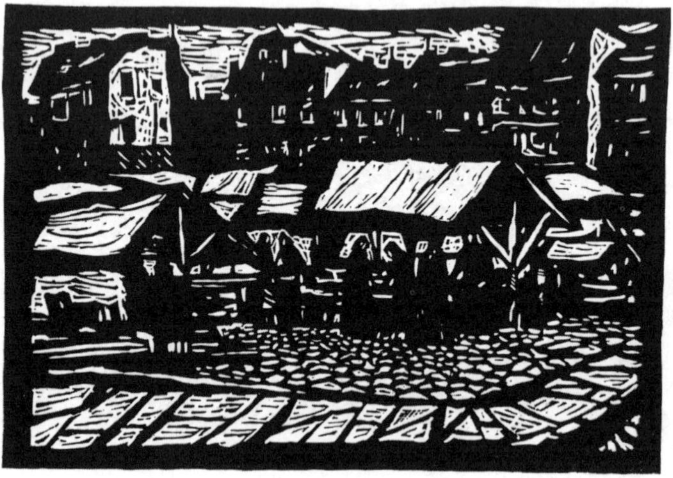

东方菜市

东方菜市有两个赁小人书的。

一个叫大头。一个叫老于。

这里本是一片平民居住区,住了些洋车夫、小商贩、街头艺人。后有人看中它四通八达,空地皮多,就开了一家菜市。菜市里不仅经营蔬菜,还卖肉类、水产、水果。生意办得挺兴隆。

几年过去,此处发达起来。菜市四周,又设了点心铺、饭馆、茶炉房、粮行、鞋店、布店、缝纫社、五金社、理发铺、照相馆、文具店、修自行车的、打铁烟筒的、配锁修拉链修钢笔的……地皮愈来愈金贵。原先的土房板房纷纷拆除，在菜市后面盖了一座四排双层楼的大居民院，洋车夫、小商贩、街头艺人都迁徙过去，不知从哪儿，又搬来许多新住户。这儿成为方圆十几条街的商业中心。

解放后，大约因"东方"二字有点进步意味，未改，仅把后二字改作"市场"。可是人们仍称这儿做"东方菜市"。

大头和老于摆的小人书摊儿，都在东方菜市中心巷街中段。大头的摊面小，在巷中拐进去的胡同里，外面看不到。是个短短的死胡同，里面除了大头的摊子，还有一间茶炉房。老于的摊面大，在胡同口儿，门临大街，正对着两棵高大的银杏树，隔壁是饭馆——在位置上显然比大头优越。两人距离不远，只十来步，互相看得见，但大约"同行是冤家"吧，两人不相往来，见面招呼都不打一个。

大头和老于都是单身汉。大头，头并不

大,是腿短。他小时候得骨病,腿只长到常人腿的一半长。三十岁了,还和十三岁的孩子那般高。他跟哥哥嫂嫂过,住在黄岛路,离东方菜市有二十分钟远。哥哥在市税务局工作,嫂嫂理家,没有孩子,对他还不错。他每天赁小人书挣了钱,也不数一数,连兜交给嫂嫂。嫂嫂给他零花钱,他多半不要。春秋冬三季,他早晚在家吃饭,中午带饭。夏天开夜摊儿,带两顿饭。早晨,哥嫂起身,他也起身。叠好被子,扫扫地,帮嫂嫂拉火做饭。吃了饭,哥哥上班,他也出门。他虽腿短,可是有辆小轮自行车(还是十多年前他父母在世给他买的),女式的,不带横梁。推到街上,麻利地溜几下,一偏腿,上去了,嗖嗖嗖,蹬得车子飞快,上坡不带下车的。沿途,认得他的,朝他点头,他也点头。

他来到东方菜市,八点多钟,正是街面上最冷清时候。老于还在睡觉,窗里拉着白布帘子。银杏树上鸟儿吱吱喳喳叫。烧茶炉的陈大娘刚忙过打水高峰,满头汗坐在茶炉房门口歇息。他一直把车骑到自己那间土屋边,一面低头锁车,一面说:"陈大娘,您回去做饭吧!小平没喊您?"陈大娘扶着膝盖站起来,一只手捶腰,说:"小平喊了两遭了!这死丫头,一时听不见我的声儿就不行!"一边说着,一边蹒跚走出胡同——小平是陈大娘的独生女儿,不知怎么回事,生下来就双目失明。小平的爸几年前死于肺病,街道办事处照顾孤儿寡妇,娘女俩靠烧茶炉、糊纸盒过日子。她们家就住在东方菜市大院二楼,站在茶炉房门口能看见她们的窗——陈大娘走了,大头照例要往那窗户看看。有时能看见小平,穿着白衬衣,对着窗梳头。有时看不见。不管看见看不见,看完了,他便进茶炉房拿笤帚扫地,从茶炉房一直扫到胡同口。扫完地,才去开自己屋的锁。屋是土屋,不大,只用来放东西。摊子露天摆。摊子其实只是两只书架和十几只小板凳。书架一米来高,一米来宽,十几层。每层横拉一皮筋,小人书插在皮筋下。两只书架,摆三百本。还有二三百本,放在箱里,过半个月,换一换。书架子很旧了,红松木的,没上过漆,生让人手摸得溜光通红。小人书也大都不新,多是古代故事,如《空城计》《火烧新野》《双枪陆文龙》《穆桂英挂帅》《枪挑小梁王》等等,现代的不多。大头很少买新书。买也不自己去,是哥哥代买。买来新书,他图封面色彩鲜艳,不包书皮,放在显眼位置上。等书看旧了,破了,才借陈大娘的针锥、棉线,用陈家糊纸盒的糨糊,修补一回。再破了再修补。有的已经修修补补七八回,书角都磨秃了,字都看不全了。可是他的生意并不冷清。孩子们下了学,一窝蜂地跑进胡同,在老于那儿停都不停,一会儿就坐满了小凳。没凳的就站着看。这是因为他的赁价便宜。老于是一分钱一本,他是一分钱两本。看完赁下的,说句好话,再白看一本,也可。孩子们都精明,认准他的性情,哪一个看完了,也少不得白看一本。但这白看的一本，不能挑，大头给什么，看什么。多是看过的、旧的、薄的。虽然这样，孩子们还是很满意。陈大娘的茶炉子有时水未开，等候打水之人，也常花一二分，赁几本小人书，坐在小凳上，打发时间。

摆完摊子，大头搬出一张半米高的方桌，拿一把朱砂色宜兴泥壶，冲上茶，坐在旧竹椅上喝茶看小人书。有来打水的，他也不动，只说："自己打吧，钱搁盒里。"仍旧低头看书。人家什么时候走的，他都不知。等他看了两本小人书，陈大娘和小平提着篮子挎着包袱来了。篮子里放着糨糊、刷子、剪刀，包袱里是印好商标的纸板。见她们来了，他把茶壶杯子端了地下，拿抹布抹抹桌子，接过小平手里的包袱在桌上展开。三个人一起做纸盒。大头叠纸板，小平和陈大娘糊。小平糊得又快又好。她虽然看不见，手却巧。她的手指修长柔软。她左手摸着大头叠的痕儿，右手拿糨糊刷子刷四下，紧接用掌一摁，指一捏，一个盒子便出来了。

陈大娘老了,坐时间长了腰疼,疼得站不起来。糊了一会儿,小平说:"妈,您歇歇吧。"大头说:"您歇着吧,陈大娘。"说着给陈大娘倒杯茶。也给小平倒一杯。陈大娘接了茶,把身子靠在椅背上,慢慢喝。一边喝一边拉呱儿。说,刘铁匠那个不孝顺的儿媳妇昨晚叫她男人打了。她到派出所告状,人家不管。说,小平昨天夜里做梦还咯咯笑。或拉一些老家传说。什么秃尾巴老李吃奶呀,什么狐狸精呀。有时说着说着,没声了。大头一瞧,老太太睡着了!一手里还捧着满满一碗茶。陈大娘睡了。小平就求大头讲故事。有求必应。就讲今早看的小人书。一边讲,大头一边不住地看小平。小平好看,瓜子脸,脸皮细细的,眼睛和好人一样,又黑又大,扎两根沉甸甸的辫子。小平听故事,表情全在脸上。或蹙眉,或噘嘴,或微笑。在大头看来,她蹙眉、噘嘴、微笑都很好看。小平喊大头做"大哥"。傍中午时候,他们收拾起糊好的纸盒。陈大娘捅开火炉,插上鼓风机,"嗡嗡嗡……"火星子从烟囱喷出去,不过半个时辰,水哨子就嘟嘟地欢叫起来,同时射出雪白的蒸汽。听到水哨声,打水人三三两两来了,转眼排成长队。大头也开始有生意了。他一边看摊儿,一边吃午饭。午饭是在家带的。多是玉米面饼子小咸菜。礼拜天换点花样:或大米饭就煎刀鱼,或白面馒头就土豆丝炒肉——放在陈大娘的茶炉顶温了一上午,晌午头拿下来,呼噜呼噜,几口就吃完了。陈大娘见了,忍不住说:"你不能慢着点,狗熊似的——谁还抢你的!"小平坐在墙根,手里盘着辫子,又咯咯笑起来。陈大娘一直忙到下午两点,才和小平回家做饭吃。

大头的生意高潮是下午四五点钟。一直忙到掌灯时分。若是夏天,开夜摊,得到十二点。晚间的客人多是住在附近的熟人。有的合家出动——大人围着桌子喝茶,聊天,孩子看小人书。这时他们看小人书不计价,随便大人给几分钱就是。到九十点钟,女人拽着孩子走了,光剩了男人、老人。陈大娘娘俩早封了火，也陪坐着，一边糊纸盒。陈大娘有时插几句嘴。小平一声不吭。大头见了，丢开众人，跟她说话。天凉森了，胡同口外银杏树簌簌作响。随便谁说声"散了吧"，人们便散去。大头最后一个走。他收了摊，熄了灯，在茶炉打盆热水，脱光了身子，哗啦哗啦洗一洗，揩净，晾干，穿衣，锁门，推车出胡同。拐过弯，老于门前，银杏树下，仍电灯高悬——老于和一伙人在下棋。他上了车，嗖嗖嗖，几下就上了大马路。大马路上空荡荡的，清凉凉的。他在路灯下飞驰而去。他觉得浑身爽快得要笑出声来……

老于每晚下棋到一两点。夏天，在树下。冬天，在屋里。他是棋迷。下完棋，照例要吃顿夜饭。或二两油炸果子。或一碗青红丝油茶。或三只鸡蛋。吃罢，洗洗，躺下，已下三点了。第二天起床，正好吃午饭。

老于五十岁年纪，南方人，吐音清浊不分。叫小人书做"小人苏"。说《空城计》做

"空层计"。外表看,他有三个特点:一是戴眼镜。戴眼镜不稀奇,奇的是他的镜片像酒瓶底,一圈一圈,极厚,据说有一千度。可他戴上,收钱时(多是硬币),仍要放掌心托到鼻下瞅。他下棋,常输,多半原因出在这四只眼上——下着下着,他突然激动起来,斜觑着对方,脸渐泛红,对方刚一走过,他拿起自家的"马"一下子就把自家的"车"吃掉了。对方想告诉他认错了棋,他却一手按住棋子,连声说:"不许悔棋!不许悔棋!"结果,输了。他搔搔头,不解地自语:"我怎么又苏(输)了呢?"他的特点之二是穿蓝色布纽便褂,胸前吊一串闪亮的表链。三是春夏秋冬总戴一顶蓝帽——他是个秃子。他读过私塾,写一手好字。附近人家请他写对子,他从不推辞,提笔便来:"蝉噪林欲静,鸟鸣山更幽""近君子有仁有义,远小人无事无非""读书好耕田好学好便好,创业难守业难知难不难"……

　　他住的是木板房,用彩漆刷成二色,上半

截粉绿,下半截深蓝。窗户镶了大块玻璃。屋檐下,门窗上方,隶书三个白字:连环图。他的书架,三溜十二只,也刷了彩漆,六只蓝,六只绿。他共有多少书?不清楚。架上就有一千五。他每礼拜逛一次书市。因是熟客,有好连环图,人家给他留着。除了连环图,他还买点字画。买回连环图,第一件事,是包牛皮纸的皮面。重用麻线装订、书书名。书名一律用颜字,丰满苍劲。他的书成套:《三国演义》从《桃园结义》到《三国归晋》一本不缺。《水浒传》二十六本一套。《岳传》十五本一套。《铁道游击队》十本一套。奇的是,六十本一套的《三国演义》,在他的书架上是七十二本——原来,凡页码多点的,他拆成两本,分为上下。他这样做并不缺德,是为了公平。他的书都是一分钱一本,从不讲价。他赁小人书,却不承认自己是生意人。他门上的对联写"一窗佳景王维画,四壁青山杜甫诗"。他有他的道理。他不靠赁小人书吃饭。他的摊子虽排场，生意却不兴旺——多半让大头抢去了。他大概过去有些积蓄。他颇瞧不起大头，耻于人们把自己与大头并列。他不会把自己降低到与大头抢生意的地步。他没有家室，形只影单，一天三顿，买着吃。就在隔壁的饭馆。兴致好的时候，还常喝两盅，喝得微醉，飘飘然。回屋展开祖传和己藏的字画把玩，一边哼着南方曲子："金华洞冷，铁笛风生。寻真何处寄闲情，小桃园暮景。数枝黄菊勾诗兴，一川红叶迷仙径，四山白月共秋声，诗翁醉醒……"他就这样，逛逛书店，下下棋，写写字，摆摆摊儿，过得悠哉自在……

这都是以前的事了。

"文化大革命"来了。"文化大革命"的第一件事是"破四旧"。于是取缔了小人书摊。红卫兵把大头破破烂烂的小人书和老于干干净净的连环图，一起堆在银杏树下，点了把大火。还烧了老于积存多年的全部字画。里面有一张大涤子的真迹，两幅康南海的字。火烧得真旺啊！

东方市场改名为"东方红市场"。在临大马路的巷街口，挂一块白底红字的牌子，上书：东方红市场革命造反委员会。这块牌子挂了十年。然而，四街的居民，仍叫这儿作"东方菜市"。

私人摊贩全部取缔了。但总得让人活下去。陈大娘主动提出，自己老了，小平眼瞎，要大头合烧茶炉。街道革委会同意。另外，组织了白铁组。老于脱下布纽便裆，穿上粗帆布工作服。"叮叮当当，叮叮当当"，他每天在银杏树下打铁烟筒，打铁盆，打铁桶。他老了，又瘦，干一会儿就气喘、出汗、腰疼。把他转到小五金组。修锁，配钥匙，修手电筒，修钢笔，修拉链。他眼力弱，干得吃力。夏天到了，他找了合适的工作：卖冰糕。每早，五点他便起床，推车去排队领冰糕。领回冰糕，人多的时候，他坐在银杏树下，打着折扇（扇面上有墨梅），小声嘟哝："冰糕冰糕，五分的冰糕。"或："牛奶冰糕，牛奶冰糕。"还有四分的花生冰糕、赤豆冰糕。七分的奶油冰糕。八分的巧克力冰糕。一毛的三色奶油大雪糕。人少的时候，阴天的时候，他推车上街。他拖了沙哑的南方腔唱："冰糕来冰糕五分的……卖——冰糕来五分的……"收了钱，他照例用手掌托到鼻底瞅。孩子们很快便与他熟识起来，见了便喊："老于！老于！"他总是苦笑着答应："哎——！""哎——！"他胸前挂一只白色布兜，放钱。他每天从早五点忙到晚八点。三顿饭仍在东方菜市饭馆吃。在别处吃不舒服。饭馆里有老相识，见他老汗淋淋走进来，忙递过毛巾、蒲扇，端出一碗绿豆汤，说："辛苦了您老！""你们辛苦，你们辛苦。"他的生活旧习改得差不多了，唯有棋瘾未衰，每晚必要下到十二点。但他不再吃夜餐——不知是因经济拮据还是年老胃弱。散了棋，牵灯回屋，不出五分钟，已熄灯睡下。月光透过密匝匝的银杏树叶，照着油漆剥落的木板房。整整一夜，里边不时传出床的吱扭声和老年人的呻吟叹息。

他实在累了。

有一天,银杏树下来了两个卖冰糕的孩子。一个在他右边,一个在他左边。"冰糕!冰糕!"叫卖声又响亮又悦耳。两边来的顾客全被他们占去了。看到左一支右一支冰糕销去,老于又气又急。这一天他走了很远,卖到深夜十一点,还剩十多支。他弓着背,颤巍巍推车回到东方菜市。汗水杀得他两眼发痛。打眼望去,银杏树下空空荡荡,下棋的人一定等他不及,走了。对着剩余的十多支冰糕,他怅然若失,凄苦无依。巷街上静悄悄的,只有胡同里茶炉房外还有一伙人在纳凉吃茶。老于把冰糕给了他们。大头听了他的遭遇,很气愤,说:"明天他们再来,我去找他们!"陈大娘说:"现今的孩子,越来越没个教养!老辈子那阵……"大伙吃了冰糕,要给老于钱。老于急了,结结巴巴,说不出话。大家推来让去,正不可开交,瞎眼姑娘小平忽然说:"妈,大哥,老于大叔不要,就别硬给了,莫让大叔心里不安。"老于听了这话,唰地流下两行老泪。

从此,老于常到茶炉房来坐坐。

老于常提起他的连环图和字画。

"别的我不可惜!我就可惜一套王苏(叔)晖的《西厢》,一脏(张)大涤子《孤旅杜(图)》和康南海先生——康有为的那两幅字!大涤子你们不晓得唠,大涤子就四(是)司刀(石涛),几波(百)年前的人唠,骚(烧)一脏(张)扫(少)一脏(张)唠!别人给一千块钱俄(我)都没卖的唠!还有南海先僧(生)那两幅字,是俄(我)爷爷传下来的唠……"

大头,陈大娘,小平,刘大伯,杨大妈,听了这些话,将信将疑。一千块钱!我的妈呔!这老头子还真敢吹!……可他们并不诘难老于。随便他说吧。人老了,免不了发孩子气……

老于确是老了。夏天过去,冰糕不能卖了,他也不再干别的营生。街道每月救济他十五元钱,他就靠这十五元钱。他拄上了拐杖。他常觉得眼花,看不清东西。他多半是坐在胡同口,一把藤圈椅上,半闭眼睛打发日子。打水的人经过他身边,听见他自言自语:"冰簟银床梦不层(成),碧天如水夜云轻。雁僧(声)远过潇湘去,十二楼中月自明……"打水人听了半天,听不懂。若是小孩子,觉得他挺有趣,就围着他笑他。陈大娘一边糊纸盒一边看他,摇摇头,叹口气——他们都不知道,这是温八叉温庭筠的诗,是老于祖传的、康南海书的两幅字中的一幅。

老于病了。大头骑车请大夫,拿药。陈大娘守了他三天三夜。这年天冷得早,阴历十月二十四夜里下了头场雪。早晨,大头刚扫完雪,正烧火,陈大娘推开老于的窗子叫:"他大哥!老于他……老了!"大头扔了铲子,跑过来,拿下老于的眼镜,给他合了眼。他和陈大娘一起,给老于洗了身,穿上寿衣。忙完了,两人忽然感到茫然:难道这样就一切结束了么?太平淡了,太平静了!外面,开水哨子突然欢快地尖叫起来：

嘟……

给老于送了葬，大头就搬进了老于房里住。转过年春天，由陈大娘做主，把小平许给了大头。来参加婚礼的人挺多，大半是东方菜市里的住户人家。宾客都带了礼：有从家端两盘刚出锅热腾腾的炒菜的，有提两斤鲜牛肉两斤老酒的，有送水果的，有送瓷盘羹匙的，还有送枣馒头，豆沙包，西瓜子，山核桃的。婚礼热热闹闹，像模像样。小平穿着水红丝面暗花棉袄，围一条白纱巾，额前刘海长长的，咯咯咯咯笑了一天一晚。大头请附近一位不出名的年轻画家汪氏写了一副对子，贴在正堂中：

琴瑟永谐千岁乐
芝兰同芥百年春

婚礼上，人们第一次听说了大头的大号：李建文。

小平叫了几次大头做"建文",叫不惯,想改回叫"大哥",陈大娘不许。陈大娘很快就叫惯了——"建文儿哎,披上棉袄再出去,看你冻着!""建文儿哎,去割半斤肉来,今儿咱包饺子吃"……

第二年迎春花开时辰,小平生了个双胞胎。两个女孩。满月后经医生鉴定,眼睛明亮完好,双腿符合正常人比例。几年后,这一对双儿长成俊秀的小姑娘,特别爱跑,爱笑。夏天穿了花裙子,在银杏树下飞来飞去,像两只百灵,像两只蝴蝶。

……

1984 年

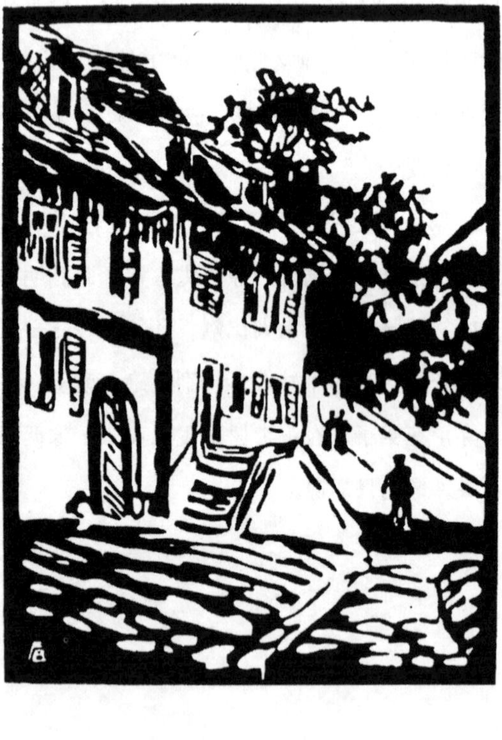

故乡景物思

故　家

不知为什么，一想起我的故家，我曾生活了三十多年的地方，就有一种失重的感觉，一种静止的感觉，一种被什么东西所包容、所淹没的感觉。记忆中所有的熟人都在说哑语，而我在一片阳光的笼罩下漫游，心中充满了孤独和寂寞。我好似在高空中俯瞰世界某一遥远角落中小小的我故家的房，以及房中院外小小的我。有时我想，作为生命的个体，原本都是孤独的、寂寞的,我的感受大约就是人类潜意识中无可奈何的悲剧式的孤独的显现。放大了说,整个人类、整个地球在宇宙中不也是处于一种孤独、渺小的境地么?必然的灭亡等待着这一切,而人类史和地球史在宇宙那无限时空里,其存在几乎等于未曾存在,其灭亡不会得到任何关注。正像唐代诗人王维的一首诗写的那样:

> 木末芙蓉花,
> 山中发红萼。
> 涧户寂无人,
> 纷纷开且落。

花开花落,无人问津,得不到一点点回响,开了等于没开,落了等于没落。

尽管如此,我对故家还是怀着最深切的怀恋和最美好的记忆。我少年时代的许许多多梦想,我青春时代炽热复杂的感情,我心灵中所有已平复无痕的痛苦欢乐,我对茫茫上苍的疑问和询问,都留在那里,留在那丁香树下,留在那绿铁门边,留在那阴暗的后院夹道,留在那宽大明亮的窗外,那蔷薇、冬青、指甲花、粉豆喇叭花,那石板路、高阳台、红房顶、高烟囱……那一切具体、破败的实物,都寄托着我抽象的精神世界,我三十多年生命的一个完整的世界,这个世界,早已被我丢失,要找寻它们,只有去故家。

人的生命本是一缕游魂,但这生命若想实现,就必须投生某地。四十多年前,我就是在故家降生,实现了一个生命的愿望;此后,还是这故家,成全了生命成长的愿望,它担负着这个生命所需要的一切,使其取之不尽,用之不竭。

由此,我懂得了,"家"的概念,"我"的概念,是与生俱来的,因为没有"家",没有"我",就没有生命。

如今,我离开故家,又换了许许多多个"家",但在我心灵深处,此后的"家",不过是住处而已，它们和"家"是两个概念。

意味深长的是，记忆中我的故家，青岛小鱼山山坡上那幢旧楼院，总是笼罩着一片夏日正午的阳光，还有蝉的长鸣和丁香花的浓香，这记忆是视觉、听觉、嗅觉三位一体的，是任何一位高明的画家也画不出的，它将伴随着我生命的整个旅程。

雾

自我离开海边的家乡，来到内地城市定居，就很少能见到雾了。而时光，却正如雾一样，把往事层层掩蔽。掩蔽不等于取消，在漫无天地的白色屏障后面，曾经存在过的，依然存在；已经发生的，将永远留在记忆深处。于是，在这夤夜，在昏黄的灯下，我又见到了童年的雾……

青岛的雾，我们称之为"海雾"，多发生在初春的黎明时分。许多人还在睡梦中，雾已无声地从海上涌起，涌进曲折蜿蜒的街道，将一座座黑魆魆的楼房包围；涌进密密的树林，湿润了新生的枝叶和鸟雀的羽毛；盘旋于岛城一座座小山脚下，覆盖了一片片刚翻耕的土地。未熄的路灯在雾中迷离，报警的号角在雾中远播。早起的人，一打开窗，乳白的雾便扑面而入，将夜间的秽气一扫而空。早行的车，大开车灯，照出两道光柱……无风的天气，太阳从海上升起，从海上慢慢把雾驱散，有时直到我们去上学了，城中还浓雾漫漫。若春风骤起，几分钟内，便可将雾吹得无影无踪。然而到第二天，雾又重新发生。一天一天，有时连续一个月都如此。

记忆最深的，是雾的湿润和凛冽，想到此，我不禁打了个寒噤。还有心里的感受，那种心神不定，那种对大自然如此切身的侵犯（几乎是触摸）的畏惧或不解。太阳和风，固然也能造成触觉的感受，但它们是无形的，常见的；雨和雪固然也是有形的，但那形状是切实的，少变的；云固然是有形的多变的，但它离我们遥远。只有这童年的雾，既可与我们亲密无间，又无法捉摸。

　　首先让我懂得雾之美的，是中国的山水画。无论是宋代郭熙的《早春图》、马远的《踏歌图》，还是明代董其昌的《山水》以及近代许多山水作品，都善以雾造成山势多变、掩拙露巧、虚实相间、气韵生动的效果。但真正让我惊叹于雾之美的，却是在泾县桃花潭。这桃花潭就是李白写"桃花潭水深千尺，不及汪伦送我情"的地方。那天正是欲雨未雨的五月天，我们来到潭边，走上一条窄长的石码头，乘乌篷船到对岸，访李白纪念地。清清的潭水之上，忽然浮起了一层白纱般的薄雾，将水中的船遮成了似断似连的上下两段，将石码头上捶衣女人们鲜艳的衣服半遮半掩，大红成了粉色，鲜绿成了淡绿……最美的是这薄雾不断流动，一会儿船和对岸的小山似乎到了半空，一会儿小码头半截被淹没，似乎没有尽头。所有的景物都缥缈而遥远，令人目瞪口呆，不相信这一切是真实的。但这时我还未真正认识到雾之美。直到薄雾散尽，小雨落过，桃花潭现出原来面目时，我才为雾而惊叹了——无雾的桃花潭，一目了然，单调枯燥，几无可观！

后来在黄山，我又经历过同样的感受：无雾的黄山，令摄影家们焦急万分，令旅游者们败兴而归。忽然山下升起一团小雾，这雾经过哪里，人们的眼就跟到哪里，哪里的山色就变得美不胜收。奇怪的是，那雾，似乎是从同一个地方生出来，源源袅起，从容地在密匝的峰峦间表演魔术，并攀缘上山，把整座黄山裹住，只露出点点山顶。在山下的人看，是浓雾锁住了大山；在山上的人看来，这就是云海了！我突然明白了：

云，即是天上的雾；雾，即是地上的云。

这就是俄罗斯画家列维坦的《墓地上空》

云

少年时极喜欢一幅画——列维坦的《墓地上空》。画中铅色的云、黑色的云和金色的云复杂地交织在一起,表达出巨大的悲哀和强烈的痛苦……

俗语说,七月八月看彩云。在我的家乡青岛,每到夏秋之交,无论早晨还是傍晚,天空的确气象万千。在霞光的照射下,云一会儿像绵延群山,一会儿如滚滚波涛,行走极快,边行走边变化着形象。在这样的时候,我喜欢去海边,坐在礁石上,静静地,无遮无拦地看活动着的油画,享受着一种说不出的美感。风平浪静的日子里,映着霞光的云,又映红了海面,早出晚归的船儿穿行在红光之间,显得非常渺小,似乎要驶进彩云里去。随着太阳的沉落,云渐褪色,由下而上,被夜吞没。但有时,直到夜里九点多,早已落下海平线的太阳,还能照射到一朵高空中的云,于是这彤红的云朵,在夜空中长久地闪烁，十分奇特。

暴风雨到来之前，天空中翻腾着的，是乌云。在云的聚合、树的摇摆和风的呼啸中，一切都富有戏剧性，令人期待着某种变故。站在窗前，望着外面的风云变幻，我有时忘记了一切。雨过天晴，瓦蓝的天空中，飘着几朵白云，虽然单调，但总比万里无云要好……

人们不仅从地面仰望云，而且登上高山俯瞰云，于是有了黄山云海、泰山云海……我虽登过几座名山，却无缘看到云海奇观，倒是乘飞机旅行时，遇见过云海，那云密密厚厚的，白白的，像一片雪原，可以走上去散步。

1973年夏，我在崂山顶住过几天。崂顶海拔约一千一百三十三米，山下即是大海。在崂顶巨石上，我亲眼看到云是怎样从海上升起，并向我飞来。远看时，是一块块白云；近看时，是一团团水雾，掠过巨石时，如同下了一场雨，巨石和我都湿了，我的头发眉毛上结了水珠；飞远后，它又成了白云。

不知为什么，无论是从飞机上看云，还是在崂顶与云亲近，虽然新奇，却没给我多少美感。只有从地面上观云，才常常惊叹于造化的神妙，大自然的艺术。距离产生美，也许就是这个道理吧。

雨

大自然中，山川河海是基本不变的景观，云雾雪雨则变化多端；正如人类，头肩腿臂是固有的形象，喜怒哀乐却是难以把握的神奇世界。或可谓：云雾雪雨是大自然意志和情感的展现。其中，我认为，最有代表性的，是雨。

古人赞："好雨知时节，当春乃发生。随风潜入夜，润物细无声。"常用词语有：春雨潇潇、秋雨绵绵、淫雨霏霏……

这些，都不足以表达雨的丰富个性。真正的雨，是暴雨、倾盆大雨、瓢泼大雨，是春夏之交的大雷雨。在这样的雨中，整个世界都震

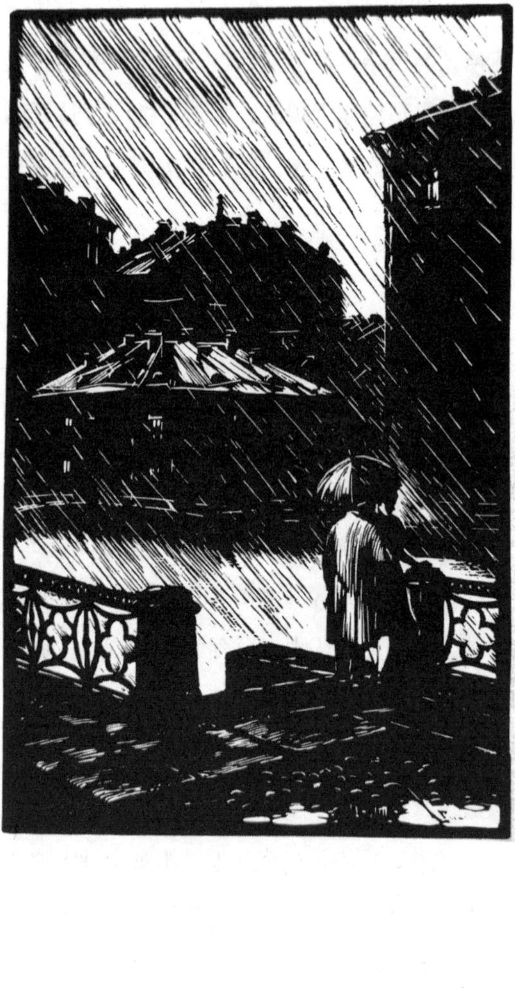

撼了,所有的生物都感受到大自然的力量……

记忆最深的,正是这样一场雨。那是在二十多年前的一个夏夜,我最亲的二姐,因病在床,粒米不沾,已三天三夜,忽然提出,想吃山楂糕。时近午夜,屋外正下暴雨,听得到飞瓦断枝的响声。我还记得窗外那株蔷薇的长枝条,在狂风中不断敲击着玻璃。撑起雨伞,我来到阒无一人的街上。伞毫无作用,雨横扫着,转眼全身已湿透,干脆收伞而行。然而在这种天气里,夜销店也关了门,我空手而归。走在海滨大道上,脚下,是没脚的急流;头上,是旋涡一般的黑云,黑云中射下密集的雨;路的一侧,汹涌的海潮打起十余米高的浪花。不知什么吸引了我,我放弃归程,驻足海堤,俯身于铁栏杆,久久地眺望远方。在每一次电闪中,远山被剪出黑影,闪电紫色的火焰从山后一直伸到高空,将天空整个割裂。充耳是雷声雨声涛声,遍身是风和雨的鞭击。整个世界,似乎只有我自己,那样渺小,却并不感到孤独和恐惧。我从未像当时那样明确地感受到，我与大自然是完全一体的，我本身就是大自然的一个细胞，正如一滴雨、一道闪电、一声雷。

二十多年来，我经常梦见那个雨的世界。我有时忽发奇想：一个人，假若真正懂得了雨，也就懂得了世界，懂得了人生，就不会为眼前的点滴得失而蝇营狗苟，就不会顾影自怜、瞻前顾后，也不会妄自尊大、忘乎所以。

我至今认为，雨，是大自然中最为壮观的现象。

海

我心目中的海，并没有什么神奇，也没有许多人所赞颂的宏伟气派，而是很朴素的，像一个老朋友。由于朋友之间彻底了解，不需任何客套和矫饰，所见的只是本色。

我家住在青岛市区海边。每当夜深人静，海涛如低缓的絮语，不厌其烦地响在耳畔。这絮语，自我下生，还没见过海，就刻在我心里了。它像母亲哼的摇篮曲一样，单调而又亲切，悠长而又感伤。以后，我长大了，一次又一次，无数次去海边。除了夏天，春秋冬三季，海边大都是荒凉的，人迹罕至；除了有大风，不论白天晚上，海大都是平静的，淡漠疏懒。所以，海给我的主要印象，是寂寞，是孤独，是内向，甚至是沉重。如果海是一个人，这就是他的个性了。

从近处看，海水是很浑浊的，潮水中总有种种杂物，如海草、贝壳等等。假如伫望海潮，那一次又一次地扑向沙岸，不屈不挠，深情眷恋，常令我产生莫名的惆怅。

海也有欢快的时候，但海的欢快，不是朗朗的笑，也不活蹦乱跳，而是一种微笑，一种安恬的快乐。当浪花扑上礁石，而后四下分流时，当暖风掠过海面，蹭起一道道白纹时，海显得俏皮而温柔……

天色阴晦，狂风骤至，海发起怒来，其色

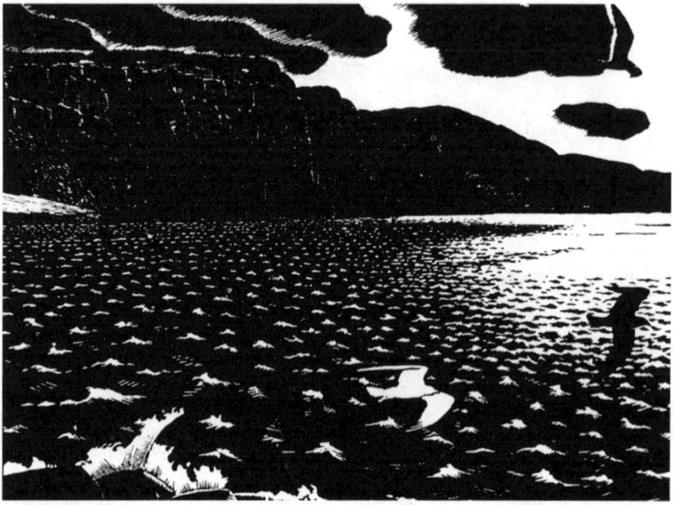

昏黑，其形如山，咆哮之中，带着叹息——恰如一位不善言谈的男人，心里的东西是那样多，情感是那样深，偶尔的发泄，似乎有些突兀。

"文革"初期，家居无事，曾有一段时间，我每日去海边。前海沿有一方大礁石，十分平整，春阳晒过，暖暖的。我躺在上边，仰望蓝天飞鸟。肥大的海鸥看我一动不动，就大胆地落在我身边。时间久了，有时我不知不觉睡着了……

就这样，潜移默化中，海已成为我生命不可分割的一部分，正如陆地、天空和空气与我生命不可分割一样。后来，我离开海，来到内地。我常常怀着温情想念它，发自内心地想念它。我深切地感到：它是我的，或者说，我心中有一个只属于我的海。

1995 年

中山路原先是通无轨电车的，中国电影院就有一站。

记忆中山路

那时青岛人称到中山公园、动物园去玩为"上汇泉",而到中山路及其周边逛店、购物为"上街里"。上,是去和到的意思,正像把"很大"说成"海大",是青岛的土话。我家住在鱼山路,居于汇泉和街里之间,向东向西步行都不过二三十分钟即可达。小时候每年都会跟随父母去几趟这俩地方,长大些就随时去了。从中山公园到中山路,是我青少年时代的生活圈。

青岛的路名大多是用地名起的,中山路

不用地名，是纪念孙中山先生。全国城市中称作中山路的有许多，不足为奇，不知其他城市的中山路怎样，反正青岛中山路从一开始就是全市道路的中心，是金融、商业、文化、娱乐的中心。大商场、影剧院、照相馆、书店、饭馆、宾馆、银行群……省外贸局大楼、亨得利钟表店、大光明眼镜店、红波收音机店、青岛食品店、妇女儿童商店（当地人叫"老婆孩子商店"）……

中山路的南端直通地标建筑栈桥。这桥宽宽的，像一条马路直插进蓝色大海。其实是码头。一百多年前由北洋水师修建，后来德国人万里迢迢跑来，官兵、工匠、枪炮、工具甚至吃物和建筑材料都从这儿登陆，为此曾在桥面铺了铁轨。随着青岛海运良港的兴起，栈桥逐渐失去了码头功能，变成一处风景。20世纪30年代，政府在桥头修了一座古典式廊亭，取名"回澜阁"。栈桥的奇特之处是，退大潮时，海水跑得很远，整个桥和回澜阁都暴露出来，黑魆魆的礁石和橙黄色的沙泥中，有小螃蟹、蛤蜊、蛏子及其他一些海洋小生物，是赶海人和孩子们的乐园；涨大潮时，海水漫过桥面，穿凉鞋或光脚的人仍可在桥面行走，远看像行在海面上。

沿着海岸大堤向东走二三百米，是我的母校太平路小学。20世纪60年代初修建栈桥西侧第六海水浴场时，我们全校小学生曾利用劳动课一次次到汇泉第一海水浴场，在空书包里装上细沙，背到栈桥西，倒在沙滩上，以改造新浴场的沙质。太平路与中山路相交，出栈桥向北、由中山路去栈桥都要穿过太平路。太平路至今仍是青岛乃至中国最美的海滨大街之一。不长一段路上有许多德国建筑，还有古老的天后宫。青岛人称这一带为"前海沿儿"。大海中栈桥、小青岛历历在目，海边一棵棵造型奇特的松树，已半抱粗，可见日久。

从太平路始，中山路由南向北，东西两侧

延展出一二十条道路,有的横穿中山路(如广西路、湖北路、湖南路),有的到中山路口而止(如德县路、保定路、大沽路)。算命先生说,中山路像一条龙,龙头是回澜阁,伸到大海喝水和吐水,中山路是龙身,两侧的道路是龙爪——倒也形象。

广西路离海近,隔一排楼房与太平路毗邻,是好地脚,盖了一些重要屋栋。从我家去火车站都是走龙口路左转到广西路,然后一直走,穿过中山路,不远就到了。1989年我在《山东画报》做"青岛老房子的故事"专题,其中一章就是《从广西路到火车站》。老一辈叫火车站为"老站",因为火车到这儿就到头了,回青岛时,坐火车不用怕睡过头。1970年9月,我送插队去内蒙古建设兵团的同学好友,从老站回来时,独自走到栈桥,在回澜阁的长椅上躺了许久,满心离别忧伤,至今不忘。

广西路上有市邮电局。那时通讯不便,有

急事都是到这里打电报或打长途电话。长途电话常要排队,有时等到半夜。邮电局对面有一家金星电影院,专放学生场,每张票五分钱。我和二哥在这里看了许多电影,如《追鱼》《马兰花》《三宝磨坊》《列宁在一九一八》等。其实从广西路右拐,走两个路口还有一家红星电影院,开在中山路上,高高的台阶上去,设施比较好,票要贵一倍多,早年名为"福禄寿电影院"。

  湖北路短,东到德县路口,西面穿过中山路到火车站广场就到头了。我对湖北路有感情。我姑婆(爸爸的姑姑)和一个叔叔(爸爸的结拜兄弟)住在湖北路市公安局斜对面的排楼里,春节都要来走动,每每得到数额较大的压岁钱。姑婆的丈夫(忘了该怎么称呼他,姑爷爷?)和叔叔都是南方人,他们家烧的菜、肉甜甜腻腻,真好吃!唯一不愉快的是,晚上很晚离开时,公安局尖塔楼黑魆魆的,据说过去外国人在这儿拷打中国人,我害怕,还做过噩梦。湖北路、中山路口有一幢很气派的楼，驻过团市委，1966年成为市红卫兵总部，门前马路上开过大会……十七岁时，我到山东省畜产进出口公司干临时工，单位就在姑婆家附近，每天来往湖北路，度过了踏入社会的最初时光。那时我迷上画油画，所崇拜的一位画家黄继明住在湖北路3号，一座德国式洋房，离中山路仅一二百米。每次到他家都像朝圣似的。其实他只比我大四五岁，不久前去世了。

从湖北路开始，东面地势渐渐高起来，圣弥厄尔大教堂就建在高地上，从与中山路相连的曲阜路、肥城路、德县路均可到达。我做"青岛老房子的故事"专题时曾参观过礼拜，还从侧梯上过钟楼。从钟楼看海能看很远。

肥城路口往北，中山路街面东侧有中国剧院，剧院对面有家古籍书店，我在那里消磨过许多时光。书店店员待人客气，而且比较早实行开架售书，站着看许久，不买也没啥。书店隔壁有一家药店，一家理发店。

记忆中山路

过了德县路、保定路相交的路口，中山路就开始下坡了。德人租占时，由此往北是华人区，路比较窄，格局也密。从黄岛路到四方路，各行各业都在那里开店，木匠铺、铁匠铺、浴池、修鞋的，以及土产品买卖等，五花八门。黄岛路半截是台阶路，从平原路顶端一路下来，接上四方路，再往前就到中山路。从四方路口再往北，中山路和海泊路拐角处是天真照相馆，据说全国闻名，一般市民只有最重要的照片才到这儿拍。天真照相馆在中山公园设了外景拍摄点，我保存了一张1971年在藤萝架前拍的，下部有"青岛中山公园"字样。

过了海泊路口，记忆中有国货公司，楼下有一家外文书店，我在那里买过一盒贝多芬《D大调小提琴协奏曲》的磁带，进口的，十三块钱，很贵。再往前，过了胶州路，路口是市新华书店，1974年我在那里买过一本《土壤知识》。1978年外国文学名著再版，我在书店门外胶州路上排了一夜长队，买到《高老头》

《欧也妮·葛朗台》。国货公司西面是环球体育用品商店，同时卖文化用品，我画画用的颜料、笔、纸，甚至画箱、画板、画架都是在那儿买的，还买过一个"哭娃"石膏头像。再往前就是工艺美术服务部了，大哥大嫂在服务部工作多年，我自然是常客。中山路到此基本到头了，至于李村路上的青岛影剧院、市场三路的人民市场，虽也与中山路相关，但有些远，去得很少，淡出了我的生活圈。

我见过一些20世纪三四十年代青岛人在中山路逛街、摆摊儿、商场开业、灵柩出殡的照片，有孩子、年轻人、老人、妇女、文人、商人、民警、轿夫，看上去大都有气质，穿戴整齐，笑容可掬（拍照时也许被要求一笑）。这些照片尤其令我动情，想起自己的长辈，他们年轻时也许就在这些人群中，曾经在中山路买过衣服帽子，小到手绢，大到长袍西装；也曾在山东大戏院看过戏，见过电影明星胡蝶——我甚至一遍遍放大人群的照片，幻想会有意外发现……

　　如此不厌其烦唠叨，是否有点自恋？我想寻觅所生所长的城市的过往，找回我和我的青岛老乡们的童年、少年和青年。那时我们的父母还健在，我们和同学好友常常在栈桥沐浴海风彻夜畅谈，在中山路上踯躅徘徊。我常想，一个人总要有一个根，你生长的土地、山水、道路、楼房以及你所经历的时代，就是切切实实的根，青岛就是我们的根。虽然这些路、这些楼栋，许多是德、日占领者所建设、所遗留，可是历史变迁，文化无辜，它早已完完全全成为我们的，在我们的血液中，在我们的心灵里，正像几千年几百年古代君王官员留下的宫殿和典籍，已是我们的传统文化。青岛历史很短，遭际独殊。当年学画，我喜欢德国门采尔，曾在一个冬天把他的素描集通通临摹一过，开春后就走街串户，去画那些洋楼小院、幽暗曲折的木楼梯、过道窗户射进的光……这些景观正是门采尔所擅，也正是我喜欢他的原因——因为青岛,而喜欢门采尔;因为门采尔,而更爱青岛。中西方文化、历史和今天就是这样神奇地连成了一体。

2024 年

色彩饥渴的年代

我是1960年进青岛太平路小学读书的，一学期没读完，两层的教学楼要加盖一层，临时搬到大学路小学读了大半年。1966年我进青岛二中，仍在太平路上。太平路小学和二中面朝大海，大学路小学毗邻市图书馆，路上一排排红瓦洋房、绿松和法桐，空气清透，色彩饱和。可是那时候中国的社会生活却是缺乏色彩的。百姓的穿着基本是深蓝色，连帽子、围巾、裙子也颜色暗淡，而且样式单调，男的中山装，女的开领装（领口如同现在的男士夹克衫）。特别一点的，男的是学生装（小站领），女的是列宁服（双排扣）；男孩喜欢穿草绿色的陆军军装，女孩喜欢穿蓝灰色的海军军装，可是军装不易得，大多数同学只能艳羡那些军队干部子弟。现在想想，也没有谁规定不能穿颜色鲜艳的衣裳，而且我猜许多女孩子还是想穿的，可是，有一种思想意识牢牢控制着人们，这个思想意识并非保守和传统，而是"革命"，其具体要求是艰苦朴素。穿漂亮衣裳是追求资产阶级生活作风，甚至是"浪"，是"不正经"，走到街上会被人侧目。这种舆论是无形的，因为无形才更显其强大。

对年少的我来说，更感到饥渴的，是文化生活。西方和中国现代文学名著都很难看到，《春风沉醉的晚上》，一看这题目家长和老师就紧张。起初还能借到一些名著偷偷读读，但很快就找不到书了。一本《约翰·克里斯朵夫》第三卷曾让我和小伙伴阅读和说道了许久，"安多纳德"这个名字让我们感到无上美好……

有些人家积攒的胶木唱片当作柴火烧了。二哥自己装了一台矿石收音机，我们收听到芭蕾舞《白毛女》的小提琴音乐，那种悦耳，直抵心灵，真是"如听仙乐耳暂明"啊！电影和照片基本是黑白的，印刷品也是，偶尔得到一本彩色《苏联画报》，恨不得当宝贝藏起来。记得有一张法国电影《塔曼果》的彩色剧照，我保存了好多好多年。

现在的年轻人无法理解那种精神贫瘠和文化饥渴的滋味。一般书中都把那个年代描写得轰轰烈烈、悲惨黑暗，大起落、大动乱，其实就我个人的亲身体会，固然很多人受到戕害，但绝大多数中国百姓生活还是平静的、单调的，怀有渴望，但心灵深处是寂寞。眼前这些来自五湖四海平民百姓之家的"着色"老照片，表现的正是寂寞中的渴望。它们冲破了灰暗的黑白世界，缓解了那个年代全民的色彩饥渴。这样说也许有点牵强，但起码引起了我如是的联想。

老照片自有其特殊价值。除了它蕴含文字

难以穷尽的信息（比如一张女孩照片，文字描写只能是漂亮或否，而照片给不同读者的感受不会这么简单，甚至可能完全不一样）、如实记录了历史，黑白照片还具有色彩上的不确定性：同一件衣服可能是蓝色也可能是绿色，同一朵花可能是红的也可能是黄的。如果你拿到的老照片来自久远的过去或他人，你并不知道照片中人与物原来的颜色，着色时只能自己斟酌；如果是熟悉的人物或风光照片，也可故意改变颜色，甚至把本来无色的事物（比如白衬衣，比如白色天空）涂上颜色。经过这样处理，老照片已经不是原来的老照片了，附加了着色者的感情和意志。

这些着色照片的原始黑白照，几乎都是在照相馆里拍摄的，有手绘的布景，如亭台楼阁、山水；也有摆设，如桌椅、木马、玩具兔，甚至还有模型飞机，但最多的是花：布景树上的花、盆栽的花、胸前捧的花、桌上摆的花乃至女孩子头上戴的花、花袄上印的花……即便是少量室外照,也是在花丛花树下照的。无论专业着色还是私人着色,这些花都是重点,有的照片甚至只为花着色,而且几乎都是红色的。这布满画面的红颜色虽然艳丽,看上去却仍令我感到单调和寂寞。

请照相馆为照片着色价格是很贵的。当时中等以上照相馆都有专业着色的师傅,还举办过全市甚至全国的着色评比。一般家庭,除非重要照片,如结婚照、全家福,才会花钱着色,其他大多是自己或请朋友为照片着色。着色照片,尺寸会大些,镶在镜框里,挂到墙上。家里有了彩色大照片,顿时多了些生气。

仔细斟酌,这些老照片的着色,多半是照相馆的手笔。标记最早1952年(有一幅穿旗袍女子坐像似乎年代更早)。照相馆着色比较仔细、小心,颜色染得很淡,注意层次,而且面面俱到,人物和背景都要上到,比之今日之彩照更有画意;私人着色多是大笔落墨,颜色鲜明,常常只涂红领巾或红嘴唇、红花,其他地方就任其黑白。奇怪的是，仅仅一个红领巾、红嘴唇、红花，看上去就像整幅彩色照片了。那时照相馆还做"赤黄"照片，即黑白照片洗成褐色，有点像淡彩色。在这种赤黄照片上着色，似乎效果更好，脸部不用着色已经有些色感了。

在中国，着色照片大约有一百多年历史，但兴盛不过20世纪六七十年代前后二三十年，其标志就是大量的平民百姓参与到着色的队伍中来。那些私人着色照片，固然形色不雅，水渍漫漶，却有别一种保存价值：记载了一段民族的心灵史。如今，随着科学技术的发展，彩色照片铺天盖地，而且通过AI技术，可以使照片色彩极度艳丽。反之，已经有人厌恶这五颜六色、光怪陆离的图像世界，重新寻找黑白，以求得内心的踏实和安宁。

一切已经翻转。

2024年

青岛老房子的故事

俾斯麦兵营与日本中学

（俾斯麦兵营，始建于1901年；

日本中学，建于1921年）

恐怕至今仍很少有人知道这里原是德国兵营和日本中学。人们只知道这里以前是山东大学，再早是青岛大学，而现在是海洋学院。海洋学院和青岛医学院一样，原先都是山东大学的一部分，后发展成两个学院。

打我记事起，就只知道这儿是海洋学院。

海洋学院一校门离我家不过二百米距离。每天早上起来跑步，就去学院的大操场。操场里还有荡木和"飞机翅"，危险而又好玩。星期六的晚上，早早吃了饭，去学院的大礼堂看免费电影。人多挤不开时，就躺在银幕下的舞台上看，距银幕不过几米，几乎走进银幕与电影中的人们生活在一个故事里。我小时候觉得最好的片子几乎都是在这儿看的：《三宝磨坊》《巴格达窃贼》《宝葫芦的秘密》……没有海洋学院，我的童年就不完全。

"文革"开始那年，我刚十三岁。学不上了，干革命又太小，便如同野孩子，整日在外游玩。海洋学院几乎成了我们一帮小伙伴的乐园。毫不夸张地说，我们几乎钻遍了学院中的每一座楼，尤其是那些神秘的阁楼和地下室。有一次我们甚至钻进了德国人建的宽敞的地下水道，迷了路，好不容易才转出来。这一切，在我幼年的心目中，无异于哈克·贝利的历险。阁楼中到处是做实验用的玻璃器皿、书和不同颜色的液体。还记得那一方方绿地和一处处花园。这里的法桐树似乎格外高大。绿地中的水池里有鲜红的荷花盛开。绿地东面的高坡上有一处石棺,面对石棺的坡脚下,地上嵌有一个石十字架,中心竖起旗杆。

海洋学院是青岛的最高学府。老山东大学的党委书记兼校长华岗的儿子以及海洋学院当时的党委书记的儿子,均曾是我们的邻居和伙伴,所以,海洋学院似乎与我息息相关。在以后的许多年里,海洋学院一直是我消闲散心游玩的主要去处之一。

六二楼为什么叫"六二楼",至今未弄清楚。这座楼就是原先的日本中学。据考,当初造价十九万银圆,在青岛的学校中是最为华丽舒适的一座,也是日本在青岛少有的大型建筑之一。从这里过渡到俾斯麦兵营,中间有一条马路,原名"定庵路",后来学校连成一体,这条路便消失了。

俾斯麦兵营是德国人在青岛建的三座大兵

营中最为雄伟的，可容一两千人驻扎。其原址是清朝章高元的嵩武中营，背山面海，位置十分优越。20世纪20年代末，蔡元培筹建青岛大学，就选址于此。作家杨振声任校长，闻一多任中文系主任，教师有沈从文、游国恩等；梁实秋任英文系主任；吴伯箫、李云鹤（江青）是职员。学生中有黄敬、臧克家，旁听生有崔嵬等。后改名山东大学，又有老舍、洪深、丁山、童第周、曾呈奎、王统照、陆侃如、冯沅君等作家、科学家在此任教。可以想见，当年在这一隅土地上，文化是何等繁荣！师资是何等雄厚！虽然在以后的日子里，历史出现过多次反复，然而，一所老学校恰如一个民族，优良的传统不会泯灭。不是么，那一座座古老的楼栋下，至今仍留有中国文化界巨子的痕迹；那一间间老房子里，曾孕育了《骆驼祥子》《边城》《生死场》以及一项项科研成果，并将继续孕育新的文化。这一切，都是德国人和日本人当年所始料不及的。

从广西路到火车站

（火车站，始建于 1900 年）

早就听说计划将老火车站炸掉，重新建筑。对此人们议论纷纷。以我的感情论，是绝不同意炸的。少年时代画水彩写生，火车站是常来之处。雨中的、傍晚的、秋天的、春天的……车站广场上有一处小花园，园中有高大的法国梧桐树，秋天叶子红了，在阳光下如一束束火焰；远处火车站高耸的尖楼，尖楼上绿褐相间的琉璃瓦，再衬以火车喷出的雾汽，恰似一幅妙不可言的图画。

人们都称其为"老站"。所谓老站，是因火车开到这儿就到头了。它是青岛人远行最重要的出口。青岛人中，没和老站打过交道的恐怕不多。自我成人，频频离家浪迹他乡，都是从这里出发。去北京串联，我是从这儿挤上火车的；我最要好的同学去内蒙古建设兵团，我是从这儿送走他们的。后来我上大学，去外地工作，每年两三次来回。开初送我的是父亲，后来是兄长，如今却是妹妹——二三十年如白驹过隙。父亲已经老了，老站也已经老了。每当从外地归来，从火车窗里，望见老站，就如望见父母，就如望见了家。

去老站，几十年来都是走广西路。广西路很宽敞，车又少，若是在晚上，静悄悄的，只有整齐的路灯闪闪烁烁。路北的房子，多是德人建筑，有的墙头上还塑着"1903""19××"的字样。广西路原是德人居住区的中心，路名"亨利亲王大街"。据说过去房角上都有尖塔，现多已不知去向。但打眼望去，浓郁古老的欧洲中世纪市镇的风味还依稀可见。这条街道，在我的心目中，总是与火车站连为一体，有着共同的生命和命运。然而，当广西路被定为重点文物保护区而不许拆旧不许盖新的同时，火车站却即将被拆毁了。这将在我，或许也在许多青岛人的心中被毁去一些什么。

其实，细考起来，这个车站，在初建成时

就暗藏了将来被炸的命运：狭小局促的月台、候车室和广场，一开始就很不适用，而其建筑样式，也无非德国小市镇营业所的风格，在构造上没有多少新意。唯一有些特色的，是使用了当地的花色琉璃瓦，有一点中西结合的味道。

就是这个小站，在青岛漫长的殖民地历史中，运走了多少被掠夺的财富？运来了多少占领军？如今已无法统计。同样是这个小站，1949年以来运送了多少旅人、多少货物？创造了多大的价值？那一定是个很大的数字。

20世纪70年代初，为了柬埔寨西哈努克亲王和阿尔巴尼亚总理谢胡访问青岛，对老站进行过大规模整修。拆除了小广场上的破房及厕所，竖起了旗杆，并在适当位置扎起架子安装了机关枪和探照灯。那时青岛时局很乱，偏偏西哈努克亲王和谢胡都愿意与普通群众见面，因此火车站、栈桥一带常常布满便衣警卫，其中有公安人员，也有城市民兵。当西哈努克亲王离开青岛之日,老站的窄小更是暴露无遗：

欢送人员挤满了广场和站楼,警卫工作十分艰巨。直到亲王的专列于暮色中缓缓驶动,人们从站台上看着他与莫尼克公主在灯火辉煌的车厢中宁静地对谈、远去,那一颗颗紧张的心才松弛下来。作为欢送人员之一,这一幕给我留下了难忘的印象。

我不知道,这些往事,是否会随着老站的炸掉而烟消云散?

附注:由于青岛各界强烈反对,火车站拆毁后,又按原样建造了候车室尖顶楼。

警察署

(建于1905年)

姑婆家就在警察署的斜对过。小时候,常坐在姑婆家的阳台上,透过法国梧桐的叶隙,一笔不苟地画这座以红砖镶边的轻松明快秀丽玲珑的小楼。至于这座楼的性质或功用,那时想得很少。礼拜天的晚上,姑婆有时带领我们去楼后的公安局礼堂看戏、看电影。在昏暗的路灯下,从那高高的黑黢黢的塔楼下走过时,才感到有点神秘和瘆人,不由得加快了步子。

这一带的夜晚总是很静的。

青岛的洋房中,以塔楼尖顶为饰的很多,但给人印象深的,无非这么几座:天主堂、基督堂、火车站和警察署。全是德式建筑。主要是由于地形地势的原因,这几座塔楼尖顶在整个城市的轮廓中起着优美的决定性的作用。由此可看出德国人在当初城市规划中的苦心。然而,当天主堂、基督堂作为青岛的标志而传名日远之时,警察署却显得被人冷落,默默无闻了。

实际上警察署是青岛最老的建筑之一。据考,其样式模仿了德国某市邮局。1902年9月6日,德国驻青岛帝国水师军需局上报了这样一个计划:"拟在台西镇包工建一巡捕房大楼"。三年以后,大楼落成,当初一同迁入此楼的除了巡捕衙门、巡警总局、刑警之外,还有工商管理处和华民审判厅。至 1909 年，因警员增多，又在警署大楼附近分别修建了华籍巡警宿舍、骑警马厩和拘留所。这个规模一直保持了八十年，直到 20 世纪 80 年代，才在警署宽敞的大院深处拆旧新建了十余层的大楼，这就是如今的公安局了。

德国人侵占青岛期间，统治是相当严酷的。粗略计之，先后发布过一百八十多种布告、法规，涉及衣、食、住、行各方面。这些所谓法规，多由警署强行实施。为此，不但设有骑警，而且豢养狼狗百条。有的法规甚无道理，如晚九时至清晨日出，华人上街必须手持灯笼；再如，华人不得将有声车子驶入洋人居住区等等。更有甚者，还从德国运来断头机一台，置于警察署中；又，在西大森、团岛等处设刑场靶场；又，在修炮台时，为了保密，将数百名华工全部监禁……以上种种，均与这所秀丽玲珑的小楼有着密切关系。这大约就是它之所以被人冷落的原因了。

不知为什么,当我知道了以上的一切,再站到老警察署面前的时候,并未引起厌恶的情绪。八九十年的风雨侵蚀了楼墙,坡度很大的屋顶上,梁形筒瓦已不再鲜红,与同样变黄变灰的砖饰石饰以及墙皮混同一起,愈加显得和谐而温柔。说到底,建筑是无罪的,有罪的是那践踏别民族的人,他们没有逃出历史的惩罚。何况,虽然在许多日子里,这小楼一直充当占领者的营地,但最终还是回到了我们手中,成为青岛市公安局的所在地。我那似乎不久前还是一个小小姑娘的妹妹,如今已穿上漂亮潇洒的警服,日日出入于此楼。她的脸上常常挂着微笑。

观象台

(建于 1912 年)

在德国占领者所规划的市中心,也就是如今的市南区,最重要的两处高地,就是观海山与观象山了。其实它们本是一座山,只因为在起伏的山脊上通出一条"平原路"来,山便被一分为二了。青岛的一些重要建筑如市政府、三座教堂(除了基督教堂、圣弥厄尔教堂,还有一座圣保罗教堂,位于胶州路、江苏路、热河路、上海路四条道路的交汇处)、商业中心中山路以及广西路,江苏路等都是绕此二山而建的。

观海山,顾名思义,是观海的处所,山顶有座观海台;观象山则是观天的处所,山顶有座古堡式建筑,是当年德国军用观象台。楼高七层,一色赭灰花岗石墙,夏秋二季,墙身密布黑绿的"爬墙虎",整座楼因此显得阴暗而威严。小而深的窗扇,映着天光,像是一只只锐利的眼睛。直到20世纪60年代,青岛的最高建筑仍然为七层楼,除了这座观象台外,还有汇泉湾那座华丽的东海饭店。而观象台又占了地利之便,雄踞在市中心的制高点上,整整七十八年,其在全市人心目中的地位,是可想而知的。

以我个人而论，对这座建筑没有丝毫好感。其构造没有特点，浑如几方大石罗列在一起，沉重地盛气凌人地压在城市之上，与整个城市轻松明快的调子极不协调。加之自1949年以来，它就被军队占用，总是森严壁垒，因此更使我感到隔膜。

其实我小的时候，经常到观象山来。我有一位要好的学友，就住在山半腰那深深的，石板阶梯的巷子里。逢八月十五仲伙节，我们总要在观象山上赏月，有时坐到午夜一点钟，还不愿意回家去。清爽的、如绸缎的秋风，轻柔地吹拂着，脚下的城市一片宁静，初升时大而圆的、金色的月亮已滑行到中天，变得银亮而小巧。青岛的气候是秋后热。在我的心目中，似乎只有到了中秋节这天，在观象山上，这年的夏天才真正离去。对我来说，在观象山上度过的每一个中秋之夜，还有另外一种意义：我的生日在农历八月十六，母亲却总是说：八月十五一起给你过生日吧,不再麻烦了。在那静静的观象山的深夜里,年轻的、耽于幻想的我,与学友高谈阔论了些什么?现在已经记不得了。1970年,学友去了内蒙古建设兵团。那时社会秩序很乱,我待业在家,心情不佳。仲秋之夜,我独自在山上枯坐时,都想了些什么?也记不得了。留在记忆中的,只是一种惆怅却又带有诗意的情绪……

在观象山顶,还有一座圆顶建筑,顶可开合转动,据说里面有巨大的天文望远镜。这使得观象山在我年幼的心目中又增添了一些神秘。

直到许多年后我才知道,近百年来,在观象山进行的多种工作,如天文、海洋等方面的研究,都堪称中国近代之先驱。德帝时期,此处名为"皇家青岛观象台",工作有气象、天文、地磁、地震、潮汐之测量等多种内容,辖济南等十余个测候所。1922年12月10日12时整,中国正式从日本占领者手中收回青岛,指定接收测候所的人员为当时中央观象台气象科科长蒋丙然、东南大学教授竺可桢等三人,但由于北洋军阀政府的妥协政策,竟拖了一年多才正式接收完毕。竺可桢一气之下不愿再来。1925年,中国气象学会在此成立;1926年和1931年,青岛观象台两次参加万国经度测量,并在山上测定了青岛经纬度的标准位置;1933年青岛水族馆建成,开初亦由观象台管辖;1954年,在此设立了"中华人民共和国水准原点",还设立了"中国基准重力点"……

取引所

(建于1926年)

每当来到这座建筑面前,我便特别觉出时光的飞逝。我生活中最难忘的一段日子,与这儿有着密切联系。

那时我十八岁,考入青岛陆军文艺部门搞舞台美术,参与的第一出戏的第一场演出,就是在这儿进行的。那时不知这里曾是日本取引所，只知这儿是北海舰队俱乐部，其中有一个剧场和一个室内运动场和数不清的房间。十八岁的"艺术家"，浪漫和幼稚是可想而知的，对初识的、同样年轻的女兵女演员们怀着莫名其妙的神秘感，在这神秘感的笼罩下，眼睛失去了分析力，只觉得她们每一个都如仙女一般，活泼而美丽，似乎她们周围的一切、这座建筑也都蒙上了诗意。虽然这神秘感在与她们相熟后便很快消失了，但那种情绪、那种氛围，却一直留在记忆中。演出前的装台、对灯等工作是繁重的，甚至是危险的，要爬上天棚，要起吊近千斤的灯群，而且总是连夜进行。夜深人静，装台大部结束，主要演员和主要乐手都回去休息了，只剩下搞舞美的、跑龙套的演员和一些乐手，竖起高高的梯子，开始挨个灯对光，插色片。工作中，时而有人大说大笑，时而有人吊一声嗓，各种声响在空荡荡的、五颜六色灯光中的剧场里回荡。黎明时分，所有工作基本就绪，只留下我自己，细心地整理天幕幻灯以及云、雨、雪、闪电等各种特技灯光效果，然后便枕着厚厚的天鹅绒幕布在铺了地毯的舞台上睡上一觉；不想睡时，便在大楼中随意游荡。还记得在二楼有个美术组，有个展室，在一楼有个图书馆。我还曾从楼梯间的窗子，写生窗外巨大的雕刻着复杂花纹图案的石柱。但我从未能把这座大厦走遍。在我记忆中，它似一座迷宫，几乎无法把它弄清楚……

以后我们曾多次在这儿演出，有时和海军文工团合演，还曾多次在这儿看别人的演出，看展览，看球赛。在这里曾举行过全国乒乓球赛。1976年夏，地震闹得极凶时，全市的居民都搬到马路上露宿，唯有海军的某些家属住进了这所建筑，因为这楼可抗高级别的地震。

取引所是日本人在青岛所建的建筑物中最大的一座，其规模甚至不亚于德国提督府。"取引所"用中国话讲，就是交易所，内有证券、棉纱、土产等各种股票、期货交易。青岛虽于1922年收归国有，但由于当时政府的软弱和妥协，日本人的势力一直未减，尤其在经济方面。这座造价昂贵、造型盛气凌人的交易楼，在气势上完全压倒了由中国资本家宋雨亭筹建的大沽路中国交易楼，可视之为当时局面的缩影。实际上，取引所在很长时间内，确是日本人掠夺青岛乃至山东财富的中心。它南通中山路商业中心，西邻大港，位置十分优越。20世纪30年代初，青岛是国内九大城市之一，各大银行纷纷来青设立分机构，各银行行址未定之前，都是在取引所赁屋开业的。抗日战争胜利后，这儿为国民党青岛警备区司令部占用，1949年以后，改作海军干部学校，以后把交易大厅改为剧场和运动场，就是如今的北海舰队海军俱乐部了。

据考，取引所的设计师是日本著名建筑师三井幸次郎。建筑面积共一万四千平方米，除了一楼五个大厅外，还有一百余间房子。当年五个大厅的内装饰都很豪华，厅内周围一圈柱子，柱子间是高大的拱形窗；地面全用拼花地板铺设。围绕这些明亮华丽的大厅,是阴暗的走廊,走廊可通到一个个办公室。办公室里也很讲究。商人们在大厅内看好货后,便到这些办公室里谈判签约。由于楼建在山坡上,故前为三层,后为四层。前门外有六根巨大花岗石柱,直达屋檐。屋顶有几座矗起的塔楼。整个建筑的外形相当粗壮、方硬,显然是模仿德国风格。

德国礼拜堂

(建于1908年)

我们都叫它"钟表楼子"。青岛镶有钟表的老房子还有提督府和火车站,但只有此楼被称为"钟表楼子"。楼建在高高的山坡之上,以其为中心放射出七条道路;表镶在高高的塔楼的四面墙上,从任何一条路上都远远可见。表走得很准。在昔日手表还不普及的年代里,它对青岛人日常生活的影响实在不可低估。动乱伊始，表停了。据传，是青岛医学院的红卫兵上楼破了"四旧"。拆开一看，机芯全为铜制，重百余斤，便有人生了黑心，终于偷走，不知去向。又传，实际上无所谓机芯，而是由人在那里时时拨动。此楼从此被青医的红卫兵占用。在塔楼顶部的小窗里，伸出多只高音喇叭，四面八方，昼夜开播，传之甚远，与海洋学院"六二楼"顶的高音喇叭遥相呼应，控制了半个市南区。

我家即在控制区域内。那嘹亮的高音喇叭曾是催我入梦唤我起床的号角。过了一年多，初期的"革命"狂热过去，喇叭撤掉，钟表楼做了青医院属医院的眼科门诊部。在瞧病之余，我曾探过钟表楼内部，见其大厅被间开做了病房和木工房。我想去塔楼瞧个究竟，却寻不着门路。如此，那关于钟表的谜一直让我猜了十年。

这里原是青岛最早的基督教堂之一。其外貌为德国古堡式样，以表面凹凸不平的巨石作为主要装饰，显得厚重雄伟；其处理手法和施工质量都是经过仔细推敲、极其考究的，尤其是那状似不甚规则的结构方式，给人以深刻印象。红色的梁形筒瓦、绿色的塔楼顶以及黄色的波纹形抓筛墙面形成鲜明对照；用镶铁花的厚木所做的门扇，更突出了中世纪古堡的风格。而在它四周的小山坡上，则生满了绿树。

这座建筑在中国众多的基督堂中堪称一流。然而在行教的大多数年月里，其主持者经济上一直很拮据。初，经费由德署供给。德人撤走后，全靠自筹。1922年以来，常年信徒不过七八十人，单靠信徒捐赠显然不够。1949年，教堂被政府没收。

1980年11月，钟表楼发还给基督教会，大门敞开，收纳信徒。除了钟表重新开始运行之外，礼拜日的早上，那频频钟声由塔楼洞开的小窗四下传播，一时成为当地人的热门话题，去现场参加的人很多。我终于有机会拜访了青岛基督教协会副总干事徐道君女士，并由她安排参观了整座教堂，当然也包括那只钟表，揭开了多年的谜底：钟表确为铜制并有相当重量不假，但并未被人毁坏盗走，其停走的原因不过是无人上弦罢了。这真可谓冤枉了造反派。打开表后的门，机芯依然锃亮，赫然在目的是一排外文字母和"1909"的字样，显然是制作的厂家和日期。据说，钟表楼发还之初，无人懂得如何使钟表重新运行；去请亨得利表店的老师傅，来后见楼梯太陡，说是修不了，而年轻师傅又不会修。后有信徒毛遂自荐，上去一看，缺个齿轮，估计是曾经有人想让表走动起来，结果未修好，反而弄坏了一只齿轮。想方设法制作了一个齿轮子装上，刚一上弦，几十斤重的坠砣掉了下去，原来是钢丝绳锈蚀了。幸亏没有伤人。后来又发现表针锈蚀了。一个表针两米多长；坠砣七八个，有几百斤重呢……

钟表的重新运行，似乎象征着混乱的结束，秩序的开始。那巨大的时针，以新的动力，重新走入青岛人的生活。

圣弥厄尔天主堂

(建于1934年)

我家住在山坡上。说"山",其实从小便没有山的印象,四周全是楼房,只是院大门外的马路坡陡些罢了。站在阳台上向西远眺,能望见天文台的圆顶楼(圆顶作观天用,可开合),能望见天主堂的尖顶楼(尖顶有十字架),能望见观象山和气象台。圆顶楼是白的,十字架是黑的,在它们之下,则是郁郁葱葱的绿树和绿树中红瓦粉墙的楼房。

天主堂的尖顶楼共两座,高几十米,远看去,挺秀挺轻快。广阔的天空作背景,使它的线条更为显明。那两只小小的十字架,像两根针直插云霄。秋天的傍晚,滚圆通红的落日,恰嵌在双尖楼间;满天彩云,在楼边从流飘荡。若是月夜,针样的十字架映着月光,在夜幕下熠熠闪亮。那些小而深的窗扇,透出动摇不定的桔色烛光,愈加令人感到神秘——1980

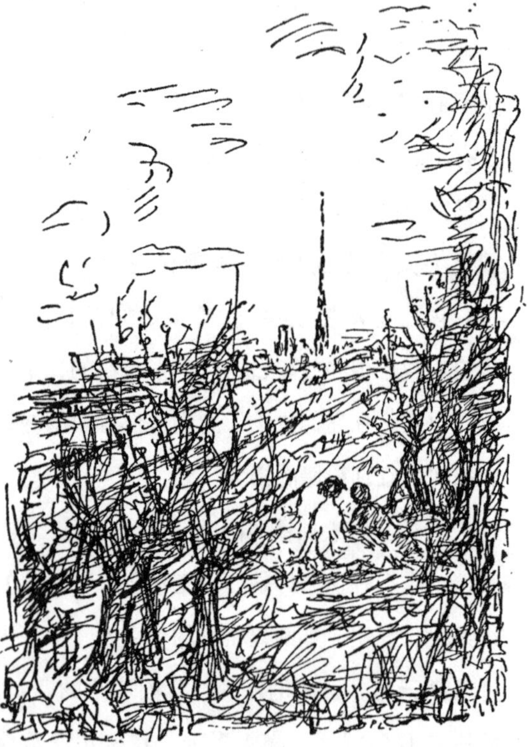

年以前,教会的活动一直处于半地下状态,不为一般人所知。

"文化大革命"首先革了教堂的命。有一天,教堂尖顶扎了架子,说是要锯掉十字架。这消息传遍全市。成千上万的人们,从窗口、从街头、从海滨、从山顶,看着几个影子似的人爬上架子,在蔚蓝天空中拉开了锯子。到晚上,传说从架子上摔下一人,不知死活;又传,教堂中原存有一张世界闻名的圣母画像和一架中国仅有的大型管风琴,是罗马教廷赠予的,被红卫兵从楼顶扔下毁掉了;又传,那十字架外表仅有一层铜皮,内里却是水泥——当年募捐建教堂者贪污了一笔铜款云云。一种不祥的预感笼罩着人们。翌日早上抬头去看教堂时,尖顶已光秃秃,犹如被剃了光头的罪犯,令人极不舒服,似乎整个环境也随之变丑了,变恶了。不久之后,我偶尔路过教堂,看见被锯下的十字架扔在门外,大吃一惊:那原先看去细如针的十字架,竟是一个比两个成人还高大的粗笨家伙。一个梦在我幼小的心灵中破灭了。

再以后,这里做了粮食仓库。

尽管如此,这教堂建筑在大多数青岛人的心目中仍是一种骄傲。从深探入海内的栈桥亭阁上回看海岸,优美起伏的山峦中,天主堂和钟表楼各据最要害的位置,形成完整的城市轮廓构图。轮船进了青岛湾,最显眼的,仍旧是这两座建筑。年轻的男女们,有事无事总愿在天主堂边徘徊。有时到月亮升起在尖楼,肥城路面的石块闪闪发光时还不回家去。随着年龄的增长,我渐得知,这是中国最著名的天主堂之一,原名圣弥厄尔,并且是中国唯一的祝圣教堂。罗马教廷枢机(红衣)主教之一田耕莘就曾是这儿的主教。筹建这座建筑的是德国主教维昌禄,资金来源于德国各地教会,并请德国著名设计师毕娄哈设计。原计划建一座高一百米的圆形高塔,但因正值希特勒为了准备战争不准货币流出,所募款一部分未能带来青岛,只好将原图纸大大修改,但建筑费仍嫌不足，只好又在青岛教区募集。由此观之，传说筹建者贪污铜款一事显然不确，用水泥做十字架不过是在资金不足的情况下的无奈之举罢了，恰如大厅内原设计有石膏雕花，后只能用颜色画出一样。建成后的教堂主体高六十米，堂内大厅内高四十八米，衬以彩色玻璃窗，并在塔楼悬大钟四只。整座教堂可容千余人同时做弥撒。

　　动乱过去，1982年复活节，整修一新的天主堂重新对外开放做弥撒。整修的首要项目是重造十字架。在那些健忘的人、年幼的后来者以及陌生的外地人眼里，这十字架同原先的没任何区别，似乎那一切从来不曾发生过。

花石楼

（建于1920年）

　　花石楼寂寞地矗立在海边。想起它就想起我多梦的同样也是寂寞的少年时代。那时候，动乱刚起,我离开学校,闲居家中,整整五年。就工无望,要下乡,母亲不忍;偷偷与好友报名去内蒙,体检都通过了,终又被母亲的眼泪留住。送走好友,唯有于街头海边踯躅。人越寂寞越思幽,花石楼一带遂成为我最经常的去处。

据说花石楼过去并不寂寞。它是德国提督最先选中建官邸的地方,后不知为啥,让位于信号山上那座,花石楼便成为提督渔猎休息的别墅,又称小提督楼、歇脚楼。其建筑风格糅合了希腊罗马和哥特式的特点,小巧玲珑而又不失稳重。日本人侵占青岛后,这里成为守备司令的海滨别墅。1922年前后,因俄国十月革命逃亡中国的白俄格拉西莫夫从即将撤离的日本人手中购得此楼,十分宝爱,进行了维修,并建了围墙和花园。以后,他把楼作为陪嫁品送给了爱女。从此花石楼在青岛的历史上渐渐销声匿迹,与众多的民宅混为一体,恰如出身贵族的少女流落民间。

花石楼一带偏僻。不是那种孤楼荒野的

偏僻，其实附近到处是美丽的别墅，但这些别墅均留作避暑疗养之用，春、秋、冬三季很少有人居住。即使在来了人的夏天里，疗养者也多不喜杂人声，加之专事城市守卫的士兵终日巡逻，就使这里显得更静了。花石楼建在伸入海内的巨石上，石西侧有台阶陡下，通到第二浴场广阔的沙滩。站在沙滩西头回望，无阻无挡，巨石，石上野树，野树之上形同古堡的花石楼，以及巨石脚下无垠的海，遥远而又凄凉。其实，多数人当时不知此楼的名称，"花石楼"是直到1984年这里被定为重点文物保护单位并立了石碑后才普及的，我们当时就叫它"观海楼"或"石头楼"，因楼顶有露天观海台，楼的外表又全系石头砌成，其中有半截墙以滑石为之。"滑石"叫讹了，就是"花石"，大约就是如今名称的来由了。

动乱中花石楼也遭了破坏。有人将地下室的一扇窗砸开，进去一看，空空如也，几无一物。从此这扇窗就成了游人的进入口。我也曾由此进楼，在观海台上一览海上风光。印象最深的还有楼梯间那些五彩的玻璃。只是楼内秽物遍地，不堪入目。楼前花园内，百木横生，几乎没膝。两只高高的罗马式灯台静静地立在其中。秋末时从园中走过，裤腿上会扎满草针刺，密密麻麻，使半条裤子为之变色。坐在灯台下花岗石阶上，慢慢地拔那些针刺，一种远离尘嚣人世之感便慢慢袭起。那些针刺原是一种草种，拔出之后，针尖的种子便留在了裤子里。此后我来来去去花石楼十余年间，竟从未见有人住过，门窗总是关得严严密密，整个楼因此显得一片死气而又神秘……

这都是许多年前的事情了。

附注：近年有人考证，花石楼建于1931年，出资建楼者是一位富裕白俄人。所以，"小提督楼""日本守备司令别墅"云云，都是以讹传讹。可我宁可信其有……

别墅的故事

小时候最喜欢的画家之一,是德国的门采尔。在一个漫长的冬季里,我把那本薄薄的、内容枯燥的《门采尔素描速写集》从头至尾临摹一遍,并于来年开春,依照临摹的经验,日日外出,穿街走巷,去画那些楼梯间、走廊、窗扇和墙饰。那些讲究装潢的楼梯,弯曲幽暗,虽已年久失修,却仍有着门采尔式的魅力。那些风格各异的小住宅和别墅,与门采尔所画的德国房屋何其相似!这大约就是我喜欢门采尔的原因了。

青岛自德国占领时便建有许多高级住宅和别墅。当时分欧人居住区和华人居住区。欧人居住区占据了前海最优良的地带,所盖住宅都是独院型的单幢建筑,有花园,有汽车房。建筑的总高不超过十八米,室内净高三四米,其样式几乎是从德国本土搬来的,是19世纪德国庄园地主住宅的翻版。1910年取消了欧华分区的规定。辛亥革命使许多清朝遗老遗少地主商人移居青岛,他们带来大量财富,在青岛兴土木、盖洋房。如今的莱阳路三号就是当年恭亲王爱新觉罗·溥伟的府第,晚年居住青岛的康有为以及另外一些清朝遗老还常到这儿聚拜呢。康有为在青岛的居所,原为福山支路德国总督副官的住宅,离莱阳路不远,如今作为康有为故居纪念馆向游人开放。

日本人第一次占领青岛期间,心思都用在经济掠夺方面,没有多少好的建筑,住房也盖得草率、经济。20世纪20年代至30年代,才是青岛别墅建筑迅速发展时期。由于青岛风景、气候的优良,由于青岛工商业的发达,还由于青岛偏于海边一隅,避开了连年内战,国内外资本家来此居住的愈来愈多,青岛遂成为海内最著名的避暑疗养胜地。最早的别墅群是在太平角建造的,以后紧挨太平角,汇泉角、八大关、莱阳路、金口路、鱼山路等别墅区迅速发展起来,前后仅十年,共建小住宅数千件,近六十万平方米。1931年达到高潮,其年建住宅五百八十七件,单面积造价也达历史最高水平。这些建筑的基本样式,仍是西欧的,只是初期古老烦琐,以后则受了国际新建筑潮流影响,日趋简洁大方。

郁达夫1934年游青岛后写道:"青岛的特色之一,是在她的市区的高低不平,与夫树木的青葱。都市的美观,若一味平直,只以颜色与摩天的高阁来调和,是不能够引人入胜的;而青岛的地面,却尽是一枝一枝的小山,到处可以看得见海,到处都是很适宜的住宅区。"这见解可说是十分精到的。别墅群由于地形高差的原因,虽然盖得很密,却不显得拥挤,都能得到很好的采光。解决高差的办法,一是将山坡削成阶梯式平面,二是建筑本身形成高差,如前三层后二层等。若从海上望去,起伏多变的岛城,层层叠叠的别墅,别墅间绿树密植,衬以红瓦粉墙和有意安排的某些尖塔式建筑,恰如一幅美丽的图画。青岛的美丽,很大

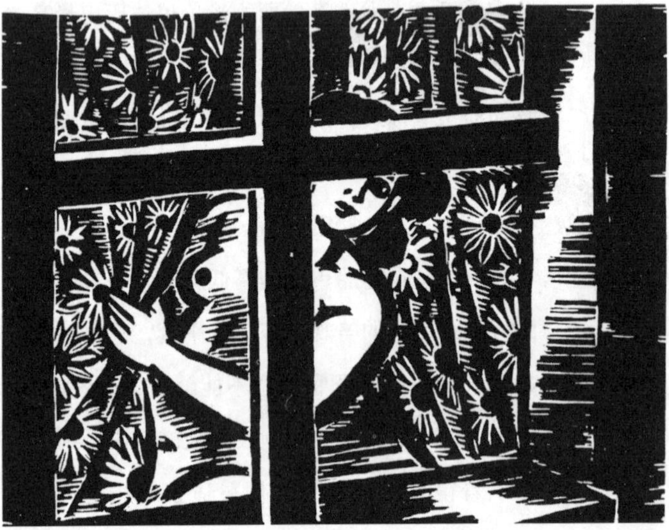

程度上是得之于这些别墅的。

若上得岛来,流连于别墅群中,则更有一番迷人的情趣。山上的道路,均铺设沥青,每逢下雨,雨水顺坡而流,自然将尘土洗净。这便令平原城市不能相比。穿着皮鞋在青岛,许多天不必擦拭。马路两侧,均有人行道和行道树,多是法桐,繁茂者能把整条马路遮盖住。行道树后,透出造型不一的矮院墙。墙里又是树,有高大墨绿的松柏,也有四季常青的灌木。松柏灌木后面,才是别墅楼栋。顺着盘旋的雕着花纹图案的红木楼梯来到阳台上,可远眺大海,海上总是驶着拖了长长烟柱的船(现在的船没烟柱了)。一切是那样和谐,那样令人神往……

在这些别墅中,住过许多历史名人:孙中山、毛泽东、刘少奇、周恩来、蒋介石、韩复榘……董必武曾住山海关路十三号,李四光曾住太平角一路十六号,老舍曾住金口三路二号和黄县路十二号,萧红、萧军、舒群曾住观海一路一号、沈从文、洪深、王统照则住福山路，梁实秋住鱼山路……凡是在此居住过的，无一不赞美青岛。老舍就曾写道："开开屋门，正看邻家院里一树樱花。再一探头，由两所房中间的隙空看见一小块绿海。这是五月的青岛，红樱绿海都在新从南方来的小风里……"

我家住在鱼山路别墅区内。据说，我们那栋楼是英国样式，有突出的宽敞的阳台，建于1930年前后。毗邻的楼造型则较简单，是日本式，墙上塑有建造年份："1931"。几百步外的卍字会始建于1937年。总之，大都是20世纪30年代前期的建筑。1949年后，住在八大关、太平角一带的资本家和富商纷纷离去，房子充公后未再租出，主要做疗养用。为居民所用的最好的住宅区，大约就数我们那一带了。在青岛，直到如今，只要说住在鱼山路、金口路、莱阳路，仍能引起人们的羡慕。其实，外地人到青岛，若能走得远一点，到台西、四方、沧口、台东去看一看，就会发现，所谓的"东方瑞士",所谓的"旅游胜地",不过是市南区和市北区的一部分,其他区域在1949年前,实际上是贫民窟。有的一个大院住到几千户人家,连行走的地方都窄得很,更谈不上什么花园、绿地了。这才是过去大多数青岛人居住的地方……

青岛!美丽的青岛!我不知道,在那一栋栋豪华、神秘的楼栋中曾经发生过多少悲惨和曲折、动人的故事,有的故事留下来了,大多故事却已失传。只有建筑是永久的,虽一次次修葺,而大貌不改,并在其中继续发生一个个新的故事。因为有了过去、现在和将来的无数个故事,这些建筑,无论是哪国式样,无论是何人何时建造,才都属于青岛,属于青岛的历史,也属于青岛的每一个人……

1989 年

这些书我都存了几十年了。《高加索的俘虏》和《欧根·奥涅金》(不是照片里这本)最久,五十七年了。

俄苏文学的回忆

写下这个题目,感到一股暖意,好像面对一位发小,勾起许多往事。

在我书桌左侧的小书架,方便拿取的一格,是最珍爱的三十几本书,即一般所说的"枕边书"。其中一半是俄苏文学:普希金、莱蒙托夫、屠格涅夫、陀思妥耶夫斯基、托尔斯泰、阿尔谢尼耶夫、普里什文、巴乌斯托夫斯基……《当代英雄》《猎人笔记》《卡拉马佐夫兄弟》《战争与和平》《在乌苏里的莽林中》《林中水滴》《金蔷薇》。普希金最多——

《抒情诗集》《欧根·奥涅金》《别尔金小说集》《高加索的俘虏》《青铜骑士》《波尔塔瓦》《加甫利颂》《茨冈》,其中除了《别尔金小说集》是萧珊翻译、《茨冈》是瞿秋白翻译,其他一色查良铮译本,而且都由平明出版社于上世纪50年代出版,一种宽宽的二十九开本,有不少插图。我原先存有前两种的老版本,在手中五十多年,已然破败。2001年5月,齐鲁书社老编辑周晶,将他所存品相较好的《普希金抒情诗集》赠我;2002年9月,苏州王稼句寄我品相完好的《欧根·奥涅金》。他们实在是投我所好啊!我很感动,分别在书前衬页记下他们的高谊厚爱,盖章为念。

初读普希金时我十三四岁,因病在家,生活单调,而精神激荡。这些书我读得很熟,喜欢他投身爱情,但仍矜持,不像海涅那样,完全忘我,单纯狂热,近于肉麻——也许和我内向的性格有关。我的普希金,是查良铮的普希金。虽然据称后来有更好的译本,皆不屑。

　　读了普希金，自然开始写诗，模仿书中的情调乃至词语。多的时候，一天写十余首。一个人爱好文学，或者说，一个人踏入文学世界，总有一个进口，一个最初的缘遇。对我来说，普希金就是在我心中播下文学种子的人。

　　如何遇到普希金，如今完全忘却。与其同时，一本不起眼的苏联小说《初升的太阳——一个少年艺术家的故事》，却很记得是在家乱翻大哥的箱子发现的。大哥当兵在外，是文学爱好者，曾自编文集，装订成册。《初升的太阳》影响了我一生——我开始自学绘画，并在十七岁找到我的第一份工作：画舞台布景。许多后来耳熟能详的大人物，我都是第一次从这本书里知道的，如达·芬奇、米盖朗基罗、伦勃朗、德拉克罗瓦、瓦斯涅佐夫、列宾、苏里柯夫、列维坦、希施金、谢洛夫、乌鲁别里……我第一次知道特列杰亚柯夫画廊，巡回展览画派画家的主要作品都陈列在这个美术馆里。这本书我读了不下十遍，以至于几十年后，有机会去莫斯科特列杰亚柯夫画廊，虽然展厅里只有俄文，我却如数家珍，为同行者讲解一幅幅画作的背景知识，令他们惊讶。我还根据书中所写，去主人公住的普洛特尼柯夫胡同寻访，重温儿时旧梦。

上世纪60年代最后几年，我无所事事，读了大量俄苏小说。《战争与和平》（高植译本，当时只借到第一卷和第三卷）、《复活》《被侮辱与被损害的》《前夜》《旗手》《船长与大尉》《奥德河上的春天》《金星英雄》《我们切身的事业》《青年近卫军》《海鸥》……印象深的是《钢铁是怎样炼成的》和《叶尔绍夫兄弟》。不知哪里来的理论：这两本书是社会主义文学的新经典和标杆。尤其《钢铁是怎样炼成的》，保尔和冬妮娅、丽达的爱情，动人而又悲伤。还有插图，同样让我入迷。

大半个70年代，我在部队，常住在司令部大院，临时帮助工作。晚间不必准点熄灯，早晨不必跑操。几位机关战友，高干子女，能拿到当时封禁的书，互相借看。印象深的是屠格涅夫《世外桃源》，1959年出版，常健翻译，厚厚的，纸张劣，印字不太清楚。收有六个中篇小说。还有《屠格涅夫中短篇小说选》，萧珊、巴金翻译。屠格涅夫擅于营造气氛，故事总和房屋街道、天气树木融在一起：

> 太阳刚落山的傍晚，那些漂亮的淡黄色头发的德国少女在这座古城的小街上散步……甚至在月亮升上古老房屋的尖顶、街道上的小石子在宁静的月光下显得很清楚的时候，还不愿意回家……

> 月亮好像从明净的天空里凝视着这个小城；这个小城感觉到它那种凝视，敏感而平静地立在那儿，全身沐浴在月光里，那种宁静的，同时又微微地激动着灵魂的月光里。峨特式的高钟楼顶上的定风针闪着淡淡的金光，同样的金光也在黑亮的河

面上荡漾……

这是小说《阿霞》里的段落。阿霞是一位纯洁、有献身精神的姑娘,年仅十七岁。她爱上一位贵族青年,可青年在火热的爱和责任面前退缩了。记得杜勃罗留波夫评论说,阿霞需要一个英雄,可这样的英雄,在俄罗斯还没有。

说到杜勃罗留波夫,不能不提一下俄罗斯三大文学评论家:别林斯基、车尔尼雪夫斯基、杜勃罗留波夫。在19世纪沙俄时代,小说家的作品,一经三位评论家点评,即能传诸广远,甚至引起轰动。普希金的每本书后面,都附有别林斯基的研究文章。屠格涅夫的《前夜》发表后,杜勃罗留波夫写了《真正的白天何时到来》,成为定评。这位名列大师行列的评论家,仅仅活了二十五岁。

1978年我二十五岁,考入大学中文系,有机会饱餐文学盛宴——图书馆有七十多万册书。课业容易对付，四年里，几乎都在读书。终于读了全本《战争与和平》（董秋斯译），成为老托尔斯泰忠实的粉丝，视其为外国文学第一人。有个暑假，我没回家，在学校宿舍精读《安娜·卡列尼娜》，分析安娜和列文两条情节线索是如何搭成完美的穹顶的。我打算毕业论文写托尔斯泰，后因材料过于浩繁而改做汪曾祺。我收藏《战争与和平》各种译本，十多年后写了一本托尔斯泰传，算是了却一桩心愿。

大学期间，我还迷上了莱蒙托夫的小说《当代英雄》（草婴译本）。五个相关联的故事，薄薄一本小册子，却有巨大的诗的力量，优美，深邃，好看，百读不厌。朋友问我，孩子该读啥书，我一定推荐这本二十七岁夭折的诗人的书。契诃夫曾感叹：他还是个孩子，怎么能写出这样的作品，我一辈子都无法望其项背！

也是在大学期间，我读到康·巴乌斯托夫斯基的《金蔷薇》（李时译本）。这本书的副题是"关于作家劳动的札记",其实是一篇篇小说和散文,生动描述创作的真谛和逸事。他说,每个作家都有自己的鼓舞者、守护人,只要读上几行这个鼓舞者的作品,自己便立刻想要写东西。可是奇怪的是,这位守护者的写作风格可能与被守护者完全不搭界……托尔斯泰只在清晨写作,他认为晚上作家会为所欲为,毫无批判精神。席勒只有喝完半瓶香槟,把脚泡在冷水盆中才能写作。费定需要听到海浪声才有灵感。至于巴乌斯托夫斯基自己,需要完全孤独才能写作。一个秋天,他一个人在一座木房的顶楼上,在灯花的爆炸中,工作得十分顺利。暗黑的、无风的九月之夜,像海一样包围着他,使他避开了一切外界烦扰。这个"暗黑的、无风的九月之夜"给我留下无法磨灭的印象,后来我把它的意境用在自己的一篇小说里。1983年我买到两卷本《巴乌斯托夫斯基选集》,时常翻读;2001年我又买到六卷本的《一生的故事》,是因偏爱,只想收藏而已。退休后得闲,看了一遍,没想到好极了!是跨文体的自传,类似爱伦堡《人·岁月·生活》。这种跨文体写作,自由、广阔、不容置疑的真实,似是俄罗斯文学的一种传统(还有谢德林的《往事与随想》)。巴乌斯托夫斯基在我心目中和普希金、莱蒙托夫、屠格涅夫、普里什文一脉相承,是抒情性作家。

1982年大学毕业,我到黄河边一座偏远小城滨州教中学。教师宿舍是一排排平瓦房,砖地,敞梁,开门即是院子。院子遍生野草。夜来无事,只有读书写作。某晚,斜倚枕上,我无意翻开《卡拉马佐夫兄弟》,读下去,读下去,猛然醒悟,发现屋里黑乎乎的,四下阒寂。我的身影被台灯投在墙上。看看时钟,凌晨两点。书中水泄一样的文字描画的人性之邪恶,令我发冷。那些长长的、密不透风的对话,动辄几千字、上万字,直刺人的心灵。怪不得高尔基说,就写人物对话而言,陀思妥耶夫斯基可与莎士比亚媲美。1985年到1986年,朋

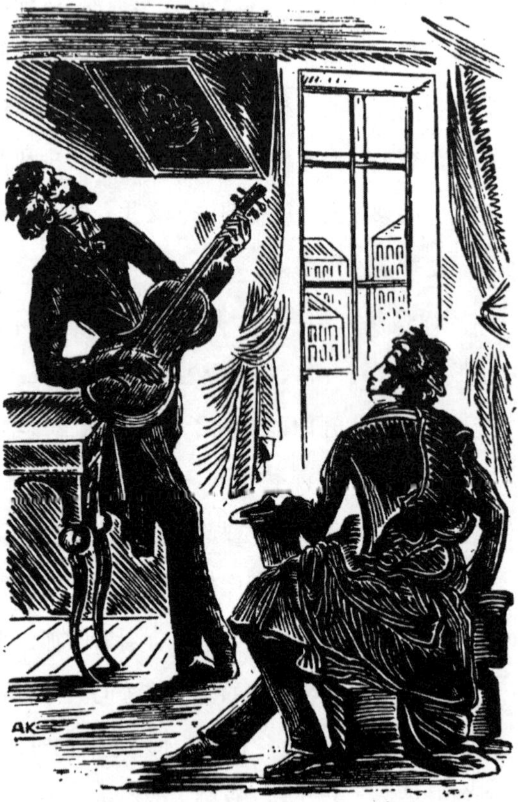
AK

友张炜正在创作《古船》,一次聊天,我谈到读《卡拉马佐夫兄弟》的这个夜晚,他找来书读了,深受感染。

在我阅读生活近六十年里,还读过许多俄苏文学作品,如果戈理的《死魂灵》、车尔尼雪夫斯基的《怎么办》、契诃夫的《草原》《带阁楼的房子》、柯罗连科的《盲音乐家》、高尔基的《马卡尔·楚德拉》《伊则吉尔老婆子》,以及《静静的顿河》(四卷本)、《苦难的历程》(三卷本)、《日瓦戈医生》《骑兵军》《第四十一》《白轮船》《鱼王》……我还喜欢读俄国作家写的回忆作家的书,如丹钦柯的《文艺·戏剧·生活》《巴纳耶娃回忆录》等。我陆续买全了《列夫·托尔斯泰文集》十七卷、《契诃夫文集》十六卷,《高尔基文集》二十卷,以及屠格涅夫、陀思妥耶夫斯基的几乎全部作品,迦尔洵、列斯科夫、安德烈耶夫、布宁、左琴科、安东诺夫、艾特玛托夫等的作品集。许多书我还淘到了老版本(尽管已有新版本),

如同得宝,所以重复的书很多。这些书的存在,这些书的阅读经历,早已成为我生命的一部分。

　　大哥年已八四,我跟他提起《初升的太阳》,他问:里面写的什么?

　　　　　　　　　　2025 年 1 月 5 日

IV

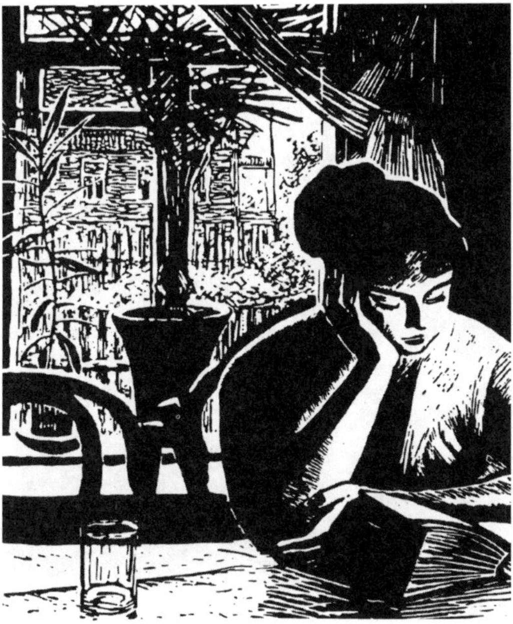

别

    明天你就要返校了。下午,你到她那儿去。年初她从话剧团改行学医,搬到地处郊区的护校住单身。这段路挺远,早上起了大雾,到她那儿,比你答应的时间晚了一个小时。

    屋里很暗。窗子开着。窗外有一棵无花果树,大叶子伸进窗来,叶子上凝着水珠。她忧郁地坐在窗前,见你进来,把脸转向窗外。

    "雾太大,车走得慢,所以……"

    她迅速回头看了你一眼。那眼光中有种东西,使你没能把话说完。

"以前不是这样！约定三点钟，一点就会来……"

你不知说什么好了。你走到她床边坐下，心中颇感压抑。她不理你，固执地看着窗外。窗外是雾。你目不转睛地望着她美丽的背影，望着她颈子上柔软的发丝。你一遍又一遍搜索心的世界，哪里也找不到爱的影子。你上大学和以前在话剧团时，不是这样，那时在一起说什么都有趣……难道你是某些小说里的那种地位变了的负心人？不，你还是爱她的。你珍爱她给予你的一切：那柔情似水的关心，那拥抱，那亲吻，那纤纤素手的每一下抚摸……不，你爱她，你不愿意失去她！

今天你是来告别的。

时间无声流逝。浓雾包围着你们。你们像远离了世界。寂静。仿佛连无花果树上凝聚滴落的水珠声也嗒嗒可闻。你看到她的黑发湿了，也凝起发亮的水珠……

"你和我在一起没意思吧？"她突然说，

没回头。

你盯着她的背影,半晌,为她话中有那么一点正确而生起气来,说:

"你说了些什么!"

她又沉默了。你喘口粗气,在她那整洁的小床躺下。天蓝色枕巾上,成菱形铺一块雪白的只在一角绣着黑花的手帕。你把脸偎在舒适绵软的枕上,一股熟悉的、令你动情的香气使你闭上了眼……

你把头转向墙。枕边有一只小巧镜框。镜框里镶着你的小照。照片中的你笑着,真挚,多情。你想见她在夜里怎样捧着这照片走进梦乡,你想见她的双唇在这小照上印了多少吻……

往日的美好加深了如今的悲凉。你捉摸不透你自己。你像一个公正的法官,严厉地裁判你自己。你没有对不起她的地方。你没因上了大学而小看她。你愿意把和别人谈得来的话也跟她谈一遍。你愿意跟她谈你所喜爱的托尔斯泰。你愿意把一切使你激动的感兴趣的包括你灵魂深处最隐秘的东西和她分享。然而……

你听见她沉重的呼吸。后来又好像不在意你的冷漠似的，她拿起书把书页掀得哗哗响。

你感到疲劳。你忍不住烦她。这种有着沉重义务感的爱情令你心灰意冷。这是个多么令人丧气的假期呵！你又闭上了眼睛。现实逐渐遥远了，一种摆脱一切的舒适感像浓雾逐渐弥漫你全身。你脑中一片空白。恍惚中，你听见她站起来碰响了什么。你听见她在屋内走动。那不均匀的脚步声表露出压抑的不耐。快爆发了。一会儿她就要说些什么，大说一气，像前几次那样。都说些什么来着？——你想不起，也不愿想了。你把思想和感觉统统推出你的躯体。你只想这样无声地躺着……

黄昏来了。屋里更加昏暗。雾不知散了没有，四下还是那样寂静。有人从窗外走过，咯咯笑着，低声说着什么，转瞬又远去。人们都下班了。人们都回家了。一个强烈的意识在你脑中亮起：你要走了。你是来告别的。快点和她说点什么好完成你来这儿的使命，安一下她的心，也安一下自己的心。不然你要走了，会留下长久的悲哀……是的，你就要起来用笑脸取悦她，用甜蜜的话语打动她。而她呢，尽管明白这是勉强，这是虚假，却仍会把你的话，你的爱抚全部吞下去，用感激的苦涩的泪水来表达心中的悲哀和快乐。

你躺着。你没有起来。你浑身无力。你脑沉心木。你任暮色像雾一样将你们裹住，将你们的心裹住。

突然，你感觉到她在你身边坐下了。她柔软的小手握住了你的手，抚摸着。半晌，她讲起一些不相干的事情。什么你要注意身体了，她的学习计划了……你执拗地不理睬她。她兀自讲着，讲着，突然打住了话头，松了你的手。你暗暗冷笑了。但只一会儿，她又把双手扳住你的肩，嘴巴凑在你耳边，用乞求般颤抖的声音说：

"原谅我，都是我不好，都是我……"

话语中带了哭腔。

你抑制不住自己的冷笑。你睁开眼，回转头，故作惊奇地说："有什么要原谅的呢？"

见到你的冷笑，她乞求般的眼色僵住了，接着发起窘来，一阵红潮涌上她双颊。她放开你，起身离去。

今天你是来告别的！

夜终于来临。夜风从窗外走过，无花果树叶沙沙响。暗黑的，沉雾漫漫的九月之夜呵。一阵寒意使你清醒。你该走了。明天你就会回到千里之外的学校；明天你就会与这小屋这姑娘相隔千里。你下决心似的翻身坐起。屋里没掌灯。她仍坐在那敞开的窗前，默默盯着窗外冥想。窗外银辉如水流淌，雾正散去。远处桔红色的灯在朦胧雾云中迷离。紫灰色山架静静地伏在天边。高大的杨树，杨树下深黑的土房，房边蜿蜒而去的闪闪发亮的小河——这幅美得令人悲哀的夜色深深印在你心，使你终生难忘。

月光探进窗，笼着窗边少女。你看见她呆呆的眼睛里满含忧愁。你的心隐隐作痛。你走过去，用手托住她的下巴，把她转向你。她的脸由于忧伤变得无比美丽。那又小又丰满的、布着褶皱的唇上凝着一丝怨痕。你沉思地注视着她。她不看你。她拿开你的手，平静地说：

"你该走了。"

你一时竟不知所措。

"走吧，再不走会误了公交车。"她仍旧平静地说着，起身打开箱，取出两袋奶糖，两桶麦乳精，装进挎包。她拿出一件毛衣，说：

"把你那件毛衣放家吧，我去拿来拆了另织。那个样子过时了。"

你顺从地试新毛衣。她的手温柔地替你理这理那。那每一下触动，都使你心隐痛。你惊奇地发现，她脸上悲戚的气氛渐渐消失，一点淡淡的欣慰的笑意在她眼睛深处闪烁。

雾已散净。月亮高嵌在深蓝夜空。长长的市郊路上洒满朗朗月光。一个人也没有，只有九月之夜的风。你记不得多少次这样走在这条路上。每每你说天晚了不要送,她总是笑着摇头,说:那段路远,你会寂寞。你说:那你呢?她回答:快走吧!……

现在是你开始说一些不相干的话,讲你回学校后的打算等等,而她却沉默了。

汽车站近了。远处黑幽幽的树丛之上,已看到车站昏黄的灯光。你们快分别了——带着良心上的不安,带着感情上的怅惘,你后悔整整一个假期没一次敞开心扉好好谈心达到谅解。你转头看她。她低头走着。脸上的表情出奇的平静,好像撂下一切的那种平静。

"你……"你胆怯般碰了下她的胳膊,站住。她像从梦中惊醒,仰起头看你。她的眼睛像深渊一般莫测,使你心惊肉跳。好久,她的眼睛才渐渐温和下来。你的心也恢复平静。你带她走进路边丛林。她明白你要做什么。她柔弱而又顺从,紧紧偎在你身边。你的心在抖。你要集中所有的柔情,以报她心。你呵……

走进幽暗的丛林,你一把将她抱在怀里,在她脸上狂吻。任你吻,她毫无反应。但你尝到了她无声的泪,又咸又苦!不知怎么,你心中忽然像找到了刚才怎么也找不到的柔情。这柔情温暖了你的心。她用颤抖的手摸着你的脸。她喃喃地反复说:

"你要走了……你要走了……"

没有一句责备。已经不是使性子的时候。还有几分钟你们就要分别了,你们没有时间计较那太多的一切。你们脸贴着脸,用沉默代替那一切,无声地述说那一切。

"你冷吗?"忽然她抬起头问,因为你微微哆嗦了一下。于是她从孩子般的可怜一下子变为母亲般的慈爱。她张大臂膀搂住你,将你紧紧贴在她怀,试图使你温暖。她的拥抱那样有力,充满生气。你分明感到,她为能这样保护你而骄傲起来!自责,柔情,多半还有些你也说不清的原因,瞬间混合成一股不自觉的力道,使你冲口而出:

"我真混！我真混！……我这是怎么了呵！"

泪水，毫不勉强的泪水，伴随着你盼了许久的情感哗哗流出，将塞满心扉的愁闷冲淡。你为一时说不清的一切低声痛哭。

她像是愣住了，一动也不动地立着。半晌，她醒悟过来，双手捧住你的脸，把你转向月光，仔细看你的眼睛。泪水在你脸上滚动，她用火烫的唇把它们吻去，同时吻你的眼睛，吻你的嘴。你们又抱头痛哭起来！呵，你永远忘不了这不可理解的痛哭！

忽然间她笑了，你也笑了。你们手拉着手，一步一跳，向车站跑去……

汽车慢慢启动了。你趴在车窗望着孤独地站在车站灯影里的她。远去了，远去了，连同刚才的痛哭欢笑。浓重的夜色正一层一层将她裹起，你的心又一点一点沉重下来，愁闷又一丝一丝地将它缠绕。你闭上眼睛，像刚从梦中惊醒。车震颤，汽油味儿弥漫了空气。夜风穿过车厢呜呜响。你想,你正走在人生的夜路上。你感到一种莫名的恐惧和忧伤。

难忘的九月之夜呵……

1987 年

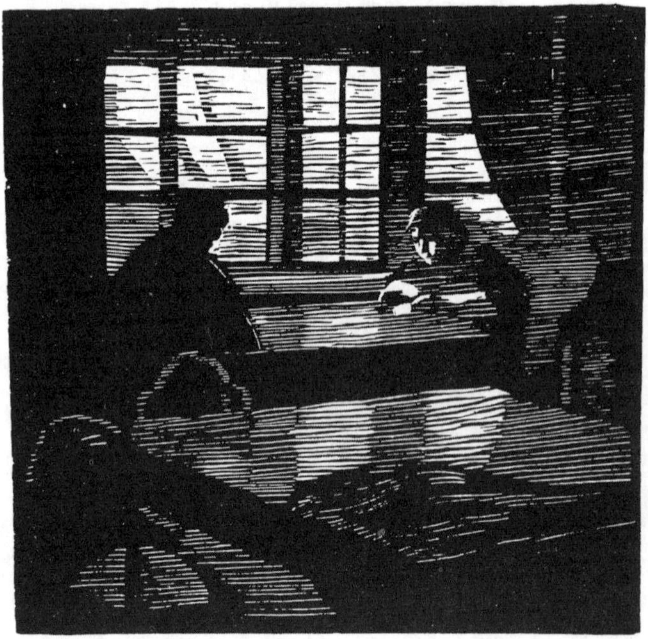

已是黄昏时分

> 四月的黄昏
>
> 好像一段失而复得的记忆
>
> ——舒婷

在医院昏暗的长廊上,远远看见你走来,我愣住了。清醒过来的第一个愿望是逃开,然而我又嘲笑起自己,不只是嘲笑自己胆小,还嘲笑自己砰、砰的心跳和喘不动气的那种激动。三年来,我不是公认而又自认的玩世不恭者吗?

走近些,当你那略微近视的黑眼睛也认出我时,里面流露的却是平静的沉思。看着我,似在看一个很远的东西。然而,我看到你眉心那颗小小的黑痣在微微抖动,像许久以前一样,一看到它如此抖动着,我的心就无缘无故地难受起来。我下意识地先开了口:

"小云……"

"是你?"你用梦幻般的声音说,很轻,带着气声。

我不得不把目光从你脸上移开,于是看到了你高高绾起的云鬟和桃红色的婚服,刹那间,我的心停住了,接着一丝冷笑爬上我的嘴角:

"啊哈,咱们又见面了!不过这不是人的愿望,而是神的愿望、自然的巧合——世界太小了,有什么办法……"

见鬼,听到我的话,你眉心的痣抖动得更厉害了,我只好把眼睛再转到别处。

不是你提出"再也不要见面"的吗?

"你的病又犯了?"我听到你问。

是的,我的病又犯了,那该死的肺气肿。但我不想回答你。回答有什么意义呢?得到你几句关切的话?让你的良心再受一点谴责?不!既然三年来你没给我写过一个字,那么这句问话就不比一个不相干的人问"你吃饭了吗"更有价值。对,我干嘛站在这里跟你说话呢?既然你穿着桃红色的婚服,既然世界上早已发生了不可挽回的事情……这时传来护士的喊号声:

"十七号陶荣荣!"

你答应着,匆匆把雨伞和手兜往我怀里一塞:"帮我拿会儿,马上就来。"那样子使我回到了三年前。恍惚间,你已经以舞蹈演员特有的轻巧跑到小儿科门边,从长椅上抱起一个孩子,进了诊室。

你大概以为,我答应送你回家,是出于对你的余情。不,不是的,我之所以这样做,是因为最初的激动之后,我对一切都无所谓。你在我眼中再也不是"意大利女孩""幸福的小星星",也不是"生命的火炬""理想的象征"——那些只有我才能看到的罩在你头上的圣光,早已烟消云散。你现在只是一个女人,一个平平常常的女人,所以我以极不恭敬的态度开了一个玩笑:

"这是你的儿子吧?"我指着此时正高兴地坐在我的自行车后座上两三岁的孩子。

"怎么会!是我小侄!你……"

我看到你脸红了,咬着下唇,低下头去。你明白了我的用意。

你一定还记得那个夏日的黄昏,我们在海边漫步,一群孩子在波浪中嬉闹。我在你耳边悄声说:"将来我要个小儿子……"你也是这样红了脸,低下头去,一句话不说。可是一走到僻静地方,你就转身用拳头在我身上大擂起来,一边擂一边带着哭腔喊:"你干嘛!你干嘛你……"我分明觉出,你已为这句大胆的话动心了……

我不知道,我们那时在多大程度上把这句

话当真，多大程度上仅仅当个玩笑。毕竟那时相爱不久，玩笑和真实在我们都是梦，都是既现实又虚幻的东西。所以，今天当我们走到市广场那高大的纪念碑下时你说"我今天像在梦中"，我笑了笑回答：

"不，过去我们是在梦中，现在已是梦醒的时候。"

这句话显然伤了你的心，你脸上刚刚出现的一点亮色又灰暗了。

是的，那时才是梦中，现在已是梦醒的时候。自从我接到你那封断绝信，我就这样想了。尽管你信中说：相信我，我是个软弱的人，我很难不顾及母亲的病，无法不顾及家庭……但我还是明白，你已经成熟了，你已经从另一个角度用另一种眼光来看问题了。你这个貌美、康健的文工团舞蹈演员，怎么能和我这个贫穷、丑陋、有着慢性病肺气肿的画家结合呢？不错，在我们相爱的日子里，你曾说过我是你眼里最美的男子，有了我，你就是富翁；失去我，你就是乞丐。不错，你从来没有因为我有病而嫌弃我，反而在这件事上充分表现出你女性的温柔。然而要知道，那时你是用另一种眼光在看问题，那时你的眼上还戴着一副维纳斯工厂出品的眼镜。

现在我明白了，每个人都有那么一种年龄，那么一个阶段，在那年龄那阶段里，他的眼睛是缺乏分析能力的。他太多幻想，太多梦，使所有实际的东西在他眼里都带上了主观色彩。世界对他来说，还完全是个谜，无论哪一点都令他感兴趣，都能把他迷住。但慢慢地，随着年龄增长，随着社会的熏陶，他的热情的梦幻般的眼神开始冷却了，明智了，他渐渐懂得了权衡一切，看出了万事的差别。

在你，我相信，这种转变是在我第二次住院时完成的。因为那三个月里，你去医院看我时待的一次比一次短，间隔的时间一次比一次长。我相信，那时你自己，或在你母亲、你的朋友、你的熟人的帮助下终于明白了，以你的"条件"来说，完全可以安安稳稳地挑一个美男子，挑一个高干子弟（尽管你父母仅是普通干部）。是的，难道就不能找一个人人羡慕的男人？谁不追求美和享受？这完全是你的权利，为什么不？！

现实是最有力的，它能打破一切美梦。

有天在路上碰到小邵和她的爱人。那位个头一米八，英俊威武的青年干部和我这个瘦弱矮小的画家形成了鲜明对照。我第一次看到你屈辱般地扭歪了脸，慌里慌张告别了他们，连给我们介绍一下都没有。

那一幕是终生难忘的。我那敏感的艺术型的心灵被尖锐地刺伤了。我觉得，似乎从那天起我便告别了美好的青年时代。在那天的日记上我这样写着：

"我正处在一个很不高明的位置上。"

这是我们断绝前两个月零五天的事！

是的，对我这样有着敏感柔弱心灵的人来

说，一切事情早在发生前就预感到了，所以在接到你的断绝信之后，我没有犹豫，不久就与一位一直爱慕我的、发小的邻居、小学教师登了记，并写信请你参加婚礼。过了好久，接到你的回信，只有七个字："希望再不要见面。"我猜不出你接到我的信到底是怎么想的。我为我的报复行动看不到结果而感到灰心丧气。

从那以后，我就一直在等你结婚的消息（总能打听到），可是直到过去两年零七个月，也就是三十九天前，才知道你终于嫁了一位军官，官二代。"她如愿了"，我平静地想，同时惊讶于自己的平静。

"到了。"我听见你说。我抬起头。我直视你的眼睛。你把眼睛躲开去。你那颗抖动的美痣暴露出你内心的紧张和烦乱。是啊，今日相别，难再相逢，我何不跨进一步，看看你的"家"，看看你的"他"？

"怎么样，请我进去吃一顿好吗？"我挤

挤眼。

"怎么……不,请你进、进来……"你慌了,但还是为我打开门,引我上了楼。于是,我看到了你如愿以偿的……爱人。

他是一个高大的美男子,但从我搞美术的角度看,却有些臃肿,有些平庸,如同你们的房间,虽然东西应有尽有,但毫无风格。

你介绍我是你的"老同学",画画的,喜欢文学。我和他搭起话来。从他的政治部宣传工作谈到军事文学,谈到电影,谈到舞蹈,谈到《丝路花雨》的女主角和《高山上的花环》男主角的婚事。谈到总政的刘敏、中央团的唐敏……他很健谈,似乎对内部消息很灵通。我记得你曾怎样热烈地给我讲舞蹈,讲公孙大娘、邓肯。邓肯这位美国女舞蹈家,现代舞的创始人,曾是你崇拜的偶像。我痛苦地想象出,你跟眼前的他像过去和我一样讲到这一切。于是我问他:

"您对邓肯的生平一定很了解吧?"

"邓肯？哪个邓肯？"

"舞蹈家邓肯。"

"姓邓的？哪个团的？我怎么没听说过？"

我冷笑了。心中瞬间涌起的快意使我回答："上海芭蕾舞团的！"

"上海团？哦，对，对……"

我回头看你。然而你低下了头。

我继续进攻：

"嘿，您对舞蹈界蛮熟嘛！"

"唉，我……干宣传么！小云又是干这行的，所以……"多半是看到你从我身后投过去的眼色，他才含含糊糊住了嘴。

我又谈到了音乐，谈到美术，谈到哲学和当前的政治、国民的状况。我使他充分显示出自己的缺陷：缺乏独立的思考，灵魂苍白，平庸，乏味乃至无知……他愈来愈不自信，愈来愈支吾，愈来愈抬不起头来。我知道，一种自卑感，一种低人一等的痛苦的自卑感已占据了他的心灵，而且是在他的新娘面前！我感到一种报复的愉快：终于有这样一天，我再次让你看到我的尊严，我的长处，我真正有力量的地方！你该明白了，在那些日子里，为什么我既没有地位，又不漂亮，还有病，却总是高昂着头，自尊心那么强，从没有丝毫自卑感。你多半曾经为我没有自知之明生过气，因为有次你说你母亲大概不同意我们的事时，我大惑不解地问：

"她为什么不同意？"

你张了嘴想说，但终于没说出口。也许你想说："这还用问吗？看看你自己吧……"

现在，你该明白了吧！

这时你起身离开了房间。你是受不了了……我心里又冷笑起来。你曾经为我感到屈辱，现在，我要让你感到更大的屈辱！

喝酒的时候，他的特长才显示出来：他津津有味地谈着各种名酒，谈怎样搞到它们，怎样长期贮藏，甚至谈到家庭酿酒的良方。他谈得那么起劲，好像要弥补刚才的无知。他喝得也多，一杯一杯，转眼半瓶茅台下肚。我觉出你在桌下踢了他一脚，他谨慎起来，话也少了。可他眼已发红，神色朦胧了。

咱们在一起的时候，我可不吃你这个！我也曾喝醉过，那是我的画获得全国美展奖，朋友们共贺的酒会上。看着我一杯一杯地喝，你只是轻声地趴在我耳边劝："傻瓜，别喝了，你已经醉了！"我呢，我笑着大声说：

"别叫我傻瓜！我不是傻瓜！我宁愿当醉汉！醉汉有时醒，傻瓜醉终生……"

朋友们大笑。你也笑了。当然，那是咱们在一起时我唯一的一次醉酒。

我不会看不出，这顿饭你是用了心的。你还记得我喜欢吃凉拌粉丝，不加大蒜。我也不会看不见，墙上还挂了我以前送给你的画，其实是我临摹的俄国画家哈尔拉莫夫的《意大利女孩》，不过你换了一个精致的画框。然而这一切都丝毫不能拨动我心灵最深处的那根柔弦。三年了，一千多天，重重锈蚀已使它变得粗糙、麻木，敲上去，只会发出低沉、短暂的愤怒的声音。我要报复！这是我对你的权力！

当你丈夫朦胧中把酒杯碰下桌子，弄了一身酒污，而你替他揩拭的时候，我用微笑的轻蔑的眼光盯着你。你在我的目光下是何等狼狈啊！

你在 CD 机上换了一张光盘，屋内响起世界上最美的旋律之一——门德尔松 E 小调小提琴协奏曲。我听出，你这台设备外接了喇叭，分放在屋内各合适位置，所以音响效果极好，立体感强。也许是你找你们团的音响师帮你设计的。可是这一切更使我心底泛起压抑得难以忍受的愤怒和痛苦。当年我们曾相约，将来无论怎样省吃俭用也要置办一套上好的音响，积攒一批最好的光盘。音乐，是我们共同的爱好，是我们爱情的内容之一，它几乎像日常饭食一样，是生活的直接需要。

现在呢，你用不着省吃俭用，轻而易举地达到了目标。然而我敢说，这一切对你已失去了原来的意义——看看你那位听着世界最美旋律在沙发上打鼾的丈夫吧，你的心通过音乐所感受到的难道不是深深的孤独吗？我用眼睛斜视着他，你呢，你以那样一种奇怪的神情看我，以至于我的微笑瞬间凝住了。你转身跑进里屋。

　　只有我一个人听这美妙的音乐了。我的心渐渐平静下来，温和下来。音乐在我眼前展开了一幅广阔、遥远的图景：太阳升起来，田野上，农舍袅起淡蓝色的炊烟，一个年轻人要离家远行……我忽然有了一种古怪的感觉，好像这一切，这房间，沙发上沉睡的男人，从窗户望出去陌生的景色，直到我脑子里翻腾的所有的东西，都只是一个梦，只是我哪天夜里做的一个漫长而沉重的梦……我不禁庆幸起来：原来这只是一个梦！多好哇，小云！我明天要告诉你，我做了一个多么古怪的梦，多么荒唐的梦，你听了也许会哭的，我的小星星……啊，原来我以为失去的，并没有失去啊……

　　"砰！"窗户被风刮开的声音使我吃了一

惊。我皱紧眉头：华丽的房间，沙发上鼾声正隆的男人，还有赶来关窗户的你。你好像刚哭过，眼睛发红，眼圈发青。

我的心一下子重又跌进深渊。我再没力量嘲笑、报复了。我默默地站起来，走下楼去。

外面已是黄昏时分。刚刚升起的圆月在满天金霞的对比下，显得格外凄清、灰白。但过不了多久，就会由它来独占这个天空，这个世界。

"原谅我吧，"我突然听到你用颤抖的声音说，"如果那时给我一点时间……"

我浑身一震。灵魂中那根沉睡了三年的锈弦猛烈颤动起来，逐渐麻木了我全身。我突然明白了你为什么这么久才结婚，我突然明白了——如果我当时不是只看见自己男子汉的自尊心，而是理直气壮、想尽办法地争取，全心全意地帮助你，帮助你去战胜家庭和社会的平庸之见，帮助你消除侵入你内心的那些无聊的东西，坚定地认为只有我才能使你幸福（像你曾经说的那样），而真的没有丝毫自卑感，等待你，给你时间，那么，现在的一切也许就不会发生，我们就会保住幸福并永远珍藏下去！……在这漫长的三年里，在我怀着愤恨和痛苦思念着你的三年里，你也一定经历了巨大的痛苦……

走了很远，我回过头去。渐渐暗下去的天色里，你仍旧立在笼罩着紫色阴影的院门边。四月的晚风拂动你那在天色中变为灰色的婚服。我心中第一次产生了这样的感觉：不是你抛弃了我和爱情，而是我抛弃了你，是我没有信守爱情所赋予的使命，把你独自抛弃在漫长的人生旅途上……

我转回身，双手捧了脸，无声地哭起来。

1985 年

犁

暑假将尽时,你才回到家里来。

家,对你,已失了魅力。二十八岁了。六年当兵,三年大学,你早已自立。

不是你需要家,而是家需要你。所以,你回来了,回得这样迟。

你本想永不回来的。你忘不了三年前,你和她分手时的话:我失去了你,就永不回来了。并非仍旧怀着失恋的苦痛。而是心如死一般忧郁。

三年了。家中多少次写信叫你。可父亲性格温和,通情达理;母亲脾气暴烈,却过于爱你，不忍勉强。再说，相距千里、鞭长莫及。

前夜，狂风暴雨中，你醒来。从窗望去，闪电时时划破夜幕，画出欲折的老柳，柳树发出坼裂的响声。突然一阵莫名的忧伤恐惧涌上你心，使你辗转难寐。那风那雨，像在频频敲击你心房。你冲动地爬起身，收拾行李。

现在你已后悔。你嘲笑自己神经过敏。

你生在平民之家。七口人。两间小房，摆三只大床。老式梳妆台，花玻璃门高低橱、三箱、一柜、一桌、二椅二凳——屋里满满当当。做饭只能在走廊。儿时，母亲锁你家里，你的天地主要是床。床比地宽广。

但幼年你并不觉得缺少什么。母亲对你的偏爱超乎寻常。也许是你性格像父亲，缓慢温和；也许是你干净像母亲，总是一尘不染清秀可爱；也许只因为你是小儿子，小儿子是一切母亲的宝贝。为此，大姐大哥宠着你，二哥嫉妒你，妹妹让着你。中学毕业，你报名下乡，母亲不许。待业三年，你背着母亲，参加了去边疆兵团的体检，配给的毛毯都买了，仍被母亲将你拽下。为此，母亲哭了多少回！

母亲不理解你，你也不理解母亲。留你在家有什么好处？生活困难，母亲常找活干：结尼龙网兜、糊纸盒、卖冰糕。母亲总是累得腰酸背痛。年复一年。

从小，母亲就教你唱：

> 小白菜呀，地里黄呀，
> 三四岁呀，没了娘呀，
> ……

母亲给你讲"四郎探母""岳母刺字"，讲"孟母择邻"。母亲常说：我就靠俺小儿子啦。俺小儿子不嫌他妈老。俺小儿子……

但你还是走了。当兵。复员后又上大学。每次离别。母亲都要流泪。母亲又操了多少心啊！

你不再为母亲的泪而感动。儿时，见母亲

哭，你也哭，你会感到一种莫名的痛苦。你一哭，母亲就不哭了，母亲就搂住你，亲你，哄你。多少年了？你再未在母亲面前哭过。

母亲的使命已完成。反过来，母亲开始依赖于你，巴望着你。

"妈妈近来常想你，想得睡不着觉。一放假，别人家的孩子都回来了，妈妈更受不了。回来看看吧，一两天，耽搁不了你的事情。别太伤了妈妈的心！"——嫂子来信说。

也许正是一种对母亲的责任感，使你回来了。

全家人，除了远嫁的大姐，都聚在一起了。

"三年难得的一团圆啊！"二哥第一个举起酒杯，说。

大哥说："匆忙省亲。"

你觉出了话里的嘲讽意味。是的，自己在外干什么大事业呀，三年不归？

母亲耷着眼皮，一语不发。回来刚见母亲时，你吃了一惊：母亲明显地变小了，干枯了。尤其是那样精神委顿，除了一见面的欣喜和哭泣外，转眼间就变得心不在焉，恍恍惚惚，可突然间又大声训斥起小侄女来，继而又说头痛，上床躺着了。尽管你已不需要母亲的保护，可你仍感到一丝隐隐的伤怀，像受了母亲的冷落。母亲变得陌生了。倒是过去很少说话的父亲，给你夹菜添酒，问这问那。

吃过饭，母亲看托嫂子买的一块黑绸缎，你陪在一边。你不明白母亲何以要做黑绸缎的衣服。你这一代人，对黑绸缎有种近乎本能的反感。过去在电影戏剧中，只有地主、特务才穿这种料子的衣服。黑绸缎在日光灯下闪闪发光沙沙作响，你想起乌鸦的黑翅膀。母亲挑剔地紧皱眉头看着，嫂子在一边殷勤地介绍：产地苏州，价钱便宜……

母亲给嫂子线，差三毛。母亲问你：

"小明，你有三毛零钱没？"

你有些烦。三毛钱！自己的儿媳妇！你说："没有！"可母亲已自己找出三毛纸票，塞在沉了脸的嫂子手里。

母亲变得陌生了。母亲仔细地将绸缎锁进箱里，匆匆出门。母亲是街道主任，常常在晚上开会、巡逻。

嫂子一晚上沉着脸。

九点钟，母亲被人扶着回来，说是扭了脚，又说不是扭了，而是不知怎么就摔了一跤。全家人都围上去扶的扶，揉的揉，问的问，只有你和嫂子仍在看电视。

大哥嫂子走后，母亲突然嘤嘤地哭起来，边哭边说："我怎么摊了这么个儿媳妇，我伺候她月子，又是屎又是尿，她忘恩负义、忘恩负义，我坏了脚，她看电视！我再叫她看电视！我再叫她看电视！"——母亲抓起枕头，就向电视机砸去。

你扑过去："妈！妈！您怎么了？"

母亲仍断断续续地骂："她是想气死我呀……我要了一辈子的强，怎么摊上这么个儿媳妇！我、我六十多岁的人了，土埋到脖梗的人了,我……"

母亲足足哭了半个小时,才慢慢睡去。

夜里,你睡不着。这个家令你反感,母亲令你反感。你想起你曾是一只鸟儿,奋力冲出家的樊笼,这樊笼最强的羁绊,却是母亲的爱。当你终于冲出樊笼,再回来时,你强烈地感到它的小市民气。愈离得久,愈看得清。你想到生长在这样的家里,那不可避免的熏陶,你想到你傲慢外表下那颗卑微的心。

你还想到了她——翎子,正是因为你的家,而受到她父母的百般阻挠,终成遗恨。当然,错不在你,不在你家,但你仍因此而恨过这个家。

三年了。她也许已婚,也许未婚;已婚未婚均已与你无关。无关!一种已经遗忘但又记忆犹新的痛苦又回你心,你顿感世界如同沙漠,哪儿也不能给你安慰……儿时受了冤屈打击,可以躲进母亲怀里,而今……睡吧,住一两天,便回学校,重把一切抛开……

早晨,天高气爽,万里无云。你跑到水龙下冲了冲头,心情轻松了许多。你想到可以去看朋友、同学,可以去海水浴场游泳,可以去拍照……母亲在扫院子。母亲弓着背,垂着头,花白的头发耷拉下来。几十年如一日,母亲每早扫院。你想起为了达到区爱卫会的要求,母亲带了街道干部们(都是老太婆)去挨家挨户刷厕所,用硫酸、盐酸。寒风凛冽的除夕之夜,母亲带着小青年打着手电,彻夜巡逻……你心中重升敬意。

"明儿哎,去把垃圾倒了。"母亲喊。

"好哩!"你快活地跑过去,提起垃圾桶。路过邻居的垃圾桶,你顺便提走。

回到院里,母亲正跟邻居大娘说:"瞧俺明儿,倒垃圾一定要捎着你家的。"

邻居大娘夸奖起你来。母亲舒心地笑了。

你觉得可笑。母亲呀!

吃早饭了。桌上只有你、父亲、二哥和妹

妹。母亲呢，母亲从不吃早饭。母亲做好了早饭，便在正屋里收拾来收拾去。母亲爱干净，遐迩闻名。家具每日都要用干湿抹布擦过；古老的梳妆台和脱漆的木板地一样，早已擦得木纹毕露，锃明瓦亮。母亲一边收拾一边嘟哝："没有收拾的，光有败祸（坏）的！我就是你们的老妈子，我死了怎么办？我死了你们就在猪窝里过？……"

母亲不吃早饭，却吃"早药"。就是一般的止痛药：索米痛、安乃近、阿司匹林。母亲有神经痛的老病，痛起来就吃药。母亲曾说："我吃止痛片加起来有几十斤了！"因为是老病，也就没人在意，母亲自己也不当回事，吃了药就出去工作了。

这一切对你来说都太熟悉了，所以你觉得很没味儿。大家都走了，只留你在家。你重又陷入苦闷。

大姐回来了。大姐嫁在外地，轻易难归。

这两年政策改为四年可探亲一次。大姐四十岁了。

大姐也曾是母亲的宠儿。母亲说，大姐刚离家时，自己常痴迷地在路上跟大辫子的姑娘走，以为是自己女儿。大姐孝顺，闻名四邻。

大姐一见母亲，大吃一惊，说："妈，您病啦！？"

"好闺女，妈没病，就是吃不下饭，常头痛。"

谈来问去，母亲有一年多吃不下饭了，每日仅一二两，而且，极少吃菜。

你回来好几天了，竟木问起，也没注意。

"得上医院看看。"大姐果断地说。

父母老了，大姐是家中的权威。

"二弟还老是惹您生气？"大姐又问。

"生成的骨头长就的肉，他能改？——反正快结婚了，出了这个家门，任他造去吧。"

二哥最大的坏处，是脾气暴，再加上自私，自私而且理直气壮。饭桌上，他抢着吃；

好东西，他暗里拿。爸爸的老药书，与他无关，他也锁起；父母的老照片，若不谨防，会不翼而飞。妹妹的漂亮玩具，也会被他收入自己箱里，千寻万找，他不吭气儿。父母的香烟，他偷着能一气抽半盒。一种病态的占有欲。

你当兵前，常跟二哥吵架。你是那样的看不起他，以致每当在母亲的打骂下，他哭起来时，你却笑着说：没出息。

兄弟打架，胜利的却总是弟弟。你清楚而傲慢地滥用你在家中的地位。

如果回过头看，或许可以理解，由于宠爱你，年仅大你两岁的二哥，受到全家的冷落。受人歧视的心，只能斜着生长。然而如今，要改变你对二哥的看法，已经不能。

而母亲，因了二哥，又生了多少气流了多少泪啊！

深色墙皮四层楼的医院。母亲被诊断为肺癌。

"老人想吃点什么就买什么给她吃吧。来

得太晚了……"医生说。

世界突然变得奇怪。走廊尽头的窗子,映着落日的昏黄。为什么风吹叶动,为什么人们还来去匆匆?

难道真有所谓第六感?你想到学校宿舍那暴风雨之夜你的恐惧不安,你想到母亲多次谈到"死"。你心惊肉跳。你心乱如麻。

大姐落泪了。你把眼转开。许久,你们换一副笑脸,下楼寻母亲。母亲坐在候诊长椅上,在人流之间,显得那样瘦小,那样羸弱,又那样宁静,宁静似一片落地的秋叶。

"医生说啥?"母亲问。

"还得检查。像是肺结核。"大姐说。

母亲诧异地望了你们两眼。你们多傻啊,即使是肺结核,也不应带着笑脸。

母亲沉默了。母亲在沉思。你万箭穿心地想到:从现在起,一个人的最后悲剧已经开幕。任何一件微小的事都会引起怀疑的痛苦,或此或彼的铁齿在啮咬着肉做的心。而这人是你的母亲!

回家路上,母亲像突然衰弱下去,只好坐在自行车后座上。路过冷饮店,大姐说:

"小明,去买块冰砖。"

你跑去买来,递给母亲。母亲默默接了,脸上忽然闪过一缕微笑。这微笑,温暖了你们的心。只是在过了许久之后,你才想到:母亲从未这样大口地在两个孩子面前独自吃一块冰砖。然而,母亲这次却理所当然地吃了。

那一闪即逝的微笑其实包含了多么深刻的意义!

回到家,二哥问:"怎么样?"

你把病历摔在桌上。

他疑惧地看看你,捧起病历,片刻,呜咽起来,转而便成嚎啕。他那一米八零的伟岸身躯,趴在桌上,不断地抽搐。你,你没有眼泪,你毫不感动,你只有厌恶。你在想,正是他,长年在母亲身边唯一的儿子,惹母亲生了最多的气,几次气得母亲昏晕过去。正是他,这三十岁的不孝之子,眼见母亲一年多吃不下饭,却不以为意。甚至在这次去医院前,他还说什么:不用检查,越检查越有病……

"哭什么!"你恶狠狠地摔门而出。十分钟后,你路过那屋,仍听见他在呜呜地哭。你知道,你是不公平的。但你心中有股怨愤,要想发泄,唯有二哥。

二哥正准备结婚。大哥大姐要送他一些家具器物,他不要,要现钱。几年了,他的工资自存,在家吃白饭。他到底存了多少?连父母都不知道。

找人,求人,会诊。决定住院手术。尽管已经确诊,还有侥幸希望。找的是全市第一把刀,市立医院外科主任。

大哥是画家,小有名气。外科主任喜欢艺术。一幅《风雨荷花》递上,以私邀公,有情有义。著名医师绝非那么下作。但画作仍是一个进阶。

又是大哥,一个电话,来了辆天蓝色轿车。稳当,舒适,直奔病房。

母亲大约第一次坐轿车。全家人都去了。

病房窗外是松柏浓荫。浓荫下有条鹅卵石小路。白衣白帽的女护士常从窗前走过。

病房门前有几方草坪。草坪上有白色石桌凳。石桌凳边柳枝垂垂柳叶拂拂。

似乎是一个幸福乐园,其实集中了无数苦难。

看到倚树而立的那个青年么?白净的脸,漆黑的眉,唇红齿白。他是骨癌,马上要手术截肢,还不知能否活下去。

常跑进母亲所在病房的,是个叫蓓蓓的女孩子,十四岁的花瓣一样的身体上,胸下有条八寸长的刀疤,小腿上有片由大腿割皮移植的皮肤,留着蛇斑——她有好几种病,仅先天性心脏病一项就很容易致她死命。

母亲的病引起的焦虑变得平缓。在苦难的包围中,苦难似乎易于忍受了。

手术顺利。切除部分经化验,是恶性,已是晚期。一切在意料中。

"我们能做的,都已做了。现在只能一边观察,一边……观察着看吧!"

年老而颇有风度的外科主任说。

病与治之战进入了相持阶段。这阶段,或许很长,或许很短。母亲才六十三岁。母亲还不老。

怕母亲醒后受刺激,大姐未等与母亲告别便走了。她的探亲假到了。走之前,拆洗了全家的被子,为父亲做好了新棉衣。

你们兄弟三人送大姐上火车。大姐千叮万嘱,你们信誓旦旦。大姐眼总看你,你会意地回看。

大姐将母亲交给你了。

你在家中的地位有了微妙的转变。

你向学校请了假,二十天,直到母亲出院。

大姐一走,家中顿觉杂乱、冷清。

父亲的话更少了。

妹妹学着持家。

该换衣服了,翻遍了所有橱柜。

饭菜常常变馊,倒掉。

你们初尝母亲不在的滋味,你们开始体会到母亲的分量。你想起,母亲患病实际已一年。可直至去医院的前一天,母亲仍是从早忙到晚,扫院、做饭、走街串巷,并为你洗衬衫。而一年来母亲每日只吃一二两饭!你为母亲顽强的生命而叹息。

母亲醒来了。母亲醒来第一眼见到的是你。几小时来,你所凝望的母亲的脸一直是死气沉沉苍白灰暗的,这微启的双眼似乎突然照亮了一切,你禁不住喊一声:"妈——"

一种新的希望,一种重新获得生命的欣喜,霎时间从母亲眼中流入你心。

你去打水，捎着邻床病人的暖瓶，邻床过意不去。母亲说："让他去吧，这孩子有这个习惯。当兵那阵子，发了津贴，悄悄寄给家贫战友家！"

走廊上，一个娇小的姑娘，医学院的实习学生问你："大娘好点了么？"

你点点头，注意地望她。她有两只沉静的鹿眼。不知为什么，你觉得她有些面熟，有种亲切感。她呢，显然早已注意到了你的校徽，但什么也不问。她负责这个病房，每日来查房，还拉些家常话，颇得母亲欢心。母亲曾悄悄对你说："我有这么个儿媳妇就好了。"

你突然想起：这么多天来，你一次也未想起过翎子。你想：你找个好媳妇，恐怕是母亲如今最大的愿望。

你打水回来，她仍在母亲床边说笑。邻床病人，嫉妒般向这边望。

你给母亲擦脸,用雪白的毛巾,用热腾腾的水。水换两次。蓝花的脸盆刷得明亮照人。

洗完脸,你给母亲搽润肤油。

母亲的手和脸上遍布密密的曲折的皱纹。

你给母亲梳头。梳完头,你拿镜子给母亲照。母亲不照,不好意思。"老东西了,有什么照头!"但母亲仍偷偷瞥了一眼。

"你这儿子真孝顺啊。"邻床说。

母亲脸上顿绽笑意。母亲喋喋不休地谈起了你……

二哥忽然提出要旅行结婚,而且说,母亲已经同意了。

你佩服他有勇气提出来,你佩服他善择时机。他是怕母亲若拖不长时间,一死,便更要拖延婚期。平心而论,他也不是毫无道理。

凡知此事者无不嗤之以鼻。但父亲也同意了。

二哥每天忙于收拾新房,不再在家里住,也很少到医院去。但他一天三顿仍在家里吃。

若没有合口的饭菜，便自己动手：炒鸡蛋，切猪头肉，有时还喝上两盅。母亲不在，他似更自由。

你陪床。父亲上班。家中只有妹妹。

不久，他们去了上海。家里更冷清了。

妹妹累瘦了。你也累瘦了。只有晚上，大哥大嫂回来，还有小侄女，家里才有点儿生气。

母亲出院了。又是那辆天蓝色小面包。大哥坐在司机座旁，抽着烟。还是大哥为母亲做得多。

到家后，你帮母亲擦澡、洗头。二十天未洗澡洗头了，有洁癖的母亲早受不了啦。洗完澡，母亲坐在崭新的小褥子上，与来探望的人又说又笑。母亲的说笑声是响亮的，哪有半点病人的样子！

来看母亲的人真多啊。有不少是多年的老同事。这些老太太多是看着你长大的，见了你，不免向母亲夸奖一番。看着她们，许多遗忘已久的儿时往事又展现在你眼前。你似乎看见，母亲牵着你的手，在马路上一步一步地走……

夜里，你像在病房那样，半睡半醒，守在母亲身旁。从窗望去，那在窗格正中的一颗闪亮的大星，似乎正是儿时每夜必见的星。二十年的光阴压缩在一起。

早晨，母亲突然哭起来，边哭边说：

"你要去了，你不管你妈了……"

你第一次真切地体会到，在这个世界上，有人依赖你，是种什么滋味。而这个人是你的母亲。你在这一瞬间变得高大、有力起来。

全家人都劝母亲。你心里沉甸甸的。你不放心：爸爸老了，妹妹还小，大哥大嫂……你回头寻找大哥。大哥脸上似乎有点自愧的神色。

你不能像大姐那样叮嘱大哥，你是弟弟。倒是大哥自己说：

"弟弟你放心吧。"

已经是秋天了。

风吹教室外的小杨树沙沙作响。校园林荫道上,落叶纷纷。晴和的日子,天蓝得发紫,失去威力的阳光,好像变浓了似的,涂遍灰墙。时而有打开的窗子,反射出一道太阳的红光。常有成队的大雁,列队飞过。

一如秋色,你的心充满浓郁而宁静的忧伤。

同学老师纷纷问候你。想到自己引人注目的不幸,不知为什么,你似乎感到愉快。这愉快令你瞧不起自己。几个女同学,大约是商量好的,轮流帮你补习功课,抄写笔记。她们中间那个最小的,有着一双沉静的鹿眼的姑娘,常常胆怯地注视着你。你与她过去从未说过话,不知为什么,她竟印入你的记忆里。她的注视,似乎有种触角,轻轻地触摸着你的心……

中午,她急匆匆地打门。电报!——你一把夺过。匆忙间,你见她沉静的鹿眼闪着惊惧的光。

家中没人。你直奔病房。冲进门,只有妹妹守在病床边。

癌肿扩散,已进入脑部。

母亲睁着两眼望你,你喊声:"妈——!"母亲却毫无反应。这时你才看清,那眼中一片浑浊,不是看你,而是看不知什么地方。

母亲已不晓人事。

最后的阶段已到来。吊瓶昼夜不动地挂在母亲床前。针眼扎遍了手、胳膊、脚、腿。母亲的皮肤已透明般。

据说,医院本不收.仍是由于大哥奔走,才进了这特种病房——全是垂死的病人。

每天都有人被推出去。

母亲已大小便失禁。

陪床更苦、更累。夜里是父亲,白天是你。每天早六点到晚十点,你在病房里。吃饭时由妹妹接替,你回家吃了再来。你常为自己很好的食欲而羞愧。

二哥新婚旅行已归,正忙于经营新巢。

大哥二哥时而帮父亲值一下夜班。

一天,两天,三天……你看出,每个人心中都有一个想法:快完结吧,这样活着毫无意义。但谁也不说出来。你感到透心冰凉。

刚接了尿不久,一摸,又湿了。你有些烦。你将母亲翻过身,抽出褥子,换上刚晒干的。

病房里有股腐臭的味道。你用水将褥子刷过,晒到绳上,然后打了热水,将母亲身子揩净。当一切弄好时,你抬起头,发现母亲正望着你。母亲的眼睛毫无表情,冷冰冰的。几天以来,除了睡觉,母亲一直这样睁着无知觉般的眼睛,谁也不知母亲能否看见,是否在思想。但你不敢凝视这双眼睛。你害怕这眼中的冷气。有时你觉得那眼光中似有种谴责的味道。于是你想起了母亲过去常说的,久病无孝子。你更加细心地护理着母亲。

在家里,每当你要责备妹妹时,也总想起母亲的话。记得母亲曾几次开玩笑说:我若死了,你们会欺负她……你的心马上软了,再不忍心对妹妹说一句重话。不知为什么,你还常想起那首民歌:《小白菜》。

所有的,母亲从幼年起对你说过的话,讲过的故事,如今都复活在你心中。

父亲太累了。

早晨你来接班,问父亲:"接过尿了?"父亲答:"刚接过。"可你伸手一摸,褥子湿漉漉的。

母亲已生了褥疮。开始你们不懂护理常识,不知要常翻身。懂了已经晚了。溃烂的皮肤泡在湿尿中。你心中一阵隐痛。尽管母亲也许已不知痛。

你责备地看着父亲。父亲看着窗外。窗外阴雨绵绵。

你早知道,父亲像你。不,是你像父亲。父亲倔强,自尊,内向,有时达到固执的地步。每当母亲说"我老了就靠俺小儿子了",父亲总说:"谁也不靠。"

晚上睡前,你要帮父亲脱衣。父亲很生气:"我自己!"父亲把衣扣都拽掉了。

父亲老了。家的主权已移交。不管怎样,已是儿女主宰一切。父亲用沉默掩饰着心中的一切。

二哥来接班时,你提出要父亲休息,自己仍值白班,二位兄长轮流值夜班。二哥说:

"爸爸怎么回事,就不能不上那个班。早该退休了!这儿都快死人了,还那么认真干嘛?我们单位的人都说,是不是你父母过去感情不好?我都没法回答。"

又说:"妈妈刚病时曾说,你爸爸盼着我死哪!……"

你顿时火了。你说:"你到底想不想值班?"

二哥也动了容:"怎么不想干?这不是商量么?你火什么!"

你虽然明知他这样说父亲是不对的。你

可以举出无数例子驳倒他们。母亲就曾多次说过:"现在都兴自由恋爱。我和你爸爸不是自由恋爱,可是像俺这样好的,打着灯笼能找出几个?"——可是,你不愿意在这里,在这病房中,当着别人的面争论父母的感情。这时你想到了母亲。你又看到了病床上母亲那双大睁的无表情的眼睛。你似乎看到那眼睛中掠过一丝黑影,如同秋天的万里晴空中飞过一片乌云。你的心猛地一震。你不知从哪儿来的力气,扯住二哥的衣服,把他推出门去……

你重又坐在母亲身边,失魂落魄,痛不欲生。最可怕的是:你永远不能知道,在刚才那一刻,母亲是否听见了听懂了两个儿子的对话……

若没有母亲的病事,你永远不会了解你的家庭。记得母亲讲过:大哥小时候长"大肚子脾"病(黑热病),连衣服被子都当了给他治;二哥十岁头上生黄水疮,母亲每天四次嚼苦杏仁为他敷治,长达两年之久,二哥现有一头黑油油的头发，被人称为奇迹；你小时候长肾炎，卧床一年半，母亲一直想方设法，找了无数医生；妹妹骨折，又是半年……即便是拿出母亲待你们的百分之一的心来服侍母亲……

预料中的事终于出乎意料地发生了。

当你从沉重的睡眠中爬起，和妹妹一起赶到医院，母亲已被抬进太平间。你看到大哥在抽烟，大嫂在抽泣。你看到母亲躺在巨大的冰床上，身下铺了一张油布，身上盖着红绸被，脸上蒙着红毛巾。

你掀开毛巾。母亲的眼已紧紧地合起，母亲的脸一片苍白。母亲的牙关紧紧咬着。你用手抚摸母亲的脸，你感到彻骨的凉。你突然强烈地感觉到，昨天那病床上的、人事不省的母亲是何等亲切、何等珍贵！你掀开被子。你呆住了。你看到护士已给母亲穿上备好的寿衣，而那衣料，正是母亲托嫂子买的黑绸缎……你眼前又重现出几个月前那一幕。你绝没想到这黑绸缎中包含着如此多的深义!

秋风秋雨。秋雨秋风。汽车在市郊泥水路上急驰。车内,母亲躺在担架上,四周放满花圈。有街道办事处送的,有待业青年送的,还有仍在看守所中的服刑的犯人送的。

全家人围坐四周。长久的寂静中,小侄女突然喊了一声:"奶奶!"便大哭起来。这孩子的哭声,表达着绝望的透明的苦痛,深刺你心。几天了,你一句话不说。但你心中的东西比任何时候都多。下车时你抬担架,莫名其妙地摔在轮下。你不明白大家为什么都偷偷地、小心地望你。

一小时后,大哥捧来一只方盒,将母亲的照片镶在盒上。打开盒,是一撮白灰几块白骨。他们说,这就是母亲。你不相信。你不要看这东西,这和母亲有什么关系?

然而他们把这盒子放在房后的山坡上,前边摆了四碟菜,一碗水,两样水果,一双筷子,一盒香烟。在旁边,又竖起几块砖,取来一些叠成三角的黄纸烧起来。黄纸上打了一个个钱印子。一边烧,大家一边哭。那火星、那烟在微雨的空中舞。

父亲站在一旁,不声不响,一会儿摆摆碟子,一会儿点上一支香烟放在盒前,一会儿把碗里水划圈倒在地上,似乎做得很专心。

一个陌生的、大哥单位上来帮忙的人走过来对你说:"小弟,你也去烧点纸吧。"

你似乎懂得,这是祭奠母亲。但你不懂,这有什么意义。你接了纸,走上前去,蹲下,刚把纸投入火里,突然一阵爆发的痉挛使你扑倒在地,放声大哭。你不知道,那远处的人,是否在看你。你不知道,父亲、大姐、大哥、二哥他们,此刻在干什么。你长久地,旁若无人地哭着,叫着,这哭叫集中了你二十八年来所有的痛苦、内疚、冤屈、愤恨……

二十八年前,你从母亲腹中降生。二十八年中,她像孕你生你那样哺养着你,甘心情愿地为你受苦受累。她将母亲的使命尽到生命的最后一刻。从此,你只能依靠你自己了。你从没像现在这样镂骨铭心地感到,你失去了世界上最美好的东西!但你同时感到,一股新的力量,正在你心中滋长。往日的曲折、坎坷、苦闷、悲伤似乎都在这死亡前失去了分量。"痛苦这把犁刀,一方面割开了你的心,一方面揭出了生命的新的水源。"

1986 年

故 人

尚晓岚

晓岚生于 1972 年,逝于 2019 年,年仅四十七岁。我自认是她的朋友,但她以莫名的病痛去世后,才知道她有多少至交密友,如她的同学小迪,同事晓春、净植、知依,三联书店的孟晖、曾诚、卫纯,还有汪晖、李陀这样的忘年交……晓岚离去一年,有次跟知依通电话,一说到晓岚,她就突兀挂断。我理解她,为自己轻易说到这个话题深感歉疚。小迪、知依和净植的回忆文章都写得感人，而且优美（似乎不该用这个词），自叹弗如。

转眼六年过去了。一直未能放下，还是要写写她。

和晓岚认识最少二十年。眼见她从一个瓜子脸、凤眼、小鼻子小嘴的软甜姑娘，长成有大姐模样端庄的职业女子。穿衣永不花哨，头发也总简约，最后干脆男孩发型。客观上，我和她并无深交；但主观上，虽然年龄比她大许多，爱好和趣味上却非常接近。我敢说和她是真正的朋友，就是不见如见，没有客套和虚情，平时也不放在心上，关键时两肋插刀。正因为平时不放在心上，她的遽然去世才使我震惊。我又一次感受到褚钰泉去世后的那种失落和不由自主的难受。

我和晓岚的交往，工作层面较多。在三联书店和人民美术出版社时，我虽与她熟识，但主要是推广部的同事与她联系；在活字文化公司，她曾业余帮我们编书，直接见面多一些。

二十年里,与我有关的一些书,都有她的支持,比如《小艾,爸爸特别特别地想你》《凯恩斯传》《中国绘本》《美术向导》《斯坦伯格的画》《楮柿楼集》等;她主持的栏目,如"美书馆"我也多有参与。当时活字的办公场所比较小,我的办公室有两张桌子,就对晓岚说,你来的时候就坐我对面吧,她说好。遗憾的是她忙,一次都没坐过。

个人层面的交往比较少。最早是她约杜丽做过一次我的专访,见了几次;后来我给她介绍过"对象",在三联书店附近的娃哈哈酒店吃饭。可惜因她不能离开北京(照顾父母)以及别的什么原因,未能成功。再就是2016年11月与她一起参加在冲绳举办的东亚出版人会议,前后一周。是我介绍她去的。办签证很费了周折。在日本参观某古城时,我捡了块城石,一直放在她的双肩背里,我都忘了。回国后给我时她笑说,早知这样就自己留下了。第二年11月初,吕敬人"书艺问道"四十年展在今日美术馆，上午开展，下午论坛，我和晓岚都参加。中午我们没去吃会议提供的午餐，而是单独在美术馆附近一家饭馆吃鸡丝冷面。座位是摇椅，很不舒服。面很难吃，晓岚只吃了几口。两个多小时主要是聊天。聊到她的生活和写作，聊到一些共同的朋友。我发现她表面沉稳通达，内心却抑郁，有点无可奈何之意。写作是支持她人生的重要依据。

　　这两天回看了一下邮箱和微信，发现2018年是与她交往最多的——

　　2月4日下午，参加"青阅读"年度颁奖礼，是晓岚邀请的，我和董秀玉老师是颁奖嘉宾。活动中，她忙着给大家倒茶、倒果汁，做的都是服务。知依主持。2月9日我与晓岚通信："活动很温馨。那几天我因吃止痛药伤了胃，身体不舒服，表现不好。""啊？您为什么吃止痛药啊？这可不行。止痛药不能多吃的。现在感觉怎样啊？我都不知道该说什么，现在回想起来会觉得您那天不是很有精神,但当时完全没察觉……不管怎么说都是惭愧。""已经好了!所有的事情都会过去的。"(笑脸)"嗯,会过去的……我也不时这么想,不过不是生病的时候。"

4月15日,在家整理范用先生存的信,发现其中有晓岚1998年的信。我把原信照片发给她,并附言说:字写得很秀气,二十年了……她回:哎呀,时光倒流,真是感慨!原信是这样写的:

范先生:您好!

本想写信告诉您,文章已经发了,刊在第几版,想不到您已先看见了。但报纸还是应当寄给您。从今年起,每周日的第十一版都是"书坊"这个读书专版,"表面文章"这个有关装帧的栏目每双周刊出一次。1月1日,第一期,能够"从您做起",我觉得是一个很好的开始。谢谢您的帮助。

用您送的信纸给您写信,真是不好意思,但我没有更好的信纸了。这些小画让我想起中学时代,那时我迷恋丰子恺,您这沓信纸里几乎每一张画,我都仔细地描画过……

尚晓岚

1998 年 1 月 7 日

写这封信时,晓岚二十六岁。她的文章题目是《减法的艺术》。据我所知,这是第一篇评论范用书籍设计的文章。范先生剪贴保存了。2007 年,出版《叶雨书衣》时,范先生特地把文章剪报交给我,让我收在书的附录里,署名"晓岚"。

这封信里还有一个信息,就是晓岚从中学时就喜欢绘画,甚至仔细描画过丰子恺的画作。她多年来一直做有关书籍设计的专栏,原来是有渊源的。全国报纸媒体里,关于书籍设计的专栏,做得好、做得久的,北青报尚晓岚是无可争辩的第一把交椅。同时我也明白，我在工作里能够得到她那么多的支持，共同的爱好也是一个原因。

6月14日，晓岚来信："附件中是明天的版样，有《小艾》的图文消息。我还是老样子，每周按部就班地编稿做版，周末回家给父母做饭，这种节奏确实会感觉时间过得特别快。文章也在写，其实是旧文改出来的，给了《读书》两篇，还没有消息……对了，新版《小艾》收到了。竟然是闪送递的，太隆重了。忘了和您说过没有，现在我的版上需要编个名字，有时候就用小艾。这也是我好多年前用过的笔名。最早是萧艾，从鲁迅诗里来的，后来发现台湾还是香港有个作家叫萧艾，我就改成了小艾。"

香港沈培金先生送我一本自印本（只印了十二本）——《小艾》作者丁午未发表的画作《未迟的画》，晓岚看后喜欢，我介绍他们认识，在"美书馆"发了整版。沈先生也送她一本作纪念，晓岚很得意。

8月14日，读了晓岚的剧本《中书令司马迁》，我给她写了一封信，她回信说："谢谢您的认可，那我踏实一点。因为反复改，说真的我自己现在看已经没什么感觉了。您说得很对，不算之前推翻的没写完的几稿，在初步成稿之后，主要就是磨台词，这个最费劲了。我自己也还不是完全满意，觉得春秋这个人物写得也不好，还是有点呆。最后实在改不动了。这算是我第一个可以见人的舞台剧本吧，特别感谢您的意见，对我来说指出写得不好的部分，最为重要。"

10月25日，晓岚来信："您去参加全国书籍装帧艺术展了吧，从南京回来了吗？看到消息说，您有一个演讲，如果您有讲稿，可否发我看看？"我把稿子发去，10月30日，晓岚又来信："九展上那篇演讲，我能不能节选发一下？初步的想法是，去掉第一部分的个人经历，以'从编辑看设计'为栏目，连发三期，这样字数上比较好安排。"

11月22日上午，晓岚来信："斯坦伯格，也打算11月能做出一期，估计文字会参考您的前言，我再想想。"晚间，晓岚又来信："这是明天的版。斯坦伯格这篇参考您的文章，草草完成。最近有点精力不济，文章不够好。"

斯坦伯格发表于11月23日美书馆专栏，也就是说，整个11月连着四期都有与我相关的稿件。此时离晓岚去世只三个多月。"最近有点精力不济，文章不够好"——这句话现在看来是一个兆头，可是当时我们完全没在意。

12月18日，晓岚来信："明年的报纸继续受累看一下？我给您订上。不过明年应该就没有《青阅读》了，减版把我们减掉。另外是邮局发行，不再由小红帽送报纸了。订报卡快递给您了，明天应该能到。得辛苦您去附近邮局自己订一下。报卡连同我填好的单子一起交给邮局就行。我这边订无论如何无法按照地址库录入，不敢下单。您附近的邮局应该会比较清楚地址录入问题。您千万别客气，我就是对付不了邮局的地址库。"

……以上是我和晓岚2018年的交往大概。我想，我只是晓岚联系的出版编辑之一，她所联系的编辑、作者不知还有多少！以我几十年做出版的体会，得到媒体编辑记者的关心和帮助是一件莫大的幸事，因为他们既是你的知音，也是帮你寻找更多知音的关键。晓岚在做本职工作时的眼光、技巧、智慧自不必说，更难得的是她发自内心的喜欢和倾心投入。我看出，不喜欢的稿子她是很少做的。她的个性，她的过人之处可能就在这一点。回想起和她交往，很奇怪未曾有过丝毫芥蒂，一切都那么自然而然、无声无息地经过了，只是最后却给了我一个霹雳。

晓岚是编辑,也是作家。重读她的作品,惊奇地发现,作为一位有个性的作家,她实际上已经完成了自我。小说集《太平鬼记》第一篇是《史官》,她最后的作品也是写史官(司马迁)——她对历史的兴趣贯穿始终;她最钟爱的文学体裁是剧本,最终她完成并发表了《中书令司马迁》(这部剧倾尽了晓岚所有的精气神儿,是一定能传下去的杰作)。她在文学的内容和形式两方面都圆满了。作为有历史感和人文性的作家,她的作品四卷本由生活·读书·新知三联书店出版:剧作《中书令司马迁》、短篇小说集《太平鬼记》、剧评集《散场了》、书评集《荒原狼的嚎叫》,署名尚思伽。

拉斐尔、凡·高、普希金都是三十七岁去世,萧红三十一岁去世,晓岚喜欢的契诃夫也在四十四岁就去世了,他们都已经——完 - 成 - 了……

这些其实都是牵强附会的想法。但这样想,心会安顿一点。

周 毅

与周毅相识于 1999 年 11 月 20 日,《出版广角》在合肥召开 21 世纪出版论坛。

> 一早到合肥,7:50,等上海一班车来。直到近 9 时才到。上海来人为上海人民(出版社)邵敏、文汇报周毅。到会场 9 时半,先见到李庆西。然后照合影,合影后开会。到二十九人。下午胡守文先发言,我接着发言。(引自我的日记)

第二天会议结束,晚饭后有人送站,又与周毅同车。短短的接触,她给我的印象是:秀丽文雅,爽朗直白,大会发言时脸色发红,与人对话时眼睛直视对方,专注,真诚,深邃

（写到这里，我恍惚又感受到她的眼神），话语却很执拗，看问题角度不同凡响，难免突兀。当知道她是川妹子后，也就见怪不怪了。她似乎对我和胡守文较多关注，会下几次主动交谈。那时《老照片》名声尚在，我也有点特立独行，可能对了她的脾气。从此成为朋友。

2002年9月我出了一本小书《久违的情感》，寄给她，她什么也没说，写了一篇文章，署名"芳菲"，发在《文汇报》笔会副刊上（芳菲是她刚开始用的笔名，如今看来真如她的化身）。文章写得漂亮，既是评论，又很散文。那时联系，主要靠写信："寄来报纸，刊有关于你《久违的情感》的文章。编辑因为版面原因，做了一些删节，有些遗憾……还在等调令吗？今天我们的版面上有一首小诗，抄两句给你：土拨鼠的工作人类都得去做／还要学会长时间的等待……"信中所说调动，是我到三联书店工作。她在文章中说：

书为什么叫"久违的情感"呢？封底有交代——"是因为这类理想主义、追求道德自我完善和质朴的生活观，向往纯艺术，讲究意境、韵味和语言，追随萧红、巴乌斯托夫斯基和孙犁的作品，已经颇不时髦了。唯有作者本人，也许还有一些朋友，仍珍爱着它们。"

这段话说得好，节制又高傲，同时又是对那些似乎散乱地开放在时空中的花朵的家族指认……

引用这段文字，不是为了宣扬我自己，而是感恩这知音之声，也想留下这位敏锐善感的年轻编辑的一点神貌：除了文采，其中不也隐含着"节制又高傲"？其时她不过三十出头，文章却一派成手气度。所以她后来能够得到百岁杨绛、黄永玉的认可喜爱，是因为起点就在高台之上，十多年磨炼之后，达到独步的境界。

后来她就频频向我约稿，很多文章都是在

她的催促下写就的，如关于汪曾祺、张洁、姜德明以及《远去的〈三月雪〉》《边疆梦》《失去的亿万个春天》《为连环画的一生》《尔乔的画与病》等等。写张洁那篇原名《坐在树下长椅上的张洁》，笔会公号刊布时却改了名，她发信说："《想念张洁》，题目我取的。"我回话改得好，她说："你不好意思说出来的话，我替你说了，希望她能看到这篇文章。"《边疆梦》那篇讲的是"中国边疆探察丛书"，发表后周毅来信："我当年为这套书采访过马大正先生，他也邀请过我去那趟西部旅行呢，呵呵，记得他笑呵呵的声音。"这些琐碎的通话，看出作者和编者无间的神交，想来不免黯然。

2016年7月1日笔会创刊七十周年，周毅约我写一篇"我眼中的笔会"，过后又发来一信："另外还想跟你说几句体己话。想当年我刚到笔会，你是对我有期望的，现在呢，我也知道失望不少，不过大约也知道怎么处理自己的失望了。但是你对好文章的期望呢？还是有的吧。在哪里呢？也许就请你谈谈你心里的好文章是什么样的。"我回信说：

当然从命。不过我觉得谈笔会，我是没有资格的。笔会的作者名家如云……说到失望，倒确实没有。这不是一个好文章的时代，而一些人眼里的好文章如董桥等等，不过是小趣味而已。包括周作人、张爱玲，捧得那么高，本来喜欢也生了逆反心理了。我还是喜欢杨绛。就凭你使杨绛百岁以后，把笔会当作她的心灵展示之所，就不负主编之名了。一张报纸，一个专栏，全看主编。可主编不是神仙，无法超越时代。即便有了好文章，年轻人不看，文人学者一心俗务，又能如何？独善其身罢了。钰泉兄在世时总说我那个专栏读者反映很好，其实我是不信的。但还是写，就是揣着这么一种算盘。

她回信说："你说得真好！就说这几句平

实的话。'这不是一个好文章的时代……独善其身罢了',说到我心里去了。"我答:"我做出版,心情和你一样,总觉得范用先生对我是失望的。这样的话能写到文章里吗?肯定不成。"她说:"这样的话适合我们坐下来喝一杯茶!"

我写的笔会七十年祝贺短文最后没能上版。

褚钰泉兄去世,一开始就想到《文汇报》会有文章,我写的文章发在北京《中华读书报》上。周毅约陈四益先生写了,这样北京、上海都有文章发表。周毅告诉我:"褚老师和报社的关系最后不好,报社对不起他,这也是他心头的一个结。据说他的遗嘱里说不要通知单位。我听了有些惨然。褚老师一生中有些惨烈的故事,只是现在没有人来说。"惨烈的故事?当时没追问周毅,以为反正还有机会。现在二位都已赴西,是没处问了。而且,还有问的必要吗?

周毅生前出版了五本书:随笔集《私心与

天籁》《过去心》《风雨雪雾回故乡:印象与提问》《沿着无愁河到凤凰》和新闻作品集《往前走,往后看》。前三本她送过我,第四本极为特别,是读黄永玉未完成的长篇小说《无愁河的浪荡汉子》生发出的随想札记,一本专著。是她一贯风格:既是评论,又很散文。此书是我所在的活字文化编发,中信出版社出版的。她送我书,签名写"作业本一""作业本二",第三本则写"一个记者的有限努力"。都极低调。书到的同时,收到她的微信:"我怎么觉得你会为我写一篇书评的。"几个月后,我写了一篇短文,发在《中华读书报》上。2017年1月12日晚,周毅来信:

> 今天我偶然上网找自己的一篇文章,输入"周毅",在第一页上出来的十来个条目中,竟然看到您写我的书评。惊奇得叫起来。同事听闻,来问何事,我说汪老师写了一篇我的文章!他们说:"你竟然不知道!我们都知

道了！那天是陆灏翻报纸，在那里朗诵呢！我们以为你早知道。"舒明还说你这么拍马屁人家又不知道。你看，这么古昧，才能成为佳话。

我没预先告知，是因我对那篇文章不满意，只一千三百多字，可是鬼使神差地拿出去发表了。我一直欠她一篇文章。

周毅2008年罹病，术后恢复良好。她没告诉我，辗转听说，不敢问她。2013年8月，"黄永玉九十画展"在北京国家博物馆举办。在大厅电梯间偶然与周毅相遇。她一副五四青年打扮，齐耳短发，短衣中裙，平底鞋，笑容浅浅，但动作有点慢，面目似稍浮肿，不像往日那个既文质彬彬又爽朗执拗的川妹子——也许是我多心。人多，她要见黄先生，还见别的作者，没能寒暄几句。仪式后晚饭又很热闹。听说她第二天就回上海了——2011年起，她主持笔会副刊，责任很重。2014年正式上任笔会主编。说实在的,笔会副刊在我心目中,重要性甚至超过《文汇报》。《文汇读书周报》式微后,上海只有它了。

2017年8月28日,听说她恶疾复发,我终于发信说:"听说你身体不适(起初写的是'不好',发信时改为'不适'),我想告诉你,好人会有好报,你能闯过这一关的!打起精神来对付疾病,抱必胜信心!朋友们都支持你!"她回信说:"还瞒着家人呢。喜欢您说的话,我来背下来。"

其时我们都认识的一位朋友也在与恶疾奋战,我告诉周毅"她很了不起,还总在安慰关心她的人。""用什么话来安慰呢?""没什么话,就是:放心吧!""好吧,放心吧!"

2017年中秋节,我向她问安,说谢谢她让谢娟催我写了一些文章,同时问"你在写什么呢?"她说:"汪老师您太高估我了,我在写什么?治病很辛苦的……好在不写什么,我现在也挺平静的。"说是这样说,她其实一直在写。2019年5月,她写了八千多字的长文《这无畏的行旅——读黄永玉〈无愁河·八年〉》,发给我,我下载成word文件,认真读了,回说:一如既往的才情,一如既往的多情,但行文似乎更朴素了……她在最后的日子里,还网购了《白话芥子园》(四卷本),可见仍在爱着艺术。我告诉她这书是我出的,应该送她……

又到中秋节了。我给她发去问好图片,画面是嫦娥与宇航员打羽毛球,地球在他们上空。未得回复。我和周毅的微信就停留在这张图片上。2019年10月22日,她踏上了"无畏的行旅",目的地也许是月宫。

附 记

一北一南，两位顶尖才女英年早逝，时差只六个月零二十二天，这事无论何时想来，都不免唏嘘。天意难解，天意可畏。晓岚有年迈的父母，原指望她；周毅陪伴、温暖了两位百岁老人，自己却先于黄先生而去，让老人直呼"这女孩心肠硬，真下得了手！"

晓岚自己也没想到，一次平平常常的发烧竟至于丢了性命。周毅前后病了十一年，她对生命是有预感的，最后为了亲友，顽强搏斗，不然早放弃了。写完最后一篇长文，她发信跟张新颖说："立此存照，以此辞世。"新颖无法回复。她又发信说："你得是有多笨嘴拙舌啊，看到我的'狠话'就不吱声了。还不趁我活着，赶紧夸我。"——这是何等的侠士风骨！

尚晓岚，又名尚思伽，笔名所思、远道、思伽。1972年11月生于北京。1996年毕业于北京大学中文系，同年进入北京青年报社，先后担任文化部、副刊部、《青阅读》专刊编辑记者，曾多次获得全国报纸副刊版面年赛奖及北京好新闻奖，并在《读书》《书城》《北京日报》《北京晚报》等报刊发表文艺评论、文化研究、散文、小说、剧本。2019 年 3 月 1 日病逝于北京中日友好医院。

周毅，笔名芳菲，1969 年 3 月生于四川泸州，1986 至 1993 年复旦大学中文系学士、文艺学硕士毕业，进入文汇报社。2002 年担任《笔会》副主编，2011 年起主持《笔会》工作，2014 年担任《笔会》主编。从 1989 年起，发现并推出多位青年作者（如李娟），发表文艺研究文章及书评、散文，专访百岁杨绛，发表万字长文；专研黄永玉的小说《无愁河上的浪荡汉子》，写出专著。2019 年 10 月 22 日病逝于上海长征医院。

2024 年 12 月 16 日 北京十里堡

V

遥远的纳米比亚

在温得和克

飞机在南部非洲上空飞行了一千多公里,从舷窗向下望,仍未见人迹,一片棕褐色荒漠。飞机突然向这片荒漠降落。我很奇怪,以为飞机出了什么故障,但马上看到了机场跑道——温得和克到了。

实际上,机场离城市还有四十多公里。

太阳很毒,风很大,但并不太热——比想象中的好多了。乘车去城里的路上,只见荒漠

纳米比亚大部分国土都是这样的荒原，严酷，却有生命力。树上是一个大鸟窝。

中有一簇簇的矮树丛，黑绿色的叶子，接近城市时才见到真正的绿树。随着绿树的增多，一座干净的、完全欧化的现代城市出现在我们眼前：西式的建筑、鲜亮的绿地、起伏的马路、齐全的道路标志，还有山坡上的尖顶教堂。巨大的棕榈和高高的松柏下，盛开着鲜花。经过商业区时，明亮的玻璃橱窗外的人行道上，到处都是白人、黑人和其他肤色的人。总的感觉是，空气特别透，太阳特别亮，彩色的建筑装饰和人们的服装特别艳。

汽车穿过整座城市，我们住进了城市另一端的萨法瑞酒店。酒店的欧洲风格和现代化管理又一次引起我们的惊奇。原以为纳米比亚是何等荒蛮，我们是抱了"探险"的决心而来，没想到眼前的城市不亚于欧洲任何一座中等城市，因此，惊奇之外，又觉得有点索然。

临行前在北京的纳米比亚驻华大使馆，没有得到多少关于纳国的资料，只知道该国1990年独立，其最大的港口沃尔维斯1994年才收回，是整个非洲大陆最后一块实现非殖民化的地方。也就是说，纳米比亚是非洲被殖民者占领时间最长的一块土地，所以，其城市的欧洲风格就不奇怪了，或不如说是殖民地风格。

后来我们了解到，早在五百多年前，荷兰殖民者第一个侵入此地，其后是葡萄牙、德国和英国。他们都看好了这儿地广人稀，有丰富的宝藏，如金子和钻石。与占领非洲其他地方不同，殖民者不仅掌握当地的统治权，还从各自的本国迁来大量移民，以达到永久占据的目的。因为经过一段时间的拓建，西方人发现，这块土地虽然干旱，但总体上说还是非常适合居住的，比如其长达一千六百多公里的海岸线，交通方便，气候宜人，即使内地许多地方，由于处在海拔一两千米的高原地带，常年气温平均也在 18～22℃——这一点我们一下飞机就体会到了。只要不曝晒在太阳底下，有阴影的地方就挺凉快。

这儿是南半球，季节与中国是相反的。11

月底,中国已是秋末冬初,这儿则是春末夏初。太阳虽然仍旧由东方升起,但朝阳的方向是北,而不是南。

我们此行三人,除我之外,还有邹先生、张先生,任务是对纳米比亚进行文化摄影考察。邀请方为纳国文化部门,具体行程由郭先生、丁先生安排。

在首都温得和克,前前后后住了五天,对这座舒适的小城比较熟悉了。

温城位于纳国中部,南、北、西三面环山,海拔一千七百二十米。夏天最高34℃,冬天最低6℃,个别情况能到0℃。人口二十万,其中三分之一是白人。全市分为白人、杂皮(混血、有色人)和黑人三个大居住区。白人居住区是最繁华、最好的。

温得和克的历史并不长。1849年,来自南方的纳马族占领此地,以其首领出生地温得和克山命名。1884年德国人在此设军营,建城堡。1915年后,南非种族主义者即以此为其统治中心。其原因,恐怕一方面是地形好,另一方面是离南非近。的确,由于城市在盆地形山坳里依山而建,使建筑错落有致,空气通透洁净,而方便的公路交通,使其成为南非商品的主要集散地,城市经济的发展,自然要快一些。据说,至今南非仍在温城的商业、金融和服务业方面占有较大份额。比如,连丁先生他们的名片,都到南非去印制。

在市中心面对商业区的山坡上,是政府中央机构所在地"墨绿宫",还有基督教堂、骑士纪念碑以及一座古堡式建筑,这些建筑记载着温城百余年的沧桑。有一天,我们正在拍照,总统努乔马的车队疾驰而过。丁先生告知说,由于努乔马主要是通过武装斗争才获取了政权,所以他至今仍保持着军人的做派。努乔马总统曾九次访问中国。他相貌堂堂,经常笑容满面,看上去敦厚温和。然而,他领导着人民,战斗了二十三年,才赢得胜利。胜利后,他总结其他非洲国家独立后的经验,认为目前黑人文化落后，素质不高，还不能科学治理国家，所以采取了缓和政策，没有剥夺一般白人的职位和财富，而是发挥他们的文化和专长，同时，为黑人提供最优惠的教育、医疗和参与管理的条件，逐步过渡，从而没有造成黑白之间的尖锐矛盾，使国家稳定发展。

在商业区的中心空地上，用不锈钢镶嵌了一组陨石，黑幽幽的，其中有一块被一分为二锯开，里面竟是发着亮光的金属。也就是说，这组陨石是来自天外的某种矿石，在穿过大气层的燃烧中，被自然冶炼好了。据陨石下面的说明称，这是1888年的一次流星雨的遗物，当时落的面积达数百平方公里，如今找回来的只有七十七块，也许还有不少埋藏在什么地方呢。

大商场里外国货很多，法国的时装、意大利的皮货、美国牛仔的行头应有尽有，还有中国产的旅游鞋，价格似乎比在中国还便宜（纳币和南非币通用，一纳币可兑换1.35元人民币）。当地的工艺品主要是人形木雕，造型多样。有一家大型工艺品店，在我们看来不啻为一座艺术博物馆。我们在里面逗留多时。

书店里多是欧美的图书，还有精美的摄影画册，是关于非洲、关于纳米比亚的。英语是纳国的官方语言，所以他们接受西方文化比较方便。最令人吃惊的是关于纳米比亚的摄影明信片，几乎在任何一家小商店、小餐馆里都一摞摞地摆放着，其画面之丰富、摄影艺术水平之高、印制之精美、设计之巧妙，堪称世界一流。这些照片从多侧面表现了纳米比亚的风光、动物、民族、风情，表现出一种强烈的宣传自我的愿望。在明信片及各种文件、出版物上，纳国的国土形状、国旗、国徽反复出现。单凭这一点，就可看出这个新生国家的现代意识。我们每个人都买了许多明信片，并到邮局买邮票贴上，盖上邮戳———一种多好的纪念品！

餐馆里的饭菜完全是西式的，主食是肉，调料有奶油、盐和糖等。到达的第一天，丁先生曾带我们去一个俱乐部式的餐馆在露天吃烤肉，有鹿肉和鸵鸟肉。我吃了几口，肉上还带着血丝，而且咬不动。后来发现鱼肉鲜美，以后我就只吃鱼肉了。邹先生和张先生胃口不错，什么肉都尝了个遍。

在马路边摆地摊的，除了卖木雕之类，还有卖布娃娃的。这些布娃娃头上顶着一只船形的大帽子，下身穿鲜艳的大袍子。后来在纳米比亚大学听中国来的曹恕教授介绍，这种服饰是英国维多利亚时代的，由英国人带到这里，现在在英国已见不到了，反而在此地奥万博族还保留着。在马路上，也可看到着这种服装的妇女。

纳米比亚大学的前身是南非政府统治时期的教师进修学院，建于1969年，目前是纳国唯一一所综合性大学，下分七个学院。努乔马总统兼任纳大校长，学校里有他的半身塑像。原英国牛津大学校长和罗彻斯特大学校长都是纳大的顾问。现有在校生五千余人，其中百分之八十五是黑人。有两千二百人住校。教师从世界各国聘请，必须具有博士学位。师资力量很强。据说纳国的教育投资占国家总预算的百分之二十五。

住校生每人一间卧室。助学金、奖学金名目繁多，一般的学生靠这些"金"不但足够交学费，还会有不少剩余。医疗保险都由学校出，学生看病不用花钱。然而，学生毕业比较难。纳大实行教考分离，考题不能由任课老师出，而且要送到南非去审。考试卷子也要再送南非批一次。所以，这所学校的学历国际上是承认的。

曹恕教授来自中国南京的东南大学，和他的夫人马玉英一起，已经来纳两年了。他教的课程是量子力学、相对论等。他带我们参观了他的工作室（工作室里有冷风机，电脑可上网），参观了视觉艺术学院和校图书馆。因正是假期，没有学生上课。视觉艺术学院的走廊和展厅里挂着学生们的画，摆放着他们的雕塑作品。基本上没有写实风格的，除了现代抽象派之外，还有不少具有非洲特色和民间风格的作品。给我们留下深刻印象的是图书馆。那是一座六层楼，进大厅之后，除有楼梯上下之外，还环绕着一圈坡道，坡道两旁也摆放着各种书籍，一直可通向六楼。坡道的设计十分巧妙，既方便了残疾人，也适合健康人像散步一样从这个知识空间踱到那个知识空间，有一种从容悠闲的感觉。书全部是开架的，选好后放在车子里，出门时办手续。我发现有一些中国的书，比如关于丝绸之路的画册。

纳大的建筑很有特色，由多座高低不平的小楼组成，但楼群间全部有高架走廊连接。这些走廊时而穿过楼层，时而露天在外，使楼里空气非常通畅。问了一下，这座建筑是三十年前完成的。目前，校园附近广阔的空地上，正在建现代化的运动场。

我们来到曹教授家小坐。他的家也在长廊连接中。房间很宽敞。马玉英老师给我们切非洲西瓜吃。瓜很甜，而且据说很便宜（十二纳币买十公斤)。他们夫妇都是20世纪50年代南京大学毕业的。闲谈中,我们得知,在纳米比亚,最珍贵的是水和绿地。城市里对水的利用已经达到非常科学的地步。所有的水都得到及时的回收利用。宿舍里饮用水和其他用途的水,是两条管道。房子价格的高低,全看房前有没有绿地花园。温得和克市的地下管道线路十分健全。因地广人稀,私人要盖房子很容易,无论在哪儿盖,政府都无偿把路修过去,把水、电接过去。因为降雨很少,只要遇到下雨,从部长到老百姓都会跑到屋外,眉开眼笑,又跳又叫……

在温市,我们还参观了公共墓地。那公墓大约有年数了,到处是参天大树,形同一处森林。墓碑完全西方化,有不少别出心裁,比如设计成一本书(石雕),或者就取一块朴素的石头,并不怎么凿平,刻上死者姓名。在这"森林"里,就更感觉不到非洲的气息了。要看非洲,应该深入农村和部落……

被困斯瓦科普蒙德

丁先生的安排是，先让我们去旅游胜地沃尔维斯湾一看，然后径直向北，直插国家野生动物保护区，从那里再向北、向西，直达安哥拉的边境，去访原始部落，因为真正代表纳米比亚特色的风情，就是原始部落和野生动物。

由温得和克到沃尔维斯四百零二公里，途经奥卡汉贾、卡如比波、乌萨克斯、斯瓦科普蒙德几个城市。城市之间，是一望无际的不毛之地，偶尔有一种低矮的灌木，在沙石中顽强地生长。

到斯瓦科普蒙德，就到了海边。沿海岸再向南行，右边是海，左边是大沙漠——就是世界著名的纳米布大沙漠。停下车，我们兴高采烈地快步跑上沙丘，向远望，一道道沙丘无穷无尽。此时天已傍晚，太阳正向大西洋沉落，沙漠在夕阳照耀下闪着红光，一切都像过去一再在摄影画册和电视片中看到的那样熟悉，但又陌生，好像来到了世界的边缘……

到达沃尔维斯天已黑了。摸黑找到一家公寓式客店，是二层小楼，一问价格，仅二百纳元，可住五人，还有车库、卫生间和厨房。比在中国住县城宾馆还便宜。离公寓不远就是大海，在房间里能听到海涛声。

洗涮了一下（有热水），晚10点，我们在附近一家小酒店吃饭。店主是荷兰人，红脸、秃顶、大下巴、络腮胡，十分健谈。丁先生翻译，邹先生与他谈起来。邹先生抽烟斗，很有风度，店主对烟斗很有兴趣。在小店酒柜的横梁上，贴着各国的纸币，似乎在告知，来这小店的游客很多。看到没有中国的人民币，邹先生拿出一张十元，一张一元，一张五角的人民币，让女招待（可能是店主的女儿）贴上。酒柜里除酒瓶酒杯外，还摆了两个木雕人物坐像，一男一女，厚嘴唇，忧郁的样子，看去很古老，很传神。在小店进门处，挂了一幅纳米比亚全国珍奇动物分布图，店内墙上也挂着各式各样的木刻画,加上昏暗的吊灯、桌上的蜡烛,使人感到一种古色古香的气氛。这个小店是很温馨的。

回到公寓已是午夜。算算时间,正是中国的清晨六点钟。

第二天早晨,天阴沉沉的,刮着风,很冷。这实在是来非洲所没想到的。把所带的衣服都穿上,来到海边一看,成万只长脖子的火烈鸟聚集在浅海一带,真可谓壮观。马上取出照相机拍了起来。可惜的是光线不好,而且滩涂湿泥延伸很远,无法靠近。远远看,除了火烈鸟,还有许多其他飞禽。有一种全黑的,也不知是什么鸟。后从资料中得知,我们所见的浅滩,实际上被称为沃尔维斯湾咸水湖,在这里栖息的火烈鸟达五万只。火烈鸟又称红鹤,双翼如火,长相有些像鹤。成群飞行时,展开双翅,阳光下,能映红半个天空。这里还是世界珍鸟燕鸥的家。全世界现存燕鸥不足两千对,其中百分之九十生活于此。

沃尔维斯湾别名鲸港，是可以停靠万吨轮的深水港。由于这儿常有南极寒流挟带的大量浮游生物和鱼虾，所以引来觅食的鲸群，故名。作为港口，沃湾的历史很久了。1487年12月8日，葡萄牙人巴托罗缪·迪亚士在到达好望角的中途把旗舰停泊于沃湾，从此这儿便成为航海家和探险者的重要停泊点。

从沃湾沿海岸向北行一百五十公里（中途路过斯瓦科普蒙德），是著名的克罗斯角海豹保护区。克罗斯（Cross）英文意为"十字架"。1486年葡萄牙航海者迪戈·卡奥作为欧洲人首次踏上这块土地，后以葡萄牙国王约翰一世的名义立了一个石制十字架，遂以此为名。

克罗斯角的风浪很大，在海涛声中，夹杂着动物的叫声吼声，很远就可以听到。尤其是那儿发出的冲天的奇臭，远远就让我们捂起了鼻子。走近一看，立刻被那惨烈的景象惊呆了：大约有数万只海豹聚集在方圆不过一平方公里的海角上，大部分在岸边礁石上蠕动，有的在海水中游戈。只见上万只小海豹正在下生，或刚刚下生，到处是血水、胞衣，到处是哀号、呻吟。刚生产过的母海豹有气无力地躺着，而小海豹不老实，乱拱乱动；有的一会儿就找不到自己的母亲了。着急的母亲，拼着最后的体力，用嘴衔起小海豹，找寻一个安全的地方趴下。还有许多小海豹在混乱中得不到照顾而死去。仔细看一下，似乎到处都有小海豹黑色的尸体。而一种瘦小机灵的灰色海鸟，就在海豹群中吃那些胞衣上的血肉……在这数万只海豹的拥挤、下生和喧嚣中，生命显得毫无价值，简直是滥生、滥灭。的确，后来看到的材料上说明，小海豹的死亡率为三分之一。除了这种自然死亡外，由于海豹食量惊人（日均食掉占其体重百分之八的鱼），极大地破坏了渔业资源，为保护生态平衡，政府每年还发放配额人为捕杀三千只小海豹。

这样多的海豹为什么聚集在这荒凉的海岸？多少年了？群居的海豹中有什么样的家族

关系？它们的组织如何？这一连串的谜，也许有专家已经研究过。但我想，这儿没有人类的干扰，恐怕是海豹聚集的一个根本原因。随着人类的足迹遍布地球，可供动物安全生活的地方是越来越少了。纳米比亚大概是动物们最后的乐园吧。

返回沃湾的路上，我们见到一片鲍鱼礁。落潮后的礁石上，布满了鲍鱼，用脚随便磕，转眼就磕了一大堆。用塑料袋装起来，回公寓的厨房里加盐煮了，味道鲜美，但肉似乎比中国长岛的要粗一些。据说，当地无人吃鲍鱼。

告别了沃湾，我们与丁先生一行四人来到斯瓦科普蒙德等候郭先生——他从温得和克开过来一辆面包车，准备长途跋涉，必要时，就睡在车上。中午在靠近海边的一家小旅店吃便餐，饭后就在店里等候。这是一所普普通通的老房子，室内很暗，天花板很高。餐室正中一张桌子边，坐着一位白人老太太，极胖。身边有一条狗。她一刻不停地吃零食、喝水，一边手拿遥控器不断地换放在屋角的电视机频道，或者戴上眼镜看小说。她是这个店的店主。中午来吃饭的顾客中，有两个白人老太太，一边吃饭一边与店主聊天，看得出是老主顾。服务员一位是白人小姑娘，一位是黑人小伙子，看上去都很厚道。丁先生也是这个店的常客，与老太太相识。

由于等郭先生总也不来，待在小旅馆中无聊，就观察进来出去的每一个人。老太太一下午都没有动一下。从她身上，我看到了天涯小城安宁寂寞的生活节奏。

郭先生直到傍晚才露面，原来是他开车没经验，出了严重故障，后来找到顺路车，才帮他把车拖到斯城。今天走不了了，只好在这家小旅店住下。

没想到这一住，就住了三天。

斯瓦科普蒙德是一个欧洲风格的小城市，人口只有三万。城市南边是沙漠，东、北两边是一望无际的荒野,西边面对着大西洋。1890年以后,在德国人占领的二十年里,这儿被作为主要的港口,在海边修了一座近百米长的栈桥,桥头安装了起落架,桥面铺了铁轨。从这座栈桥走下了一批又一批的德国人,他们在这儿安家立业,并通过铁路,把从内地挖掘的矿藏钻石运回德国。如今,这个城里的三分之一人口是德国人的后裔,许多重要的建筑都是德国人建的。

在离小旅馆很近的一家工艺品商店里,我看到许多小城的旧物,有老的航海地图,有老式的油灯,还有战刀、长枪和旗帜。最令我感兴趣的是许多老照片,从这些老照片上可以看到小城的过去,那荒凉的海岸、满城的沙土、身着旧时服装的德国妇女儿童。我发现对老照片的爱好是一种通病:在我们去过的每一个小饭馆里,都用镜框板板正正地挂起几幅老照片。我买了两本有关斯城的老照片集,闲得无事,就在城里寻找照片上的遗迹。小城让我走了个遍。

城市虽然已现代化了，但老建筑几乎未变。一百年的历史，在这小城中似乎没留痕迹就过去了。原先城中最大的建筑，是火车站（兼旅馆），如今仍是城中最大的建筑，只是专门做了旅店，火车站改换了地方。在这家旅店边上，建了一个赌场；原先的灯塔照样耸立在海边小山上，灯塔下的营房，房前的持枪人塑像仍是老样子，不同的，大约只是沙土路变成了柏油路，小山下的棕榈长得更加高大了；老栈桥虽然已丧失了停靠船只卸货的功用，桥体锈迹斑斑，桥口已经封了起来，但仍横卧在海中，任凭风浪的侵蚀。这座桥现在是海鸥的落脚点，上千只海鸥经常在桥上漫步，鸥粪铺满桥面。不知这是否就是那珍贵的燕鸥？花几个纳币，我们被获准登上图书馆的中心塔楼一睹全城风貌。图书馆也是一幢百年建筑，由于离海很近，塔楼上又有凉台式的观景处，遂成为游客必至之处。从塔楼上看，大西洋波涛滚滚，海岸白浪滔滔，令人感到一种永恒的动力，也感到了单调。的确，小城里总是静悄悄的，街上人很少。为什么这样冷清呢？

城里有两座教堂，一家是荷兰天主教，一家是英国天主教。教堂的建筑风格不一样。

在小旅店住着无所事事，与店主熟悉了。店主罗宾逊太太，今年六十五岁。她有好几种病，腿像小水桶一样粗，完全是紫色的，所以，她行动不便。年轻的时候，她是个美人，十分活泼，喜欢自行车运动，喜欢读书。她上学读的是秘书专业，后来当了护士。她原籍是英国，祖父那一辈迁到温得和克开农场，现在的温城机场就建在她家过去的农场上。她出生在南非的约翰内斯堡。二十岁结婚，丈夫是工程师，生于沃尔维斯。四十岁时，丈夫有了外遇。分居后，她在斯城买了这所房子，从此定居此地，已二十五年了。这所房子建于1908年，是德国人建的，原先就是一家酒店。目前她与老母亲（八十七岁）、小儿子一家共同生活。小儿子也是工程师，原在矿场工作，因母亲年龄大，就辞了工作，回来帮母亲。小儿子四十岁，孙女也快二十岁了。最近孙女流了产，对此，罗宾逊太太耿耿于怀。

她让人取来老相册给我们看，其中有她大儿子结婚的照片，很帅。大儿子原是空军，后读大学，现仍在南非为政府工作。除了她本人是纳米比亚国籍外，前夫和孩子们都是南非国籍。所信宗教也不一样。老母亲信一种，她信一种，儿子和儿媳妇又信另一种。

从照片上看，她年轻时确实很漂亮。

听了罗宾逊太太的人生故事，加之漫步小城的印象，加深了几天来的一种感受：在远离尘世的一个角落里，人们按部就班地生活着，黑人老老实实劳作，白人和和善善指挥，什么理想的冲动、事业的狂热乃至世界政治、追星族、世界杯等等，似乎都不相干，所有的只是生活、生存，甚至连生老病死都是默默的、无波无澜……这大概是困在此地，闲得无聊的一种情绪吧。但不管怎样，罗宾逊太太那种消磨日子、超然物外的样子确实给我一种异常感。

我们请她坐在这百年老店门口，和她的狗一起照了一张相。

艾淘沙

车修好时，已是这一天的晚上8点钟。大家早就等得不耐烦了，邹先生一声令下，我们趁夜出发。丁、郭二位在前轮流开车，我们三位把车后座放下，铺成一张大床、一张小床，和衣而卧。躺在车上，听着风声，看着深蓝色夜空中星光闪烁，摇摇晃晃，不知何时睡着了……半夜，车停在一个加油站，在加油站的超市里，买了几个炸鸡腿，几个面包，几瓶饮料，狼吞虎咽了一顿——昨晚没有吃饭。不知又跑了多久，天边红了，停车拍了几张照片。空气清洌。马路两旁红色的荒漠上，到处可看见耸立的蚂蚁窝，有的就攀附在树干上，形成奇怪的形状。沿路经常可以看到道路指示牌，有的上边画着大象，有的画着鹿，有的画着野猪、鸵鸟，都是在提醒驾驶员，小心不要撞了动物。的确，好几次看到路边有长颈鹿，叉开四条腿以便低下头来吃植物。我们的车经过时，它们就歪过头来看。在这里，很难找到高大的树，长颈鹿的优势得不到发挥，只好笨拙地低下它高贵的头。

进野生动物保护区，天已大亮了。野生动物保护区名艾淘沙公园，在世界上是很有名的。我们先来到一个休息站。这儿游人很多。有一种旅游车，车尾部打开后，就是一个活动厨房，油盐酱醋应有尽有，车两边放下就是长条桌。一辆车可乘二十多人。艾淘沙里的休息点有澡堂、公共厨房，都是免费的。最有趣的是一棵树上的鸟窝，大得惊人，把整棵树都压弯了，称得上是一个鸟的村庄，无数鸟儿进进出出，忙忙碌碌。其实是几十个鸟窝连在一起。忽然，有一只小鸟被树上的细藤缠住了脚，倒挂在树上，怎么挣扎也摆脱不了。邹先生拉长摄影独角架，虽然能够着，却无从下手解救。一位游客拖来一只垃圾桶，站在桶上把小鸟取下来。这下可捅了马蜂窝了，上百只鸟儿飞出窝，围着他吱吱乱叫。他连忙把小鸟腿上的束缚解开，放它飞走，群鸟才一哄而散，各自回巢。这也算是一桩奇观了。

中午时分，我们来到艾淘沙的中心点，一个叫作"哈拉利"的地方。这里有五十多所小别墅旅店，其他服务设施如餐厅、游泳池、网球场等一应俱全。在哈拉利附近的峡谷里，人工放流一个小水湾，于是就成了野兽的聚集点，因为此地太干旱（原先有一个大湖，现在干涸了），所以，哪儿有水，野兽准会到哪儿去。在峡谷一侧的崖上，修了观察台，游人们可以在那儿看野兽们的行踪。去水湾的路是用沙铺的，为的是消除响声，不惊动野兽。来到这儿的人都自觉压低了声音。

在水湾那儿守候了半个下午。酷日当头，

气温约有四十多度,只见到来喝水的羚羊和斑马。干脆开了车在保护区中转。不知为什么,最想看到的,是大象。因为据说非洲象长得十分巨大,耳朵尤其大,且性格暴躁,谁也不敢惹。可是直转到天黑也没遇到。

晚饭吃的是鱼罐头、火腿肠、面包、生西红柿、热茶,还开了一瓶从北京带来的二锅头。饭后又去水湾处,只见在灯光的照射下,十多只大象小象围着水湾喝水,一边喝一边还向身上喷洒,一派从容不迫的样子。远处丛林里,能看到两只白色的犀牛,一动不动地站着,似乎在等待象群走开。左侧丛林里,有狮子在悄悄走动,但不敢靠近。当象群喝完水离去时(足足喝了两个小时,肚子里不知存了多少水),前面后面都是大象,中间是小象。迎面遇到了狮子,领头的大象发出低沉的吼声,狮子退避三舍,逡巡再三躲进了丛林。大象是百兽之王,在这儿,想象不出有什么动物能够伤害它。它也不会主动伤害其他动物,总是独来独往。从这个意义上说,又谈不上什么百兽之王了,因为"王"总是应该管事的。

群象走后,又来了一只大象,孤零零地自己喝水,喝了一个小时,还没有走的意思,别的动物都不敢过来,后来干脆都走开了。我们看得实在没趣,也回去睡觉了。

第二天便根据保护区示意图去寻找各种动物的踪迹,见到了大群斑马、野牛、羚羊、鸵鸟和鹿。大部分土地是荒芜的,连灌木杂草也不生,偶尔有一棵树,动物们便躲在下面乘凉,见车开近,才四散跑开。斑马不知吃的是什么,一匹匹膘肥体壮,但腿很短,跑起来很笨拙的样子,想来它是狮子、豹、鬣狗等猛兽的美食。羚羊、马鹿等善良的动物,喜欢跟随长颈鹿一起行动,想必是长颈鹿脖长望远,能及时发现危险。这是求生的本能,不需要动脑子的事情。

越是凶猛的野兽,越难以见到。我们到了豹点、狮点,都没见丝毫踪迹。保护区太大了,车怎样跑也看不到边。经过一片难得的小树林,树木被搅得一片糟，断成两半的，歪倒的，有的还被连根拔出。断裂的碴口还是新的。丁先生说，这是大象破坏的，附近兴许有大象。开车转了一圈，果然发现两只大象，像两座小山似的立在丛林深处。车开不过去，我们下车向它走过去，同时让车开着发动机，门也敞着，以便发生危险时能及时逃命。据说曾有大象发起怒来，把汽车掀翻在地踩扁。

我们从三个角度向大象靠近，直到看得很清楚了：棕色的身躯，少说也有三四米的高度，浑身布满褶皱，眼睛红红的。这是两只老象，是我生平见到的最大的动物。只见它们已发现了我们，其中一只大大的耳朵不停地摇动着，据说这是烦躁不安的信号。果然，我们又往前走了几步，它就低吼着向我们冲来。我们立即跑回车上。幸亏它并未追赶。我们不敢再靠近，只好悻悻地离开。

很幸运地，在去艾淘沙北门的路上，又碰到了象群，足有几十只，正慢腾腾地跨越公路，许多车都被阻住，它们连看也不看一眼。我们下车拍摄，遭到其他车上游客的制止，说这是很危险的。好在象群过路足足用了十多分钟，我们用长镜头从从容容拍了不少。它们这样拖家带口，成群结队地是去干什么？是什么在召唤它们？它们从哪里来？它们的家在何处？这些都是我们弄不明白的问题。反正这儿的主人不是人类，而是动物。人类的到来对它们没有任何好处，它们没有理由欢迎我们这些不速之客。

在艾淘沙北门有一座城堡式的小博物馆。城堡四四方方，围成一个大院，四角各有一方形塔楼。房顶连成平台，平台向外方向均有垛墙，像中国的长城那样，显然是用来抵御武装进攻的。从展室里的介绍得知，这城堡是一百年前德国占领者建的，长年驻扎的不过十人左右，少的时候只有七个人。展室里有一组雕塑模型，很形象地展现出当年奥万博族黑人拿着土制武器进攻城堡，德国人在房顶上（也可称为城墙）用长枪抵抗的场景。由于武器的先进，当然还是德国人占了上风。如若不是第一次世界大战中德国战败,他们还不知要在纳米比亚待到什么时候。展室里仍可看到当年德人指挥官的肖像、他们的战刀和长枪。殖民者们认为,是他们把文明带到这未开化地区,虽然手段残酷些。但是对过着近似原始生活的黑人而言,文明带给他们的到底是什么?是否就那么重要?就文明和野蛮两种生活方式而言,到底谁更野蛮?——这正是值得现代人思考的问题。

在纳米比亚的这十几个日夜里,我们经常说起在20世纪六七十年代中国常常见到的标语口号:"坚决支持纳米比亚人民的民族解放战争!""坚决支持非洲人民与殖民者斗争到底!"我还常常想起那首在那个年代中国青少年都会唱的歌(大意):

> 我是一个黑孩子,
> 我的祖国在黑非洲。
> 西方来的老爷们,

骑在我们的脖上走,
这帮去了那帮来,
强盗瓜分了黑非洲。
啊——啊——
黑非洲,黑非洲,
黑夜沉沉不到头。

黑非洲,黑非洲,
伸出我们的铁拳头。
殖民主义快滚开,
帝国主义快滚开,
我们要获得和平幸福自由……

  然而在纳米比亚,大多数白种人早已本土化,他们都自称纳米比亚人。三代以前他们就定居于此了,这儿就是他们的国家。罗宾逊太太就是这样。

  事过境迁。时间是最不可抗拒的武器,它会改变一切。

寻找黑姆巴斯

出了艾淘沙再向北,白人就很少见了。路过两个城市:翁当瓜和奥沙卡梯,都很繁华。这儿已到了安哥拉边境,边境贸易十分活跃。但安哥拉正在打内战,有难民进入纳米比亚,所以这一带有些混乱。过了奥沙卡梯再向西行,已经进入山区。在一处山坡上遇到一家露宿的黑人,一个女人带着几个孩子,我们怀疑她们就是难民。给她们拍了照片,送给她们几块钱。我在路边捡到一枚步枪子弹壳。

从边境小镇日瓦卡纳再向前,便是土路了。我们误入一个小型飞机场,那儿有台压水机,我们用饮料瓶装了一些水,对着光一看,有不少微生物。可是自离开斯瓦科普蒙德,几天来总是喝饮料,可乐、橙汁,喝得倒胃口。艾淘沙公园里的水碱性很大,喝起来又咸又腥。这儿的水虽然不大干净,但喝起来没有异味。张先生不管三七二十一,先呼噜呼噜喝饱了肚

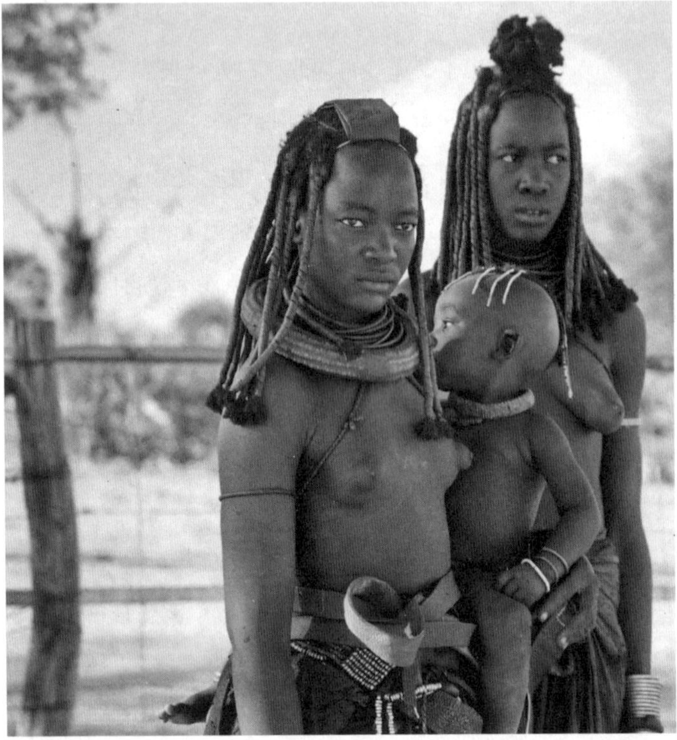

子。由于干旱加炎热，这一路总觉着渴。

据说从日瓦卡纳向西，还要走二百公里，才能到黑姆巴斯人的部落。此时已是下午三四点钟。山路十分难走，坡度有时候很大，路上到处是石块。走到这儿才明白，这种面包车是根本不适宜进山的。大家刚刚议论：车坏在这儿就麻烦了，就发现左前轮被硌破了，眼看着瘪下去。丁先生找出备胎一看，没有气儿，也没有打气筒，再看，连千斤顶也没带。此地前不着村后不着店。看地图上，向前不远应当有一家农场。决定不管轮胎如何，继续向前开。汽车一拐一拐，走了不远，果然见到一所小草屋，草屋里走出两个女人，棕红色的皮肤，戴着头饰和项圈，上身裸露着。我们有些懵懂：怎么这儿就有黑姆巴斯人，部落到了吗？但很快就明白，这是专门到路口让人拍照收费的。

两个女人都很健美，一个十四五岁，另一个也不会超过二十岁，但怀抱一个孩子——她已经做了妈妈了。由于全身上下，包括皮裙和饰品都是一个颜色，所以看上去，她们就像活动的雕像，别有一种情调。此时光线很好，我们拍了几张，给了她们一些钱。车更不行了，我们只好下车步行，让车轻装先行。走到一条河边，树多起来了，有高大的棕榈，有木栅栏围起的一处房舍，但见不到人。我们想进去打问，丁先生说最好别擅自进去，因为语言不通。此时天已向晚，长长的彤云横曳在天上，夕阳把大地、树木染得通红，巨大的阴影使这不知名、找不见主人的农舍显得有些神秘。

步行了大约十里地，发现我们的车开过的路上有一道水印，估计是水箱漏水了。这真是雪上加霜啊。果然，一会儿就看到完全抛锚的可怜的车，水管爆了；坏轮子更是惨不忍睹。天已擦黑，只好由丁先生和张先生步行去找想象中的农场或酒店，留下我和邹先生、郭先生守着车等待。我们的所有装备都在车上，在这荒蛮之地，守卫的任务也很重呢！

等了一个多小时，丁、张二人坐一辆轿车

回来了。附近哪有什么酒店农场,他们是看到一处火光,前去探问,原来是一家白人在此度假野营,听说我们的困难,夫妻专程送丁、张二位去最近的加油站,可以在那儿找人救援。怕我们着急,先顺路回来告知一声。又过了一个多小时,那家好心人返回来,从车上卸下已打满气的备胎和一箱饮料、面包、火腿之类。为了表达谢意,我们送他们两块中国丝巾。

这一夜,我们在野地里等待,丁、张二位在加油站等。他们已给几百公里外的朋友打电话,若等朋友救援,恐怕要到明天下午。

郭先生找来两根木棍,邹先生仍是用他的独脚架,就这样武装起来。一是怕有歹人,一是怕有野兽——黑影里确实来了一只动物,用手电照一下,是一只无家可归的狗。喂了它一块面包,一块火腿,它就趴在我们附近睡起觉来。也许它也觉着寂寞,需要伴儿。有它趴在附近,我们觉得安全一些。随便吃了一点东西,坐在被太阳晒得滚烫的沙地上,后来索性躺下，让热气烘着脊梁。午夜时分，我们铺开车后座，到车里睡了。上半夜燥热，下半夜又冻醒了。向车窗外一望，一枚下沉的红月亮大得惊人。

我们不知道已经到了纳米比亚的西北端，一百米开外就是库内内河，河对岸是安哥拉。

早上太阳还没出来就醒了。我随邹先生去周围拍照。河边树木茂盛，有大批猴子出没。河水很浅，许多野牛站在河流中吃水中植物。早晨的阳光穿过树丛射在草地上，拉出长长的光影。有的大树如葛藤一般纠缠着，扭曲着，伸展着……这一切都让人想起中国的云南。可这是在非洲。

八点半太阳已升得很高了，开始释放它巨大的热量。我们都躲回车上，打开车门车窗。邹、郭二位早已赤膊赤脚。无聊的等待中倒是三三两两的过路黑人经常凑过来，或要根烟抽，或好奇地往车里看，叽里呱啦地，也不知他们说些什么。我们真担心他们商量好了，合伙来抢劫。在这儿真是死了都没人知道。有的黑人穿戴很好，崭新的花衬衣、西裤和网球鞋，歪戴着帽子。这样的人最令人担心，可我们没有任何办法，一方面要看着我们的车和摄影器材，另一方面在这儿躲也无处躲。在提心吊胆中等了又等，下午一点时，忽听有汽车的声音，估计不是救援我们的。转眼间一辆白色尼桑客货两用小汽车风驰电掣般从山坡下开来，扬起半天尘土。尘土中，只见丁、张二位勇士在招手。小车在我们边上一停下，像小猴子一样迅速跳下三位白人、两位黑人和一位混血儿，他们活蹦乱跳，又说又笑，很快就有人站到我们的车底下检查，有人去卸坏轮胎，有人在支千斤顶。原来是老丁他们在加油站苦等朋友不来，巧遇这伙人开车去加油，听说我们"遇难"，自愿前来帮忙。他们正在开辟一个度假村，就在附近的库内内河。

三位白人穿戴很奇怪，或者说好歹穿了些

衣服。沙基留长发，穿花短裤，很潇洒地系一条纱巾（他是主事的头）；高迪戴一顶房顶型布帽，穿红汗衫、蓝短裤，秃顶，戴眼镜；劳伦斯酷似德国农民，穿横条T恤。他们一边干活一边在同一个杯子里喝酒。酒是威士忌，加了冰。

转眼间检查完毕，换上新轮胎，我们都上了他们的尼桑敞篷货箱，沙基和劳伦斯开这辆车，拉着我们的面包车走，高迪在面包车上掌舵。路很险，他们又开得很快，一会儿冲上高坡，一会儿滑向低谷。沙基一边开车，一边伸出一只手向后面车上的高迪打手势：握拳，是刹车；一握一张，是点刹；手拐弯，意为路拐弯；伸大拇指，是一切正常，也是夸奖；手掌下压，是减速……突然间，在上一个大坡时，他跳出驾驶室，用手加油门，似在推着车前行，同时与后边车上的高迪取笑。高迪也跳下去，猛跑几步，赶上沙基，从他的杯里喝口酒，又返回，像跳上一匹马一样跳回驾驶室。在我们看来，他们无异于故意制造险情。尼桑车厢的铁栏杆被晒得烫手，我只好掏出小手绢来垫着。一路上，这方小手绢真是起了大作用了。在艰苦环境中，任何东西都能发挥其最大功用。比如，随便什么饭，也觉得好吃了，水也顾不上卫生不卫生了。

　　终于到了。他们把面包车停在一处树荫下，小车载着我们从一个高沙坡俯冲而下，然后一调头，停在河边。我们登上停在河边的游艇，沙基开船，经过一处悬崖峭壁，来到一处河中小岛。上得岛来，只见鸟语花香，一块块绿草地上有躺有坐的各种肤色的人，像是来度假的。这就是沙基等四人投资兴建度假村的地方了。据说买这个小岛只花了很少的钱——二十美元一亩。政府鼓励私人开发。小岛周围环境不错，东北面是一座高山，雨季时，那儿有大瀑布，山上是纳米比亚国家水电站所在地；西南方向是一处悬崖绝壁，西北和东南方向也是山，只是坡缓一些。鸟很多，泥地的立面上

库内内河。右边是正在开发
旅游的小岛。

有许多鸟窝，一些翠绿色的小鸟忙忙碌碌地进出，就在人的眼前，却无丝毫怯意，显然是从未有人侵犯过它们。据说,洞口有两道爪印的,里面有刚下生的雏鸟。岛上大部分地方还处于野生状态，到处长着芦苇一样的植物，人走进去都困难。已开辟的只是码头附近几百平方米的地方，植了几块草皮，建了一个小水塔，盖了一所房子，还未完工，养了一群鸡和鹅。房后临水的平台上，用树枝扎了一间小凉亭，还未覆顶；凉亭边，竖一根旗杆，悬挂着纳米比亚国旗。

码头是用汽车轮胎垒起来的，轮胎里填上土，船靠上也碰不坏。还种了一些花，也用轮胎当花盆底座。

四位投资者的职业都是机械师，所以他们会修车。而且从他们的性格来看，没有什么是他们不会干的。沙基的样子，让人想起古巴英雄格瓦拉。也许他是有意模仿？高迪则一派知识分子模样。他太好动。一会儿跳到水里游一圈，一会儿整理一下草皮的喷灌枪，一会儿捡游客扔下的废纸。他有一个黑人妻子，这位妻子是奥万博族，很黑，很瘦，很严肃，看上去有身份的样子。据说她的前夫是个古巴人，生了一个男孩，跟高迪后又生了一个女孩。女孩像高迪一样，是黄头发，但像黑人一样长不长，紧贴在头皮上，皮肤是棕色。男孩的皮肤也是棕色的。看出高迪很爱他的妻子，很自豪地向我们比画：他加上妻子，生出来的孩子就是这个样子（指女孩）。难得高迪片刻安静下来，躺在草地上，两个孩子骑在他身上，黑人妻子也靠着他躺下——这一家子好恩爱啊！高迪的祖籍是法国。

对岛上这几位主人来说，房子不房子，穿衣不穿衣似乎都是一样的。他们平时就扔在草地上几个床垫，睡在星空下；不管穿不穿衣服，随时下河，上岸也从不换衣服。他们手里拿着杯子，随时从河里舀水喝。他们与大自然简直融为一体了。

吃饭也很简单。在码头边的土坡上，支两只大铁炉，炉上是铁网。炉下烧木柴，炉上烤肉或用铁锅烧水。木柴是现成的，由一位黑人帮工劈好了放在一旁。从我们上岛，这两只火炉就没停过火：游客们轮流做饭，最后轮到我们。老丁上岸不知从哪里买来了鸡、土豆和圆葱、饮料，我们一起忙活起来。

邹先生在码头上把全身衣服都洗了，晾在草地上，他只穿短裤，坐在那儿吸烟斗。

有一位女游客的提包中放着一把手枪，我看见了，她向我摇摇手示意不要声张。丁先生说，纳米比亚法律允许私人携带武器。

正要做饭，下起雨来，我们搬到未建好的房子里。从雨幕望出去，鸡、鹅、草地、河水，好像是在中国江南农村。雨下了半小时。这是我们到纳米比亚遇到的第一场雨。雨后夕辉美极了，我们都拍了不少好照片。

直到晚9点多，我们才开始吃饭。早就饿坏了。土豆圆葱炖鸡，除了盐没有任何佐料，可味道鲜美极了。又打开一瓶北京二锅头,黑人、白人都参加了"会餐",都夸好吃,结果我们自己还没吃饱,丁先生更是一口没吃,就把另一炉子上的黑人的烤羊取来吃。张先生烧了一锅开水,大家凑合着喝了几口。

饭后,沙基提出要带我们去捉小鳄鱼。这样新奇的事,我们当然很感兴趣。他开游艇,高迪坐在船头举着一盏很亮的灯,一路向河下游驶去。沙基仍未忘记带着他的杯子,随时从河里舀水喝,手中还抓了一大块羊骨啃。老丁和他说着话,伸手撕下一块羊肉塞到嘴里。我发现老丁是个人物。他祖上在中国大陆当过高官。他今年四十四岁,已独自在外闯荡了二十多年。他操一口英国北方口音的英语,说话间经常开怀大笑。他节俭,不嫖不赌,不喝酒,抽烟斗;他能吃苦,这一路坏车、修车、开车、当翻译、联系行程,甚至搬运行李,数他累;他精明,善四处通融,什么人都能交往,能解决一些从未遇到过的困难。

游艇跑了很远,发现河边苇丛里有一只小鳄鱼,等靠近时却不见了。但大家都已看到那贼亮贼亮的两只小眼睛。我用闪光灯拍了一张,后来洗出来一看,果然有。船继续前行,在安哥拉一侧的苇丛里又有发现,沙基跳上船头,拨开苇草,直钻进去,还是没捉到。如此再三,我们已离开小岛很远了。月亮很亮,四周静悄悄的。船高速返回,十分惬意。

这一夜,我们准备和游客们一样,在草地上露宿。高迪找了几个床垫拖过来。我们都怕下半夜冷,冻感冒了麻烦,建议去对岸我们的车上取东西。上了岸,邹先生决定睡在车里,我留下陪他。睡觉前,想起忘了从岛上带过一瓶饮料,有些恐慌。这些天实在是渴怕了。忽然记起岛上主人的尼桑车里有我白天放的一桶矿泉水,便找到车,恰好后窗开着,伸手从里面打开车门,取出水后,与邹先生一人半瓶放在头边,才安心睡了。其实并不渴,到天亮也没喝一口。

睡觉前，我到河边擦了擦身，但很紧张，怕有鳄鱼或野兽，匆忙返回，赤身站在树林中凉快了许久。

上午，岛上主人派几位黑人朋友开尼桑车，带我们去找黑姆巴斯人。其中有一位黑人会讲黑姆巴斯话。他警告我们，没谈妥之前，千万别照相。他的名字，就叫黑姆，也许他就是那个民族的人？

先是在附近找到一伙，好像是一家人，住在一个小杂货店的后面，有两个老人，一个青年，一个年轻女人，抱着孩子，还有一个十多岁的女孩儿——其实就是前天我们拍的那两位。跟他们商量好，每人五美元。拍完后，那位老男人收了钱不久，他们就争吵起来。原来他收钱后不给别人。"黑姆"过去干涉了一下，钱才平均分了。待我们收拾好摄影器材准备走时，钱早已换成了啤酒，两位男人和老女人就在杂货店里喝了起来。他们在这儿是临时居住。

杂货店老板发现他们能挣钱花钱，才让他们住在这里吧。

像这样摆拍，实在没多少趣味。经老丁交涉，"黑姆"又带我们去寻找，终于找到黑姆巴斯人生活的地方，虽然只有两个泥屋，几个草棚，但他们的生活方式一目了然。后来听说，所谓"部落"，住得也很分散，因土地太大，人太少，没必要挤在一起。往往是，一个男人娶一个老婆，就盖一个泥屋，再娶再盖。法律允许一个男人娶五个老婆。这些老婆的泥屋就比较接近。每个老婆都会生许多孩子，三岁的孩子已经照顾弟妹了，因为基本上前一个孩子才一岁，下一个就出生了。

我们找到的两个泥屋，各有一个女人，一个三十多岁，一个四十多岁（也许不对，是我估计的）。她们身边各有四五个孩子。据一位女人介绍，女孩子是处女时，牙齿是整齐的，腰上戴一有花纹装饰的腰圈，好像是木质的；有性生活后，便将门牙从中间各掰去一角，腰圈取下。问她为什么女人浑身都是棕红色（男人是黑的），她指着泥屋门口的一块磨石，然后取一块红赭石在磨石上磨下粉来，再和一种油脂调和在一起，抹到身上，抹遍全身每一个地方。她们虽然裸着上身，赤脚，但头饰、项饰、手腕脚腕的饰品却一丝不苟，十分漂亮、讲究。我猜想，这种红石粉有防晒、驱虫的作用，久而久之，成了这个民族女人美的一种象征。

泥屋只有一人高，门框是用两根带杈的树枝架起的。我们进去看了一下，里面挺宽敞，也被红石粉染遍了，地下随便扔着几张毯子，有葫芦状的东西吊在里面的木梁上。在酷日之下，进了泥屋即感到了凉爽，而且很奇怪，还感到了湿润。从外表看，这泥屋与附近的大蚂蚁窝有些相像，其中的原理也许差不多吧！

能找到这儿，是在路上碰到一位黑姆巴斯小伙子。他打扮很怪，在头顶上梳下一个小辫子，有些像中国清朝时人的样子，而且他还抽鼻烟。我想这些大概不是他们民族的习惯。

不知为什么，我们所见到的黑姆巴斯人都是健康，甚至是健美的，虽然他们过的几乎是野人一般的生活（在我们看来）。

因为两位女人都带着一大群孩子，我们给了她们六十美元，但不知她们会拿这些钱做什么。曾经在当地一份画报上看到一张照片，一位裸着上身的黑姆巴斯女人，背着孩子，正在现代化的超级市场里采购。这画面给我留下深刻印象。

威廉一家

在纳米比亚，前前后后跑了几千里路，可以说，有一半时间是在路上。路的两旁，虽然大多是一眼望不到边的荒野，但不知为什么，总看不够，经常觉得，有一些很好的镜头被疾驶的汽车丢掉了。那漫长的、起伏宛转的道路总是一直伸向天际，或绕过一座大山,一切都能尽收眼底,看出其大势,从而引发我们这些蜗居人头攒动的城市的人无限联想。山的出现也总是那样突兀,如同平地而起。阳光的颜色常常是浓烈的,把山、树、荒野和路都抹上一层金黄、桔红。由于气温高,有时能看到蜃景,一些虚幻之物浮在半空,显得很神秘。偶尔看到几个行人,有头顶饭锅的妇女,有手持长枪的猎手,也让人感到虚幻,不像现实中的人物。天空的变化是最丰富的,时而白云拥挤,时而灰云飘飘,时而蔚蓝一片,时而满天青紫,傍晚则金霞万道,称得上是气象万千。一次,看到远处电闪不断,浊云翻滚,前面还挂着一弯彩虹,但是听不到雷声——离得太远了。

虽然许多地方荒无人烟,但公路四通八达,而且主干道的公路质量是一流的。路边每一定距离可见一块指示牌,告知前方多少公里处有一棵可以乘凉的树,树下有供休息、便餐的桌椅,而且一定有一个垃圾桶。过路客人都很自觉地把废纸果皮扔到垃圾桶里。实在没有树的地方，或许建一个小凉亭，凉亭的颜色是绿白相间。据说，这些高等级公路都是西方发达国家援助修建的，其中德国人的援助最多，因为纳米比亚的白人中，德国人的后裔最多。那么，这种路边文明也是从西方传来的了。

在长途跋涉的途中，我们曾两次住在威廉的母亲家。威廉是老丁的朋友，奥万博族酋长的儿子，今年二十八岁。老丁有一个英文名字，叫查尔斯，威廉就以此相称。他们见面总是谈得挺投机。实际上他们正在合伙开公司，想办一个汽车行。在纳米比亚办事离不开汽车，因为国土大，人口少，人住得很分散。所以，办车行是有钱可赚的。威廉在开普敦大学学了几年机械，又在德国实习一年。他是黑人中的高级知识分子。他的父亲在国家身份很高，与努乔马总统是战友，在独立战争中，他的部落起了很大作用。现在他家有两万公顷土地。我们去的是酋长夫人居住的农场,大约有两千公顷土地。

酋长夫人家虽然已盖起了现代化的瓦房,有电视和冰箱,但整个居住格局还是典型的部落样式:以粗大的长木桩扎成一层一层的篱笆墙,其结构形同迷宫,不熟悉的人走在篱笆墙夹道里会迷路。木桩比手臂粗,高三四米。据说,这是前人为防野兽而设计的。篱笆墙圈起的地方大约有数亩地大小,除了瓦房外,还有许多草屋,有的草屋是供孩子们学习的,有的是活动的,有的是舂粮食的地方,在最后边扎了一间高大的客厅,顶和墙都是用塑料编织布扯起来的。有意思的是,这些塑料编织布以纳米比亚国旗的红蓝绿三种颜色组成,表现出酋长夫人家的政治色彩。

在酋长夫人家我们见到二十多个孩子,据说都是她收养的孤儿,最大的十七岁,最小的两岁。这些孤儿一个个都活泼好动。显然,其中六个大一些的女孩儿已成了夫人的帮手,主持着家务。她们带孩子、舂米、做饭、打扫卫生乃至招待客人。我们很快就和她们熟悉起来,通过丁先生翻译,与她们交谈。请她们在我的笔记本上写下名字:Lahia(拉娅)、Julia(朱丽叶)、Haimbili(哈依姆毕丽)、Rachel(雷伊琼)……这些女孩子都很漂亮,高高的身材,长瓜子脸,大眼睛,长下巴,长腿、长臂,除了皮肤黑以外,很少典型黑人的特点。她们自认为不是黑人,中部非洲的才是黑人。

拉娅十五岁,上七年级;朱丽叶十七岁,上九年级。她们都很秀美。朱丽叶在学校参加选美比赛,得过冠军。她拿来她的影集给我们看。我们去的那天是星期六,她们不上学。平日上学时,有汽车送她们。学校离这儿很远。

我发现,这些孤儿没有一点寄人篱下的神色,年龄大些的,可看出很好的教养。和我们谈话,都很大方。她们知道中国,因为家里有电视,每星期有介绍中国的节目。说让她们去中国工作,她们都说"yes"。招待我们的饮料,

首长收养的孤儿们

是放在冰箱里的,她们也可以随便取出来喝。房间里的电视,彻夜开着,几个女孩子不愿意睡觉,就躺在地毯上听音乐……

酋长夫人让男孩女孩们穿上民族的鲜艳服装,在太阳下跳舞给我们看。那舞姿虽然粗笨,但很美。这些孩子一个个温和、厚道、团结,是一眼就能看出来的。他们的自理能力很强。邹先生在洗澡间里洗澡(有太阳能热水器),一个六七岁的男孩着急地拍门,想进去洗衣服。

看到这些孤儿,我们不禁对酋长夫人肃然起敬,特意请她与孤儿们合影。酋长夫人很有风度,一看就是一位有身份、有教养、很慈祥、富有同情心的女人。

我们被安排睡在有席梦思床垫的房间里。天很热,我睡不着,到院子里吹吹凉。半夜了,拉娅她们还没睡,在小声说着什么。可是早晨起来吃的饭,却是她们做的。她们没睡觉吗?

威廉看上去文绉绉的，有些腼腆。他最近忙得很，因为正是播种季节，他要在他的农场检查拖拉机的状况。晚了农时可是大事。这一点，在哪个国家都一样。农场里主要种植白玉米和高粱，另外就是养牛养羊。他的农场很大，有一万公顷。

我们第二次来到酋长夫人家时，威廉才有时间陪我们。前一天是他二十八岁生日，来了许多亲友，玩了一个通宵。酋长儿子的生日是一件大事。

为我们的再次到来，专门杀了羊，做了米饭和菜汤。威廉的叔叔专门来此作陪。奥万博人十分讲究礼数。上次来时，威廉不在，特请威廉的表哥出面作陪。女人是不陪客的。邹先生又打开一瓶二锅头，但主人的酒量都很小。这个民族不喜欢喝烈酒。

饭后与威廉谈起他的民族。

奥万博族是纳米比亚最大的部族，占全国总人口的百分之五十以上，共分七个部落，主要分布在纳国的东北部。威廉这个部落所在地叫翁当瓜,是一个大部落,现在已是国内较大的城市。七个部落各有一个酋长,酋长们再选出一位领袖,习惯上叫"皇帝"(意译)。威廉的父亲仅次于皇帝(所以威廉父亲的奔驰车车号是"3")。西方人入侵以后,把全国分成白人区、黑人区和混血人种区。白人把矿和港口都占了,这些地方后来都发展成为城市。黑人的地方都很穷困,只好到城里打工。奥万博人感到这不公平,就与白人战斗,还有许多人迁到了安哥拉。这个民族原先有很大一部分在现在的安哥拉境内,国界是英、德殖民者占领时划分的。他们组织了一个政党,开始时叫奥万博人民组织,后来一些小民族也参加了进来,就改名为西南非人民组织。纳米比亚以前称作西南非。

　　胜利前,南非种族主义统治者所立的宪法中有一条是宵禁,宵禁只在黑人区执行:凡天黑后到早五点前,黑人上街格杀勿论。这一条款执行了七十多年。仅此一事,即可看出黑人当年所受压迫之残酷。白天黑人的活动也不自由,一道道关卡,不但检查是否携有武器,还扒开衣服检查肩膀,看有无扛过枪的痕迹。汽车出行也不许多带汽油柴油。

奥万博的早年历史无文字记载,因为这个民族过去没有文字。由于白人入侵早,又强制黑人接受西方文化,在大多数地方,原始宗教已经失传,多信奉天主教、基督教,甚至连本民族的姓名都不能作为正式记录使用,所以,黑人的姓名都已西方化。比如"威廉"就是德国名字。在白人统治时期,谁信仰本民族的宗教,谁用本民族的姓名,就被视为"撒旦"。要想了解奥万博的历史,可查的仅有一二百年,而且主要是白人的记载。一个不知自己来历的民族,她的痛苦和困惑将是多么深重啊!

近年来,奥万博人逐渐有了自己的学者,其中不久前去世的汉斯(Hans)就是本民族第一个博士,他在生前研究创造了奥万博的文字。

说到汉斯时,威廉肃然起敬。

奥万博族的道德伦理观念相当"传统":儿女要听父母的话,女儿结婚前必须是处女,选择配偶的权力在父母。在部落中,大家互相帮助互相提携是天经地义的。比如,失去父母的孤儿和家中养不起的孩子,都到酋长家求得庇护,酋长也认为是理所当然,认为这都是他的孩子。实际上,威廉的父母一共收养了一百多个孩子,分散在几个农场。对酋长来说,这是一个沉重的负担,只好开办加油站、工厂等,挣了钱供孩子们上学,直到自立。农场的粮食仅能供孩子们吃饱。

关于纳国白人和黑人的现状,威廉认为,这是历史所造成的,不是谁想改就能改过来的,黑人现在普遍文化不高,况且北部山区有大量文盲。现在国家实行义务教育,白人黑人在一起上学、工作,慢慢地,仇恨会消失,知识的差别也会消失。

像威廉这样的黑人知识分子,又有这样

一个家庭背景，从政的话，会很受重视。但威廉不喜欢政治。问他有什么个人爱好和理想，他说："我现在只感到自己有很重的责任。父母年龄大了，父亲还有病，将来如何供养这一百多个孩子，直到他们成人、自立，这才是我常想的，其他什么也不想。"

在酋长夫人的客厅里，我们看到两幅大照片，一幅是努乔马总统的肖像，另一幅是努乔马和"皇帝"等七个酋长的合影，威廉的父亲站在显要位置。其实，路过奥沙卡梯时，我们在威廉家的加油站见过他的父亲，并把我们准备送给"皇帝"的礼物——一根红木嵌银百寿手杖交给他，请他转交。酋长看上去朴素慈厚，他正在同工人一起劳动，身穿工装，与我心目中的"酋长"可谓相差千里。我一下子就喜欢上了这位酋长——这位像一个普通农民一样的酋长。

酋长的姓名是：约翰尼斯·夏利。

1999年

VI

御 风

旧时 W 县风筝十大家,如今尚存一家。这家的老当家唐锡禄到清明节就一百岁了。

清明是鬼节,故此地以这日出世的孩子恐是鬼托生而为不吉。唐锡禄的父母仅此一子,奇金贵,遂私下将儿子的生日说成清明前日,战战兢兢看着他长到八岁入了私塾,没见什么怪异之状,只是自三岁便对风筝入迷。W 县是有名的风筝之乡,爱风筝乃民俗天性,便不以为意。不想转过年清明这日,小锡禄在白浪河沙滩上放了一天风筝,直跑得浑身大汗淋漓,晚上回来睡下,第二日便昏迷不醒,一连数日,请遍名医,竟无可奈何。家人俱已绝望,拟备后事。这日,忽然醒转,迷迷痴痴,见了父母,说是自己变了一只透体碧绿的蝉儿风筝,在空中飘荡了半个多时辰,怕母亲训斥,才赶着返来。于是有人说,清明那日确曾见一只绿蝉儿风筝在唐家屋上逡巡不去,不想竟是令郎。又说,这孩子生于清明前日,莫不是风筝托生的?

唐家隔壁有位风筝艺人,名吴恒邦,是年五十。锡禄自小便常去他家玩耍,看他做风筝。看劈竹、刮条、打磨、点起蜡烛烤弯;看绑扎:压锁头法、扣锁头法、十字法、卧头法;看蒙面:宣纸、棉纸、绢;他最爱看的是施彩,即画风筝。风筝的好坏贵贱,那时最讲究的就是画工。吴恒邦本是一名教书先生,因写一手好字,画一手好画,太平年月,字画值钱,便辞了学生在家写写画画。真草隶篆、山水人物样样来得。尤擅人物,泼墨、工笔俱佳。膝下无子,仅中年得一女,取名吴丹,小名丹青。小女喜玩风筝。所玩风筝,初为集上购来,吴恒邦见了,画工粗俗不堪,便撕去蒙面,在原骨上糊了宣纸重新画过,拿沙滩上放飞起来,奇新鲜奇雅致,引得风筝贩子都围了看,欲重金买之。吴丹贪嘴,便应承下来。不意几个贩子争来抢去将风筝撕烂,一哄而散。吴丹哭着回家,吴恒邦亦不在意,再购一风筝,如前法炮制,放飞出去,又引起轰动,众人纷纷仿效之。从此,吴恒邦常在清明前后画几只风筝,和小女一起去放,以为消遣。久而久之,渐不能忍受别人所扎骨架的束缚,便寻了工具材料,自己动手,随心所欲,造出许多自古未有的新风筝样子来,把神话故事、历史传说都搬上了风筝,如"仙鹤童子""雷震子背文王""十八罗汉战悟空",俱精致神妙,独树一帜,渐渐成名,连北京的风筝哈、天津的风筝魏也慕名来求。

吴恒邦虽爱弄风筝,但从不卖风筝。他也不收徒弟。唐锡禄跟他学了十几年,也就是靠自己观察琢磨，吴恒邦最多夸一句："行，有样儿！"或否一句："不成，没样儿！"至于那"样儿"是怎样，从来不说。他也不许锡禄叫他"师傅"。锡禄叫他"大先生"。大约是因他在家排行第一。吴恒邦教女儿画画，教得很苦，学不好就打，用他教私塾时所用的戒尺打，一边打一边说：我不是教你画画，是教你活命！我干嘛给你起个丹青的名儿？我早思量了，你爹我一无权二无势，什么时候两手一撒去了，你就得靠这本事活命！……果然，吴丹十七那年，八月仲秋，他从朋友家喝了半斤云门老窖回来，进门时绊了一跤，再没睁眼。来年正月里，吴丹和锡禄算计了一下，便开了个风筝铺子，地角选在沙滩靠同治桥那块儿，取名"沙滩风筝铺"。锡禄扎，吴丹光管画。到了二月中，风筝上市，沙滩风筝铺前人挤人，一个多月准备下的风筝两日便被一抢而空。他俩只好夜里不睡，就着油灯扎、画。再一个月下来，两个年轻人儿都瘦了一圈儿。锡禄本就瘦,这一下只剩了骨架,吴丹笑他:干脆糊上纸我画个胖娃娃风筝得了!吴丹胖,这一瘦倒愈加水灵起来。端午节后,风筝下市,封了铺子,吴丹和锡禄就用这笔钱办了喜事,关起门来,连睡了三天三夜。"沙滩风筝铺"从此易名"唐家风筝铺"。

唐锡禄快一百岁了。儿媳妇从来不许他出门。儿媳妇也快八十了。他住在龙榆胡同。胡同奇深,奇窄,像一条龙弯弯曲曲。路上铺了青石板,三月春风一起,浮土都被吹净,显得整洁而单调。胡同尽头,有棵老榆,两搂粗,死去多年了,没人动它,就那么黑乎乎干巴巴站着。树下就是唐家。前几年唐锡禄还常拄了拐到树下站站,看树上鸟,看路上人,和街坊邻居打个招呼。最多的是看天,一看一头午,一看一过午。呆呆地,仰着头,眯着眼,四周诸事不闻不问。人都说是不是老爷子脑子有了毛病。自从有次不知是看天看得花了眼还是晕了头，一跤跌在老榆树下，伤了腰，躺了一个月后，儿媳妇就再不许他出门，只难得有一二次在清明前后扶他上街看看风筝。其他日子里，他就坐在自己那间小屋的土炕上，傍着窗子扎风筝画风筝。他老了，眼不行了，手也不听使唤，扎的风筝粗陋不堪，根本卖不出去，可他还是扎。儿媳妇也不管他，给他一些廉价的绵纸、旧竹片，颜色还是几十年前的德国货，块状的，毛笔用了一辈子，头都秃了。他做的风筝放满了屋。墙上、桌上、箱上、地上都是。有蝉，有鹰，有蝴蝶，有人物。土炕上方，拉了十二根绳，绳上挂满绿蝉儿风筝，下垂着，像在炕上搭了一个绿叶婆娑的葡萄架。屋顶棚上，盘旋着一条赤红的龙头蜈蚣风筝。这还是他五十年前扎的，五十节的蜈蚣。那大张血口尖牙利齿的龙头是孙敬珠送的。这条龙，自从扎好，就没舍得放过一回……夜里风大时，他睡不着，听着风穿窗而过，吹得绳上墙上的风筝呼啦呼啦响。他听出是风筝们焦躁不安，想破壁而去，就嘟嘟哝哝地呵斥它们："急啥？急啥？翅膀还没长硬，连尾巴还没栓就想飞？你飞吧，你飞吧，有能耐就自己飞走！我扎了一辈子风筝了，从我手里飞出去的少说也有一万八千，没见过你们这样儿的！……"听到他的呵斥，风筝们就安静下来，只剩了老爷子因说话而变粗变急了的呼噜呼噜喘气声。于是整个夜晚突然显得岑寂。月光如水，斜进窗子，照在墙上风筝隙里吴丹的照片上。照片上吴丹一如八十年前，年轻俊秀，笑着，露出两只小虎牙。有时候，发出焦躁不耐的喊叫的是屋顶棚上那条龙。这龙喊叫着，呼啸着，扭动着，连带得纸糊的虚棚轰轰作响，整个房屋似欲坼裂倒塌。这时，老锡禄却沉默着。他对这条龙是有歉疚的。五十年了，他没有放它出去。五十年了，每晚睡觉，他都看着它走进梦乡。吴丹死后，它更成了他的伴儿。多少次，他梦见自己变作一条龙，和这条龙一起腾空而去。有一次，他甚至觉出自己的骨节错位，拉长,发出咔嚓咔嚓的响声,身子变薄变轻变得冰冷,几乎飘飘欲起,却终因身骨重而不能。他知道自己的日子还没到。

旧时风筝十大家中,有四家以龙头蜈蚣最为擅长,即孙敬珠、胡得明、蒯阳山、谭连溪。还有杨洪亮、杨洪飞兄弟,虽不以扎蜈蚣为主,但偶尔扎一只,也拿得出手去。孙、胡二人扎的蜈蚣是卖的,就送唐家风筝铺卖,大的十个大洋,中八、小六。多是被外地人买去做了样子。本地人不买。本地一般穷住户买不起。大户人家要买,都是从杨家兄弟那儿订。杨家兄弟名气大,腰杆粗,从不在市上卖风筝,光兴大门头订,做得不多,价钱开得高。此地有以风筝为礼送人的习俗,故杨家生意也不少。蒯阳山、谭连溪的蜈蚣不卖,他们一个开药店,一个开杂货铺子,不靠风筝过日子。龙头蜈蚣是串式风筝,由一个个圆板式风筝串联而成,大的四十节、中三十二、最少二十节、最长有五十节的，外带一只由奇细的竹条奇巧的手艺扎成的龙头。据说，这风筝是受了"龙骨水车"的启发。蒯、谭二人每年也就是各做一只，一年一个花样，必挖空心思，独出心裁，为的是让人叫个好，为了参加每年必有的白浪河的龙头蜈蚣赛。

　　进了三月，春风一阵紧过一阵，无水的白浪河道里到处都是放风筝的，沙滩上则挤满了看风筝的和卖风筝的。风筝铺子十好几，摆地摊的百十个。个个生意兴隆。唐锡禄自从开了风筝店，可谓对了胃口，那份爱风筝的心思更长了十分。凡听说谁扎了个好风筝，想尽法子也要先睹为快，恨不能把所有的好风筝都买下来。以故，风筝十大家中其他九家都与他相熟。那专扎了卖的，有了好风筝必定先想着他，他自然会开出识货的好价钱；那扎了自己玩的，见他对风筝的那股痴迷劲儿，也为之感动，白送他的也有。他自不会让人吃亏，人家不要钱，他就换着法子送人一些好处，让人家嘴上不说，心里却着实满意。连杨家兄弟这种不喜与外界接近的人，也认他是个知己，把好风筝拿给他看，任他评头论足。杨家兄弟敬他，还有一个原因：老大杨洪亮曾跟吴恒邦学过画，对吴恒邦最是佩服。他如今所做的几个好风筝样子，还是从吴恒邦那儿来的……唐锡禄渐渐搜罗了许多上好的风筝。这些风筝他换着样儿在铺子里摆摆，只是不卖。那些下九流的风筝，比如"婆婆鞋"之类，虽然利大些，但他不收。他一见画工拙劣扎工粗陋的风筝气就不打一处来，恨不能上去踩两脚。所以，他的铺子虽名气大，整日围着一大帮看客，可他的生意并不太强。风筝下市的日子里，他也得去替人家打零工、扎糊虚棚。这一带扎糊虚棚的多是风筝艺人出身。那扎糊风筝的手艺用在虚棚上，真是大材小用，扎糊出的虚棚没个坏的时候。吴丹也得一边在家带孩子一边给人做点画工。她的画长进不大。大约是画风筝画坏了，风筝要兼顾远观效果，喜大红大绿。

御风

到了清明这日,白浪河里河岸更是人山人海。许多人家是来放"晦气"的:把风筝高高放起,趁一阵风,突然剪断线,任那风筝随风而去,越远越好,把鬼气晦气带走。这样的风筝,落到谁家屋顶院里,是视为不祥的,要烧香拜佛。以故,这日的风吹向何方,住在那方的人家就要紧张一番。晦气放完,到下响三四点钟,人们仍不散去,似在等什么。这时,便有几位四十岁上下的汉子,携了各自的龙头蜈蚣,走进河道里来。其中少不了有孙、胡、蒯、谭四大家。人们纷纷为他们倒出场子。有人主动拢来帮他们拉串子、理绳子。那动作麻利的,不等别人弄好,趁一阵大风,喝一声:"起!"几十节的、长长的龙头蜈蚣便挟着河道里的沙土,腾空而起,风吹动每扇片子,呼呼作响,整个白浪河便轰出一片叫好声来。也有刚到半空,又一头栽下来的。风筝主人便紧跑慢跑,眼睛只盯住天上,先去接了龙头,理好,再放。不一刻,几条蜈蚣都上了天,赤、黄、蓝、白、黑、绿，各色都有。一比谁的画工好，谁的好看；二比谁的放得好，放得稳，尤以尾巴起得高为妙；三比谁的凶猛。比凶猛时，放飞者在河道里飞跑，风筝在空中相碰相斗相纠缠。一时间云翻雾乱，赤黄蓝白搅在一处，看不出是怎么回事，便有的蜈蚣被一刀两断、头部打着旋子扎下来，尾部则随风而去。破碎的纸片和羽毛翎子飘满空中，那得胜的风筝则迅速爬高，远去，扯得放飞者手中的线拐子吱吱急转，须有人上前来与之一起把线绳扯住。这比赛、战斗往往要持续到傍晚，每个放飞者都是一身老汗。收了风筝，人已散尽，便一起到唐家风筝铺里吃茶。吴丹此时早已摆下地桌、马扎，冲上一壶茉莉花茶。唐锡禄也坐在当地里，和他们一起，边吃茶，边唠闲话，多数还是离不了风筝谱儿。第二日，几个汉子又来了。那败下阵去的，夜里收拾好了，再战。并没有谁做他们的仲裁，谁胜谁败，大家心中有数。日日如此，从清明直到五月端午。

又到清明了。这天,儿媳妇给唐锡禄做一百岁大寿。擀了长寿面,炒了几个菜。谭连溪的儿子、蒯阳山的孙子也来了。他们一个仍开药店,一个仍开杂货铺,都不扎风筝。开药店的,带了两瓶东北人参浸泡的云门老窖;开杂货铺的,带了一套宜兴泥酒具。一个叫他老伯,一个叫他爷爷。那叫爷爷的,也快六十岁了。爷仨儿喝了一天酒说了一天话。老锡禄说起话来抢,根本不听别人的。他说得上气不接下气。他今天的脑子特别好,讲了许多老辈上的故事,还挨个数落了谭连溪和蒯阳山的龙头蜈蚣,哪一年,换了什么花样,他全记得。那是心里出的哇,是心里出的哇。他总是这样说。

这日夜里,风奇大。第二天早上起来,儿媳妇去老锡禄屋里喊他吃饭,见他已经死了。衣服穿得整整齐齐,戴着帽子,睁着眼睛。她担心他是得了小时候的那种毛病(这事他讲了好多遍了),又等了三天三夜。这一天,再一看他，眼睛闭了。于是，她招呼着街坊邻居把老公公抬到白浪河边埋了。她让人把屋里的风筝全都拿到坟前烧了。正烧着，平地起了一股风，那条五十节的龙头蜈蚣忽然浑身带火御风而起，转眼间飞得无影无踪。

1985 年

妙 手

S县自古出医生。这并非什么好事。医生多,则疾病多,历史上本省几次大瘟疫,都没跑了本县。但也正因医生多,人未死绝,反而更蓬勃地繁衍下来。如今,这里已是繁华大城。

诸医里面以丁半仙最为有名。

丁半仙的医道出自八代以上家传,少说已有二三百年历史。其祖父亦名"半仙",曾是S县一绝。祖父死时,虑及两个儿子以医相争,便分以骨科、内科,传之,后二人均名重一时，称大半仙、小半仙。没料想兄弟二人终生仅得一男，遂将骨、内二术合传于他，是为今日半仙。

丁家祖传，除药方医术外，还有一座小山。山名"兔尾"，在城南，周围不过三四里。满山花花草草，山脚则间有涌泉，多达百处，日夜不息，汇成一带小河，绕山而流。丁宅建在山腰，有石阶蛇下，接一小桥。自祖上始，便四方搜寻药草苗，植于山上。泉水下蒸，百草茂盛，虽冬日亦不枯。丁家用药，多采于此。还传一绝剂：养纯黑山羊于山，放其尽吃百草，每至春分，选十年以上老羊杀之，取其皮，用泉水浸泡，切块，加参、蓍、归、芎等药汁，蓄入金锅，搅以银铲，桑木文火熬三昼夜，再加冰糖、老酒、豆油，成膏状舀出，阴干。此物汇百草百泉于一身，名"再生丹"，又名"丁家神药"。

丁半仙得遗产后，百草之外，又搜罗百虫。凡求医者，均可以活虫及药草籽代替诊费。一时乡间贫穷患者各去深山老林采草、虫毕集于此。初时每日瞧病百余例,半年后减至二三十例,两三年后,每日仅三五例,还多是他县慕名远来者。一县人都称道半仙先生,遂集资造匾一方,曰"仙手佛心",送到山上,没挂屋里,挂在门楣之上。丁宅因此有点小庙的味道了。

丁半仙每日除了瞧病外,便徘徊于山间。这里拔棵草,那里捉只虫。山上有多少种草多少种虫,他心里清清楚楚。春、夏、秋三季,他常半夜半夜不回家。月光之下,他发也不理,鞋也不提,自由自在,如痴如迷。名为"半仙",倒也恰如其分。

丁半仙为医,不拘泥于古法。每得新草新虫,总要自己先尝。尝前备一剂解毒药在身边,并告诉儿子、老婆,守候在旁,若生不测,随即灌之。时有一老人,喉生脓疱,百药难下,命已垂危。丁半仙于山中捉一小蛇,放入竹管,蛇尾拴一根绳。将竹管伸进老人口中,放松绳子，小蛇便游入喉中，将脓疱咬破吸干，病立时好了。类似的奇法奇术，他用过多种。

这一带会接骨的人不少，而且多是瞎子，故往往受人歧视。其实瞎子干这行是有道理的：因其眼不明而手特灵。手实际上就是他们的眼睛。接骨无非是摸、接、端、提、推、拿、按、摩八法。一般骨科医生的手都是很有劲、很重的，给人接骨时，能把骨头掰得叭叭作响，掰得患者杀猪般地叫。这是体力劳动。这大约也是骨科大夫受人歧视的原因之一。丁半仙家传的接骨法，讲究长远疏导，细腻渗透，以柔代刚。他的手又长又细，又嫩又白。这双手在人身上摸着是很舒服的。他接骨时从不询问病情，闭着眼，形同瞎子，只用手摸。腰伤时也可能拿腿，背伤时他可能推颈。城里肉铺老板娘喝醉酒摔裂腰骨缝，疼得不敢稍动，呜呜直哭，用竹床抬来兔尾山，丁半仙正在边聊天儿边给人把脉，头也未回，在老板娘脚腕处点了几指。半响，回过头来，惊问："怎么还不走？"老板娘始悟，初不敢骤起，后一跃而起，哈哈大笑，抬床的四个伙计气还未喘匀。因来时没穿鞋，只好仍让人抬着走。老板娘在竹床上一路笑着，说，"下次再来，一定穿鞋子！"……

四十岁上，丁半仙配出一剂"接骨汤"。所用药凡草百种虫百种，又视伤者年纪、性别、高矮、脾气而酌量下药。即使是其骨已碎成八块，只要未超出八日，下药后，片刻间伤处便会发出"叭叭"声响。再辅以手脚练习，十八天内，无有不愈。只是此汤毒性最大，除了不得已，不用。

民国初年，匪灾极盛，丁半仙常阖家避于城中。一日返兔尾山，只见百草俱折，房门大开，山羊、家仆均不知去向。勉强盘桓到来年春上，花草未苏，泉水反倒一一干涸；加之匪灾未已，丁半仙思度再三，痛心举家迁入城里，兔尾山随之荒芜。

失了兔尾山百草百虫，丁半仙只剩了两只手。家传手法，本有治百病的功能，只是他以往迷于草虫，久弃未用，此番细心琢磨，幸喜未忘，一一演来，竟比汤药还灵，连他自己也吃了一惊。只是每次施手法时，浑身冰冷，唯双手十指热流涌动，问患者，都说，有热气穿肤而入，隐约于经络穴道中曲折而行，至患处始止，手到病除。如此，每日医三五病人尚可，若多至七八人，便觉虚火上升，四肢无力。若是长年痼疾，则一日仅能医一例。丁半仙心下明白，自己这是以命治病，故谨慎从事。但治病如救命，有些绝症，不能见死不管，加之年代不好，天灾人祸不断，慕名而来的人也不断，预约的人已拖至三个月以后。丁半仙终日施法，又无百草百虫可自补，余下的几粒再生丹吃完后，身子一天不如一天，不到两年，头已秃了。

丁半仙平生除了草虫医道外，只有一个爱好，就是听戏。往年住在城外，每晚必去城中，风雨不误，瘾头很大。如今住在城里，近水楼台，自是方便多了。这城中的名旦，大名叫作王念秋，据说是王瑞卿的弟子，深得其真传，闻名省城。S县一城八乡的民众，为之倾倒，十年不衰。丁半仙当然更不例外。《玉堂春》《荒山泪》《白蛇传》《琵琶缘》，演一出，听一出，演几遍，听几遍。

一日，王念秋请人在翠华酒楼吃酒，酒后送客，不慎踩了自身大褂的下摆，一跟头从楼上翻下。他只怕摔了脸不能唱戏，双手抱头护住，结果双臂俱伤，卧床多日，请遍城中名医，不见好转，有人推荐丁半仙。丁半仙欣然应诺，去了一看，说："三天后您定能上台。"王念秋不信："能成？十天没唱戏，我都急死了！""急？我比您还急！三天没听您的戏，我觉都睡不着，病也瞧不好！——您怎不早些找我？"三日后，果如所诺。王念秋大喜，请了一桌酒。席上，丁半仙问："怎不见先生唱《贵妃醉酒》？以先生扮相，最好。"王念秋回答说："我自幼练功伤了腹股，几至于瘫痪。后虽治好，但从此蹲不下，起不来，总感到腰间有物硌着，至今已三十年。所以不能演《贵妃醉酒》，也不能演《四郎探母》。"丁半仙听了，遂于桌下以手探其腰部，半晌，变色，惊说："这东西很不好！年深日久，将危及性命。"王念秋一听，酒杯坠地。丁半仙沉吟半晌，说，"我试一下，或能挽回。"

于是闭门谢客挂牌歇业，每日里为王念秋治病。十日后，丁半仙感到手力不足，改用踩法：整个人踏在躺卧的王念秋身上，用脚掌推，脚尖按，脚跟摩。若从旁观之，似是在人身躯之上腾挪来去，打出一套怪异的拳路，每日下来，腿脚发胀，似走了远路。上身则冰冷，乏困。二十日后，王念秋腰部鼓起一小丘，拳头大，拳头高。丁半仙说："成了。"遂取一针，于火上烧红，穿破小丘，便有黑水缓缓流出。便改用手揉，只揉头顶脚心。如是者又十日，水止丘消，又过数日，王念秋重新登台，蹲起自如，浑身舒畅，似年轻十岁，于是排演《贵妃醉酒》。海报一出，轰动省城，都说，王念秋本不唱这两出戏的,今儿怎么唱了?纷纷赶来观摩,说:好!连演十天,天天爆满。连演十天,王念秋无丝毫倦意。

王念秋亲笔书写,请人打了一块金字匾,曰:"仁术",送与丁半仙。

丁半仙却自此一蹶不振,日益消瘦,虽没什么病,却终日如病。王念秋专程请来京城名医,俱束手无策。丁半仙对他说:"我年轻时尝遍百草百虫,药毒已遍全身,无药能再治得。思念我平生曾治多人,其中还有似您这般的风流之辈,于我愿足矣。"

丁半仙终于死了,死时才四十有五。他的手法,因危及性命,未传。儿子虽亦行医,但医道平平。

一应后事,均是王念秋承办。还特意请了S县最有名的晁家响器班,拜鼓曲外,加点喇叭名手晁小哑一段《娇红记》中的"杏花天",为丁半仙送行。

《贵妃醉酒》本是王念秋师兄的拿手好戏。

王念秋演了十天，恐夺师兄饭碗，遂罢，终生未再。

1986 年

涛 声

　　慈霭法师醒了。天还黑着，周围没有一点声响，但他知道，天快亮了。其实响声是有的，海涛正轰……轰……地低吼，只是他听惯了，不把这当回事。而且，海涛什么时候停下来过？

　　和前两天一样，法师奇怪地感觉到，刚才好像并没睡着。可他又明明知道，自己刚才是睡着的。他在这种奇妙的感觉中，又躺了一会儿，便起身去拨拨昨晚留的火盆，待火盆中冒起桔黄色火苗，坐上一锅水，然后走到窗边，向海上望。

海上，夜雾弥漫。透过雾，隐约可见一抹淡紫色的晨曦，闪烁着，流动着，似乎那边正有什么变故。果然，不一会儿，起风了，雾渐散去，露出的黑绿色海面上起了一层白纹。寺外那棵老银杏首先唱起来，紧接着，寺周围的整个树林一齐唱起来。法师能分辨出，那呜呜如人低泣的是赤松、侧柏；那哗啦啦如水激石的是毛白杨、榆、榉；那尖叫如哨音的是冷杉……

法师颤巍巍地走到院子里。院里潮乎乎的、黑魆魆的，巨大的榆树的枝杈如网一般张开。侧房里仍黑着灯，几个弟子砍了一天过冬柴，大约睡得正香。法师吃力地抱开顶门杠，歇了片刻，才去开门。门轴刚上过油，无声无息便开了。风从门涌进，吹动法师的白发和布袍。门外一条石砌道，道东是万丈悬崖，崖下是海。法师出了门，扶墙南去，拐进一片开阔地。这里是他选定的自己埋骨之地。

天仍黑着。但风已过去。鸟雀还未醒。山海树木陷入黎明前最后一刻的寂静。只有海涛仍在单调地拍打。

忽然一阵急促的马蹄声。旋而一人从后山飞马而至,翻身落马,扑在法师脚前。这是一个彪形大汉,皂衣皂裤,嘴里喊道:"师父救我!"

看来人打扮,法师立刻明白,这必是反清义军,被官军追杀。他两掌合起:"阿弥陀佛……"

那大汉蓦地抬起头来。法师一惊:这是一张多么俊美的脸啊——看去顶多二十岁,却长了一副高壮身躯。

"师父!师父!俺一家人都重香火,只是天道不正,满人辱俺大明河山,杀俺父母,奸俺弱妻,掳俺乡亲,俺才动起刀枪。如今贼兵追了我一日一宿,没想追到这华严寺。要是老天有眼,必能救俺;若老天不允,逃也无用,俺今天死活就在这里了!"来人说罢,叩下头去。

法师沉吟半晌,说:"要我救你,必要答应我一件事。"

"师父请说。"

"你得落发出家,不许再生杀机,从此不离本寺。"

"这……"

"否则施主自便。"

大汉又叩下头去。

法师在前,大汉在后,进了寺门。进门前,法师挥起掌来,猛击马股。马惨号一声,向山后林中狂奔而去。那一瞬间,法师动作利落,下手千斤,使大汉吃了一惊。寺门无声地关上了。

片刻,清兵包围了华严寺。

寺内,法师望着落发的洪七(来人的名字),果然是一个俊秀的和尚!他微微笑了。正在此时,响起了咚咚的敲门声。法师笑容一收,问:"贼兵中有熟识你的人么?"

"有一条俺村的恶狼。"

法师皱起了眉。敲门声愈烈。洪七看着法师。法师头也不抬，缓缓转过身去，说："你闭上眼睛，我不叫你，切莫睁开！"

　　洪七遵嘱而行。法师端起火盆上那锅开水，转身泼向洪七的脸。洪七嚎叫一声，仰倒在地……

　　清兵把寺内搜翻了个儿，也没找见洪七。只见几个小和尚一个老和尚还有一个红肉外露狰狞可怕的和尚躺在床上呻吟，据说是麻风病。

　　……

　　洪七就这样留在了崂山华严寺。他晚上睡不好，老是让涛声弄醒。在夜的寂静里，那涛声似乎格外响亮，充满整个宇宙，充满了他的心。早上，他总是第一个起来，开门出去，坐在悬崖边，长久凝望那黎明前的海。师父说：苦海无边，回头是岸。可是，回过头来，看不见海，涛声仍在耳畔。哪里能躲了这永恒的涛声呢？

崂山华严寺方丈洪七法师死了。他的墓塔与慈霭法师的并列在一起。而在山外人口中,洪七五十年前就死了。只有涛声一直未断,听惯了的人,总忽视它的存在。

1986 年

绕 梁

祖父临死前反复叮嘱小哑:"干咱这行当,万不可动真情,切记,切记……"直等看到孙儿拍拍心窝,攥紧拳头,才从枕边抓起那只家传的黑杆唢呐,往孙儿手里一撂,去了。

此地称唢呐作:呜哇、叭喇哈。"唢呐"是官称,据说是波斯语的译音。这东西原是波斯传过来的,但全县二十八个唢呐世家,知道此事的大约没有,连祖上是哪一辈儿,如何弄起这玩意儿来的,他们也不知道——那是很早很早以前的事了。

唢呐一般不单吹,还要配以笙、笛、大鼓、扁鼓、点子、手锣、中锣、小钹、云锣、铜鼓、木鱼等,称为响器班。响器班以为人吹喜吹丧为生。旧时也有为官开道的,称吹鼓手,民国后已绝迹。此种演奏形式,潮州人称吹鼓,以打为主;河北人称吹歌,以歌为主;此地叫鼓吹,以唢呐为主。响器班有大有小,大者十四五人,小者仅一笙一笛一钗一唢呐而已。

　　从某种意义上讲,响器班总企望人世间喜事多一些,丧事也多一些,而且喜要大喜,丧要大丧。他们最怕那种不喜不丧的平淡日子,在这样的日子里,他们就得找一些其他活计干,以维持生计。

　　虽然响器班企望人世间多大喜大丧,但他们有一个行里规矩:鼓吹中不可动真情。为主的唢呐尤其须如此。可想而知,动了真情,整日里大喜大悲,什么人能受得了?据说小哑的父亲就是动了真情,年轻轻送了命,只是他至死不承认罢了。小哑生来就是哑巴。他生在父亲死的同一天。据说，父亲早已汤水不进，但就是不闭眼。小哑一生下来，他看了一眼，便死了。这是不吉利的。所以，人们认为，他的哑乃理所当然。他虽哑，却不聋。名医丁半仙曾来看过，吃了一惊，说，他的声带完好无损，与常人同，只是发不出音来。发不出音儿，却自小对声响入迷。襁褓之中，只要有声响，便安稳平静；一听不到声响，便辗转不安，乱踢乱抓，以泪洗面。没有声响，他睡不着觉。小时候，多是听着母亲的儿歌睡去；大些时候，则听祖父的故事。即便是老鼠啃箱、野猫叫春的声音，也能使他睡得安稳。这习惯保持终生。但有时又因声响而不眠。春天风大的夜里，他常通宵达旦侧耳倾听，毫无倦意。

　　小哑最喜欢听的，还是祖父那只黑杆唢呐。就那么一个小小的玩意儿，在祖父手里，却能发出高高低低长长短短抑抑扬扬万般不同的声响，他觉得很奇。只是祖父年纪大了，又有肺痨，每日难得吹上几段。

再就是庄里若有结婚或死人时，祖父总抱了他去，不看新娘子，不看棺材，只听响器。但这种机会就更少了。

父亲死后，晃家响器班散了，祖父就给人看林。看林是苦事，林子大了，白天黑夜都不能放松。况且离庄很远，附近没有人家，乱世之中，是有危险的。祖父让母亲和小哑留在家里，只带了那支家传的唢呐。过了几年，小哑大了，便去与祖父做伴儿。

这是一个杂树林，林里乱七八糟，但很繁茂。有些地方插不进脚，有些地方看不到天。林子里有许多鸟。不是什么奇鸟。此地叫喜鹊是"马嘎子"，叫啄木鸟是"餐烂木子"，叫布谷鸟是"姜三拐古"，叫蝙蝠是"眼睛忽子"，叫麻雀"小小虫"，蝉则叫作"唧了子"……夏天的早晨，太阳还没出来，树林里已百鸟齐鸣。此时，祖父巡了一夜林，正在睡觉，而小哑却早早醒了。躺在床上，长久地听。这是非常美妙的时刻。

祖父教小哑吹唢呐。他的小手刚能跨过来那八个音孔。非常吃力。祖父每晚用木板将他的手指缝撑开，拿绳子捆住。撑得钻心地痛，早晨起来，手指半天动不了。但他一声不吭。他终于长出了十只又长又细又灵活的手指。这细长的手指，与他短而粗的身材极不相称。开初学的曲子是《招亡牌》。这曲子学成后，恰逢父亲七年忌，上坟那天，祖父特意带了唢呐，让小哑吹了一曲。然后学《坠子串》《山坡羊》《抬花娇》《大开门》《快慢落子》，再学《拜鼓曲》《对古牌》……不过三年，祖父所有的曲牌，俱已传尽。时逢正月十五，庄里闹灯节，遂拉起晁家响器班原班人马，以小哑的唢呐为主，鼓吹了一番，竟轰动全庄。连吹三天，愈吹愈响，附近三乡八庄的人都赶来看，说："晁老大（小哑之父）再世了！"

小哑这才知道，父亲原来名气很大。

十五后，晁家响器班的原班人与祖父商量重拉班子的事。祖父一口回绝，说："孩子太小,不懂世故,纵情吹去,那还了得!"大家知道老头说的是行里话,遂罢。

唢呐曲牌都是从老辈儿传下来的,为什么这么吹而不那么吹,从没人去想过。一定的曲牌代表着一定的感情。当地无人不是在这些喜喜丧丧的曲牌中长大,每只曲牌都能牵动他们遥远的往事乃至家族的情感……唢呐曲牌可谓深入人心。

可是不拉响器班,整日整月整年与祖父在山林之中,几十个曲牌翻来覆去吹,终于吹腻了。便换着花样吹,一嘴两只唢呐同时吹(祖父则一边抽烟一边吹)。用鼻孔吹。吹戏文,吹山歌。《二进宫》《铡美案》《打金枝》《陈州放粮》——这些是祖父教的;"山枣刺,尖又长,嫁个小姑似虎狼""滴溜溜个山上月儿黄,滴溜溜个山下哪妹拉郎"——这些是母亲唱的。《玉堂春》《荒山泪》《白蛇传》——这些是进城听戏时暗地里记的。除此之外,还学人语,学鸟啼,学狗吠,学虫鸣,学风声水声,学祖父大笑:"呵呵呵呵……哈哈哈哈……嗯嗯嗯嗯……"学蝉鸣:"伏爹……六,伏爹……六……""唧……了,唧……了……"学蟋蟀"嘟……"。学马叫最有意思,你学一声,它叫一声,好似与你应答。初听起来,鸟叫声无非那几种,时间长了才发觉,一种鸟一种叫法。树林里鸟不下百种。有的鸟,比如百灵,还喜欢学别的鸟叫,惟妙惟肖。同一种鸟,雏儿一种叫声,老的一种;雄的一种,雌的一种。站在树枝上叫一种,飞翔空中又是一种。而且,细辨起来,总是站枝头上叫得悠扬一些,似乎是,此时是专门在唱歌,而飞在空中时则是在说话——唱的总比说的好听……这种种鸟叫,小哑都学会了。林里的鸟儿似乎已与他相熟,有时他吹着唢呐,无数鸟儿便在树上与他合鸣。即使在无月的黑夜里,小哑吹起唢呐,也会引得许多鸟儿齐唱。祖父为他仿吹的鸟鸣曲,起了个好听的名字:百鸟朝凤。

小哑十五岁这年,由祖父牵头,重组晁家

响器班。仍是十四人的大班子。近十年来，小哑虽未入响器班，但每年在十五闹元宵灯会上吹奏，早已扬名在外，尤其他吹的戏文和《百鸟朝凤》，轰动一时。如今响器班一成立，即刻有人来请。祖父性情中和平庸，小心谨慎，凡大喜大丧，总要自己吹上几段，不让小哑一人吹全，且很上心，见小哑忘乎所以，便及时提醒。祖父总说："和为贵，平为上。看透了，喜也是悲，悲也是喜。七十岁往上的人死，丧事当喜事办。穷人家揭不开锅，娶媳妇生孩子算不得什么好事。只有看透了这些，你的叭喇哈才能吹得平稳，不出纰漏；你的日子才能过得安稳，不伤身，不遭灾，不忧性命……"

这些话，一遍一遍，祖父直说到死。祖父死时不满七十，算不得喜丧。小哑才十八。他既披麻戴孝当孝子头，又亲自为祖父吹丧。那只吹过几百遍的《招亡牌》，他吹得有板有眼，音正腔圆，人群中时时爆发出"好！"来。到了坟地，落土、竖碑、磕头、烧纸，一桩桩丧仪他都做得一丝不苟,恰如其分。要说有一点不合丧仪的,就是:没有哭声。他是哑巴,没有哭声本乃理所当然,但坟场上静得可怕,让人总觉得有点不对头。大约他也觉出了这一点,踌躇半响,突然举起唢呐,昂起头来,于是发出了一阵当地人从未听过的大哭,其声凄厉而响亮,如野兽之长嚎,又分明是人的哭声,回旋于坟场上空,扣人心弦。随之落泪者很多,很多。

人都夸小哑是孝孙。

出殡归来,小哑大病一场。病愈后,由他牵头领班,继续响器班的生涯,喜喜丧丧,平平静静,转眼三十余年。

这一年S县又遭瘟疫,小哑染病。奄奄一息数日,忽精神旺盛,倚墙而坐,招妻取来家传唢呐,抚摸再三,手语嘱道:"我死后把它随葬。"遂吹《招亡牌》。声初袅袅,无喜无悲;后渐高亢,如泣如诉;再后竟铿锵明快,喜气洋洋,其中似有笙、笛、锣、鼓、钹、木鱼齐鸣。曲罢,以吹奏状亡。

其妻遵嘱将黑杆唢呐随葬。

小哑死后,因瘟疫而死者,全县十之有六。出殡之日,每闻《招亡牌》,似小哑所奏。乡人以为不吉,遂掘小哑坟,将唢呐取出另葬。其声犹在。再取出唢呐,焚之。声犹在。

五十年后,有人欲整理小哑的《百鸟朝凤》,寻其故人,仅存一二,其他皆不知小哑其人。

1986 年

鬼 斧

六十年了,陆大有重上青龙山。

那年他和青龙寺的小和尚悟尘埋了老和尚信桂,连夜打了块碑立在墓前,天没亮就下了山。一去六十年。

这一带自古出石匠,出刻匠。石匠专管开山,打石坯。石坯有几种,一种是粗板料,一种是细板料,还有方料。细板料有一面光的,有两面光的。光面经千琢百磨,发出暗暗的青绿色,光可鉴人。石坯价低,只卖个手工钱。卖给刻匠,板料用来刻碑、碣,方料刻兽,刻门枕、门卡子、石鼓。碑、碣多用于墓志，也用于文告、纪功、颂德。刻兽，多是狮、龙之类。大狮立于门前，小狮供在案头；龙多为柱，非大寺大庙不能用。门枕，即门框两侧下的方石，突出部分往往雕有走兽；门卡子在门框半腰，上刻"福"字或浮雕花卉，如秋菊蜡梅等。

出石匠、刻匠的原因大约有二：一是这里有座好山，青龙山，满山上好的青石，质细硬而不脆，色匀净而沉着；二是青龙山下有座大坟，坟高若小山，坟上芳草萋萋，柏木参天。不知何年何月何人的坟，人称"千祖老坟"。一夜，雷暴雨过，坟山开裂，始见其中有石阙石狮石碑石碣半淹于黑水之中。后逢大旱，黑水干涸，有大胆者燃了火把进去，又见四壁石画，画中故事离奇古怪，令人恐怖。又说，坟裂其实是盗坟者所为，谁知破墓一看，除了石头，没有半件宝贝，丧气而去，回家一头病倒，再没起来，死状可怖云云。从此，轻易无人去老坟。但那坟中的石刻手艺不知怎么就流传开来，慢慢竟成气候，顺老运河下江南，进北京，连皇帝老儿的陵墓、苏州园林的山石泉边都有了这里的手艺。

这一带吃石头这碗饭的，少说万人。

青龙寺很古了，又名焦王祠，据《州志》载，周初分封神农氏之后于焦国，祠青龙山。寺分三层，四周绿瓦红墙，墙外是苍松古柏修竹红枫。大殿前有赏月台，月台两侧立着十几块碑，高高低低，极有气势，是自古来每次修寺所立。陆大有的几辈祖宗都在这儿打过碑，直到他自己。

陆大有为青龙寺打碑，那还是六十多年前的事。他打的是一块龙首碑。碑高六尺，下有龙首，引颈怒目，泉从龙口中汩汩长流，久雨不滥，大旱不涸。碑两侧有副对子："山色霭霭人间胜地，水声潺潺世外洞天。"字是京省驰名的大写家卜照山写的，就这十六个字，要了一百大洋，还言明必得陆大有铁笔才成。刻卜照山的字其实最易：较真儿的欧体。划划有根笔笔有据，闭着眼刻也错不到哪儿去。这副对子他就着油灯刻了大半夜。碑上小字一千一，他也只刻了一夜。他惯于干夜活。夜里出活。那时年轻，眼力强，逢三五月明，就着月光刻。整个山上，万物俱寂，只有他自己，叮叮当当，叮叮当当，声脆如钟，抑扬如鼓。随着刀斧，落石纷纷。用嘴一吹，浮沫皆去，手指一抹，一个个俊秀的有筋有骨的字儿白生生地现出在青绿石上。他听在耳里，看在眼里，乐在心里，那疲倦劳累不知怎的就消失得干干净净。这哪里是刻，分明是写。那铁制之凿在手里如狼毫之笔，顿、提、勾、勒、轻、重、缓、急、上、下、左、右，一笔不苟。写得性起，索性剥光脊梁。集着一层细汗的健壮汉子的脊梁，在月下闪闪发光，似镀了银……

　　一阵老年人的呛咳。

　　老和尚信桂右手拄杖，左臂由悟尘搀扶，走出大殿，叫道："大有，歇一时吧。"于是悟尘扶师父坐在石鼓上，飞快转回去端出枣木茶具。信桂又招呼他:"大有,上来吃茶。"他便从老榆树上拽下手巾,搭在背上,跳上赏月台。信桂又道:"还不快披上了褂子,看不风了身子。山上寒气重。"他答:"不怕,喝一碗茶接着打。"

榆树已经很老了,据称有千余岁。曲折虬乱如林的密枝四处蔓延,伸到寺院的角角落落。一株同样老迈的藤的手臂蛇盘在榆枝密林中。

老信桂最喜欢在这月明星稀的夜里说今道古。说得最多的是竖在月台两侧的那一块一块碑,每块碑都有一个故事。说了一遍又一遍,同样的故事百讲不厌。奇怪的是,大有也百听不厌。

乾隆皇帝御赐的这块碑好金贵呐,是你八辈上祖宗刻的。你这祖宗叫陆尊先,左手多出一指,又叫陆六指。乾隆二百个行书大字,第二天觉还没醒就刻成了,龙颜大悦,立时封为御前碑臣,带进京城。在京城里把皇宫、皇陵的碑看了个够,那本事更大了。打那,这青龙山香火日盛,风调雨顺。老寺重修,皇帝老儿听说，赏了金黄琉璃瓦，从京城运来的哇，可惜，老毛子造反，把瓦都揭了，说是回家镇邪，一片也没剩下……

老信桂说起话来声很低很低，听到山鸡叫野猫嚎，就缄了口听。这一听不打紧，便听出山上山下万般声响：风声泉声草声树声鸟声兽声云声雾声，还有石声。时不时有石头当啷啷啷轱辘下山去。"小石头在玩呢。"老信桂总这样说。

又说到父亲那块碑了。你爹死得早，留下的碑、兽不多，可件件是珍品、上品，谁也比不了。你爹自小性情古怪，不喜言语，长得瘦弱白净，不像刻匠倒像书生。可又偏偏数他大胆儿。山下那座千年老坟，谁也不敢进，只有他敢。进去一待就是一天，就是一夜，出来时候脸更白，身更瘦，眼睛痴呆呆带笑，脚底下轻轻飘飘。那刻石的本事不知怎么就大起来，刻碑自不必说，陈豁子陈元昌的字谁也刻不了，他拿起来就行。这陈豁子是百十年来第一大写家，自成一体，生下来就是三瓣嘴，都叫他陈豁子。三瓣嘴偏偏字写得好，京考时把总考大人都服了，在他卷子后面批道：欲圈尔文恐污尔字文章平平字压九处。不知指的哪九处。刻碑人都讲颜柳欧赵，这不上体的字怎么刻？你爹刻了，陈豁子一看，纳头便拜，道，我字八分，你刻十分，实是我师也……最奇的是你爹还无师自通地打出一些怪兽异鸟、奇花异卉。打这些东西时他整日整月不吃不喝，也不放下斧凿，那每一斧下去都发出一声响亮刺耳的怪声，像鸟叫又像狗吠。合着这怪声，你爹总唱一首稀奇古怪的歌，唱一遍又一遍，唱得我都能背熟了，只是不知是啥意思：

　　齐东洪在

　　区来拉干

　　捧一化吉

　　九九陆离

　　……

他打的那些东西，谁见了谁害怕，可害怕里面又有些喜欢，有些入迷。我看那些东西时，总觉得是石头里拘了一个生灵，这生灵想挣开石头而去，正在暴怒着嘶叫着下死力。那东西似乎与我佛不合，我就忍住不敢再看。后来一个云游四方的大法师见了却说，这是驱邪避祸的上上吉祥物，于是便被那些京省达官贵人一抢而空，听说有的还进贡给了皇帝老儿。你爹死的时候你才两岁。他留下话叫人把他埋在老坟边上。人都说他是中邪而死，是中千祖老坟中的邪气而死，说他手里拿的那把斧是鬼斧。这把斧，也埋进他的坟里去了。唉唉，可惜上等的手艺没有传人……

老信桂的故事每次都是以为此结尾。这结尾还拖着一声沉重悠长的叹息，这叹息又引出一串老人的呛咳。这叹息这呛咳在陆大有心中响了六十年。这老人的呛咳毫无节奏，将他惊醒。

寺早已不成样子。没有和尚的寺还能叫

寺？悟尘早已还俗，老婆已娶过两个，孙子也有好几个了，就住在离这不远的庄里。奇怪的是，没有和尚的破寺，香火还挺盛。门窗已毁的大殿里挂满了"青龙山神保佑""青龙奶奶显灵"之类的匾、旌。老榆树死了，老藤断了，碑也横七竖八。龙首碑的帽落在地上折为两半，龙头尚完好无损，只是口中无水。他扶着龙角，发出一阵阵老人的呛咳。痰在喉咙里呼噜呼噜响，薄薄一层汗濡湿了他的衣衫，在他额上脸上闪闪发亮。他脸上皱纹不多，但条条如创伤如沟壑，如刀砍斧凿。他俯身看龙首：龙张着口，鼓着两只大眼。眼已被人磨得乌黑发亮，似有水分在其中波动。他伸手摸龙舌，那舌很厚实，很丰满，似有体温。六十年了，我这当初造你的人都老了，你还那么年轻么？你的角还那样高傲地翘着，你的牙还那样坚利。我已久不造这样年轻的东西了。如今我喜欢的是瘦身瘦脸的老兽，浑身肌肉一道一道，骨架清晰可见，眼睛小如豆，射出黑黑的气……他又开始想那个想了六十年的疑问。龙是什么?狮是什么?麒麟是什么?还有天昊、九凤、白泽、朱雀、山鬼……谁见过这些东西?父亲见过?祖父见过?曾祖见过?高祖见过?若都没见过,那为什么要把它们造成这样而不造成那样?为什么要把它们造得个个凶神恶煞、血口大张、尖牙利齿?我打了六十年石头了,一个甲子。我还没弄明白这里头的缘故。我只知道,祖辈传下来就是这样。我只知道,那兽越凶越好看、越受看,越让人入迷。肥了不行。没有劲不行。我只知道,那每一斧砍下去,都是生灵,马虎不得。即使是没有动斧头凿子的石坯,我也看得出里面藏着的生灵。这就是我对每一块石坯都不小看的缘故啊。

这个疑问在你心中存了六十年了。你早就想到过,答案大概就在山下那座巨大的千年老坟里。可是老信桂不让你去,说,你得生下一个儿子再去,你不能让陆家绝了后,陆家是刻石世家。可是,命中不该有的东西怎能强求?

六十年了,你走南闯北,有过好几个女人,可是没得一个儿子,只得了七个女儿。如今你已老了,你筋疲力尽。你再也不想儿子了。你什么也不想了,你心里就只剩了石头,只剩下一个个你并不深悉的生灵,还有那个不解之谜。

他吃力地直起身来。浑身老骨头发出噼噼啪啪的响声,如同石片在剥落。他颤巍巍地跨出断垣残壁向山下走去。山在他面前展开一条巨大的裂缝。父亲在那里等着他。从裂开的地缝里,他似乎听到了那首无人懂得的古歌。无数巨石跳立起来,跟在他身后,轰轰隆隆地走下山去。山顶,龙口中忽闻水声汩汩,一如六十年前。

1987 年

读《久违的情感》

芳菲

这本书拿在手里,就像抱住了一个瓜,把它身后的藤一牵,草窠子里,跑出一串瓜来:挪威古尔布兰生的《童年与故乡》,张允和的《张家旧事》,瑞典林西莉的《汉字王国》,谢宏军的《乡村诊所》,孙犁的《耕堂劫后十种》,杂志书《唯美》和《成长》……当然,还有著名的、开启过一代出版风潮的《老照片》系列。这些都是汪家明编的书。可以不夸张地说,90年代的中国出版界,若没有这些书的存在,就会缺失一种特殊的美,一种安详从容的韵味,

张家旧事

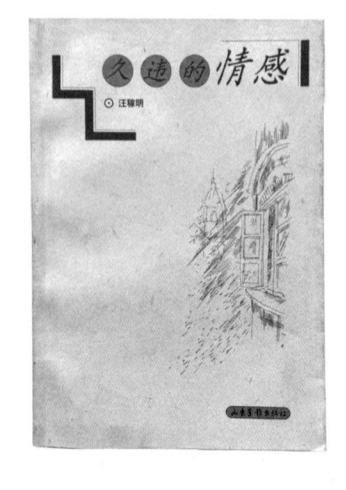

久违的情感
汪耀明

话说周氏兄弟
——北大演讲录
钱理群

读《久违的情感》

一种对平凡人生的坚持。把这些书放在一起，谁不能看出一种明显的个人风格，一种持之以恒的个人气质在后面起着作用呢？

现在，轮到直接来读以前藏在书后面的编书人汪家明自己的言语了。这本书，让人走进了编书人汪家明自己的世界。

我想起在一次出版研讨会上见到汪家明的情景。那是次圆桌会议，有一个很大的主题，是关于加入世贸组织与中国出版的。与会者的发言很热烈，也很纷乱，轮到汪家明说话了，他坐在一个靠顶端的位置，略侧过身子，对着光线有些黑昏昏的会议室，沉静有力地说了几句话，把大家都震了。原话不记得，大意是，不管入世还是不入世，我觉得我们这些编辑都不可能失业，都是有事可做的，只要好好地把好的作品编辑出来，介绍给大家，就一定会找到读者，找到市场。

这些年汪家明陆陆续续写下的文字，汇成了这本书。三十二个题目，分四个部分。第一

老照片

唯美
主编
张炜 江樱明

老漫画
LAOMANHUA

成长
GROWING ABSTRALTS
GROWING

部分是往事的回忆,第二部分是感想和思绪,第三部分是难忘的书与画,第四部分是记忆中往事的虚拟化再现……几乎都与往事有关。可是,这不打紧,我想说往事并不只意味着题材,往事对汪家明来说,像一个精神的坐标系,像一眼可以汲取纯净力量的泉,即使是身边发生的事,以对往事的态度对待,就让作品获得了一个恒久的灵魂和沉静从容的氛围。一切都经过陶冶后,干净地交到了读者手里。

这个人,在海边城市青岛出生长大,在广阔的自然中体会了美,培养了对自然、对社会一种毫不迟疑、毫不妥协而富有灵性的态度,对一草一木都怀有含蓄明澈的热情,有看上去柔弱,实则相当高傲、自信的生活原则。一辈子都葆有从托尔斯泰、普希金等作家处汲取人道力量的能力,诚实地对待人生和自己的感受。从小爱美术,也做过当作家的梦,写小说,"文革"中当过搬运工,部队宣传队画过布景,大学毕业后当过两年中学老师,再后来,就到

汉字王国
讲述中国人和他们的汉字的故事
【瑞典】林西莉 著

乡村诊所

曲终集

读《久违的情感》

了出版社。经过酿酒般的功夫和光阴,他的理想、个性,通过他编的书,他领导的山东画报出版社,爆发出来……

这些文章,都耐读。写故乡,写孩子,都醇厚莹澈。我印象较深的篇什里,就有《曾为人师》。只千把字,却把人心撞了一下。他讲起在中学教书的经历,他在教学中碰到的狼狈和妥协。一天,体育课因下雨改为内堂,秩序大乱。班长来叫他,让他去管。他去了,体育老师怒气冲天,并不搭理他,一味大声训斥学生。他站在那里,如同陪绑的犯人,直训到下课铃声响过许久,体育老师才余怒未消,扬长而去。"此刻,教室静得能听到喘气声。似乎是,我该发火,该大怒,该痛心疾首……可我又想,我要说的,学生们一定都已清清楚楚,何必在体育老师之后再发一通威风呢?低头沉思良久,我说:'下课。'……学生们悄悄起身,从我身后,鱼贯而出。我始终低着头……"

"我"跟着学生一起,大气不敢出!接下

童年与故乡

古尔布兰生作
吴朗西译 丰子恺书

山东画报出版社

去，作者引用韩愈《师说》中的话，中有"吾师道也"之语，让我顿时觉得有了一种直观明了的印象：就在他低着头陪学生挨骂，低着头说"下课"时，仿佛，"道"，已经无声地浸漫了他的身心……

书为什么叫"久违的情感"呢？封底有交代——"是因为这类理想主义、追求道德自我完善和质朴的生活观，向往纯艺术，讲究意境、韵味和语言，追随萧红、巴乌斯托夫斯基和孙犁的作品，已经颇不时髦了。唯有作者本人，也许还有一些朋友，仍珍爱着它们。"

这段话说得好，节制又高傲，同时又是对那些似乎散乱地开放在时空中的花朵的家族指认。

2002 年 12 月于上海

○ 我終於上第一次畫畫課了。他的名字叫做拉尔森。畫畫老師拉尔森。

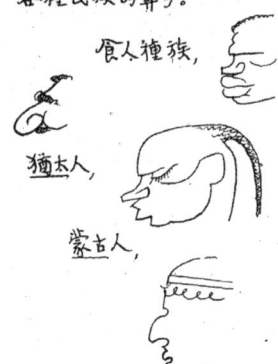

他生得很高大，並且非常漂亮。他上第一點鐘課，先解釋美。他接著在黑板上畫出了各種民族的鼻子。

食人種族，

猶太人，

蒙古人，

羅馬人的鼻子。

"可是"，他說，"還有最美麗的希臘人的鼻子。"

他用手指鄭重地指著他自己的側面。

我很羨慕他。現在應該用她畫畫畫了。他拿起尺子，畫了兩根橫線，又在橫線裡面畫了一些直線。他轉過身來對我們說道："孩子們，你們先畫吧。"

图书在版编目（CIP）数据

一个小姑娘到海边去 / 汪家明著. -- 济南：山东画报出版社, 2025. 7. -- ISBN 978-7-5474-5296-7

Ⅰ . I251

中国国家版本馆CIP数据核字第2025RS6290号

YIGE XIAOGUNIANG DAO HAIBIANQU
一个小姑娘到海边去
汪家明 著

责任编辑	秦　超　于　滢
特约编辑	田南山
装帧设计	王　芳
排版制作	陈基胜
出 版 人	张晓东
主管单位	山东出版传媒股份有限公司
出版发行	山东画报出版社
社　　址	济南市市中区舜耕路517号　邮编 250003
电　　话	总编室（0531）82098472
	市场部（0531）82098479
网　　址	http://www.hbcbs.com.cn
电子信箱	hbcb@sdpress.com.cn
印　　刷	山东临沂新华印刷物流集团有限责任公司
规　　格	930毫米×787毫米　32开
	18印张　53幅图　168千字
版　　次	2025年7月第1版
印　　次	2025年7月第1次印刷
书　　号	ISBN 978-7-5474-5296-7
定　　价	89.00元

如有印装质量问题，请与出版社总编室联系更换。